福氣臨門

2

蒻曉 著

風 文創 419

目錄

第三十一章

「我是男的，可我身邊又不全是男的。」遊春撇嘴，想起了他師兄和小師妹成親之後那模樣，不由自主放柔表情。「我懂這些也是因為我大師兄，他和小師妹成親後，對小師妹極好，每天不是聽他說這個不能做、那個不可動，就是聽小師妹在我耳邊嘮叨大師兄如何管她，我聽得多了，不懂也懂了。」

九月輕笑。「他們的感情一定很好。」

「嗯，形影不離，大師兄寵小師妹的程度幾乎到了是非不分的地步，不論小師妹做的是對是錯，他一定是維護到底的。」

遊春想起他們，語氣越發輕柔，說到這兒，他搗住九月的手，往前拉了拉，低低說道：「我還曾取笑過大師兄，總覺得他會寵壞小師妹，現在我明白了。」

「明白什麼？明白你家小師妹是寵不壞的？」九月故意曲解。

「明白大師兄因何如此。」遊春凝望著她。「情之所至、情不自禁……」

「我去曬被子了。」九月眨眨眼，抽回手，快步到了外間。

是女人都愛聽心上人說情話，她也不例外，只是這大白天的，還要做正經事呢。

遊春看她躲開，不由輕笑著搖搖頭，也不去追她，逕自拿起木盆晾曬衣服。

九月曬好被子，知道祈喜隨時會來，便把門給帶上，拿了鋤頭在院子裡收拾菜園。

沒一會兒，祈望和祈喜就過來了，兩人都抱了好些木板。

「五姊、八姊。」九月放下手裡的活兒，迎了過去。

祈望帶來的木板有厚有薄，有兩塊甚至是新的。

「九月妳看看，這些能用嗎？」祈望看向九月的目光比之前坦然許多，不再怯怯的。

「能用，謝謝五姊、五姊夫。」九月高興地收下。

「能用就好。」祈望笑著點頭，猶豫了一下還是拉住九月的手。

九月一愣，便覺得手心裡被塞了東西，低頭一看，卻是她給的那些錢。「五姊，這些是我買木板的，妳要不收，那這些木板妳帶回去吧。」

「九月，妳姊夫說了，都是自家姊妹，原本就該互幫互助，妳來了這麼些日子，我們也沒能幫上什麼，這點木板不值錢。」

祈望有些不自在，不過還是說出想說的話，自家姊妹這樣生分，她心裡也不好受，卻又不知該怎麼表達，倒是祈喜和九月相處得那樣自然，讓她很羨慕。

「五姊，你們的好意我心領了，只是姊妹歸姊妹，買賣歸買賣，你們也不容易。」九月搖頭，把錢塞了回去。「要是不收，就是不把我當妹妹了。」

「那也不值這麼多啊。」祈望眼中隱隱閃現淚花，她低頭看了看，捏了幾文錢在手裡，餘下的二話不說都塞回九月手裡。

「哎呀，妳們倆能不能爽快些呀？嘴上說姊妹姊妹，做事這樣扭捏。」

祈喜看不下去了，又見九月還要推，一把搶過九月手裡的錢，數了二十文塞到九月手裡，把餘下的遞給祈望。「這樣不就好了，九月呢，也盡了心意，而五姊妳呢，剛才收的是木板錢，這些則是九月給子續、子月買點好吃的。」

祈望聽罷，看看九月，又看看手裡的錢，不由笑著戳了祈喜的腦袋，啐道：「就妳滑頭。」

祈喜縮了縮腦袋，朝她吐了吐舌頭。

「行了，九月，現在有空了沒？我們一起去看看熱鬧吧。」祈喜還惦記著竹林那邊的熱鬧，拉著九月的手問道。她現在和九月混得很熟，知道九月好說話，也沒了當初的怯懦，言談舉止也親近大方起來。

「知道啦。」九月無奈，眼見這會兒才辰時中，便點頭同意了。

「就妳愛熱鬧，我先回去了，子月一會兒見不著我又要鬧騰了。」祈望又戳了祈喜一下，笑著對九月說了一句，就先回家去了。

「快走吧。」祈喜有些心急。

「妳急什麼呀，我總得先關門吧？」九月失笑，把木板都收到屋裡，她故意提高聲音，想來遊春也聽到了，這才放心地鎖上門，和祈喜一起往後山竹林走去。

趙家作法事的前因後果，早傳遍了大祈村，再加上趙老山從家裡三跪九叩地到了這兒，平日蕭瑟的墳地此時早被看熱鬧的人圍得密密麻麻。

九月和祈喜從竹林過去，倒也沒有人留意到。

「我們到前面去。」祈喜平日都不敢到這兒來，可今天膽子卻大得很，拉著九月往前面鑽，她一動，邊上的人倒是發現她們姊妹倆。

看到九月也來了，眾人紛紛讓道。

那些目光有驚訝、有怪異，也有害怕，九月很清楚，卻不在意，在祈喜的拉扯下，面帶微笑地走到前面。這兒畢竟是墳地，埋的都是大祈村的人，所以看熱鬧的人雖多，卻也沒有踏進墳場，只在周邊看著深處那棵大樹下的一行人。

「八姊，娘的墳……在哪兒？」九月對趙家的法事沒興趣，但到了這兒，看到滿山的墳，她忽地想起自己還不知道親娘葬在哪兒。

那也是個可憐的女人，畢生都為了有個兒子努力，臨了卻還是得了她這個女兒。

「就在那邊。」祈喜聽到這話，笑容頓時黯了下來，指了指不遠處。「他們說娘生了……不配進祈家祖墳……反正自我記事起，娘的墳就是孤伶伶地在那邊，碑上連個名都沒有。」

九月忽然想起上次她扶過碑的那個墳，忙說道：「帶我過去看看。」

祈喜點頭，拉著她往那邊走，經過人群面前，少不得引來圍觀村民的側目。

祈喜才發現她們姊妹倆成了眾人的焦點，頓時不自在起來，走到後來反倒是九月拉著她往前走了。

祈喜帶九月看的，正是之前倒了墓碑的周氏之墳。

這會兒墓碑居然又倒了。

「八姊，是那個嗎？」九月頭也沒回地問道，卻久久沒得到祈喜的回答，她不由奇怪，回頭瞧了一眼，只見祈喜神情怔忡地看著人群。順著她的目光，九月看到了水宏。

他正和五子說話，祈稷等人也在邊上不遠，看到九月往這邊看，祈稷咧了咧嘴。

水宏的目光帶著驚喜和歉意，不消說，這是奔祈喜去的，不過眾目睽睽之下，九月不希望引起不必要的麻煩，微笑著朝祈稷等人打了招呼，便錯身轉到祈喜面前。

「八姊，是不是那個？」九月藉此機會擋住祈喜的目光，她個子比祈喜高些，又是刻意而為，很容易就拉回祈喜的注意力。

祈喜臉一紅，胡亂地應了一句，拉著九月到了那墳前，目光還時不時往水宏那邊瞟。

「八姊。」九月嘆了口氣，看著那墓碑低聲說道：「妳不怕別人再對妳說三道四？」

祈喜總算克制住自己，沒再回頭。「我……忍不住……」

「好了，現在妳能告訴我哪個是娘的墳墓了吧？」九月無奈地嘆氣，感情的事可不是說斷就能斷的，她明白，所以也不想多費口舌。

「嗯？就是這兒啊。」祈喜這時才反應過來，低頭看了看身邊，看到倒地的墓碑，她皺了皺眉，一言不發地蹲下身，扶起墓碑。

「這墓碑是不是經常倒？」九月蹲在祈喜身邊，看她動作熟稔地把墓碑插回坑裡，埋上土壓上石頭。

「嗯，很早之前就這樣了，剛開始我還跟爹說可能是有人故意的，可爹沒當回事，我又不敢晚上過來這兒，沒辦法，只好隔一段日子就過來看看，倒了就豎回去。」祈喜不高興地嘶著嘴。「也不知道是誰這麼缺德，老跟娘這麼過不去。」

「這麼說，今天立起來，接著還會有人推了？」九月看著那墓碑有些微怒。人死如燈滅，這人到底是什麼意思，竟與一孤墳過不去？

「應該是。」祈喜也有些忿忿，可更多的還是無奈。

九月聽罷，沈默了。

祈喜因為水宏也沒有看熱鬧的心思，九月則是本就無意，於是兩人向周氏的墳叩了三個頭，便相攜離開。

回到九月家中，祈喜拿了空籃子回家去了，九月開了門，皺著眉進了屋裡。「子端。」

「嗯，回來了。」遊春聽到她們的動靜，知道祈喜已經回去，所以也沒有避開，他微笑著停下筆，一抬頭卻發現九月有些鬱鬱，不由關心問道：「怎麼了？熱鬧不好看嗎？」

「你有沒有辦法……幫我找一個人。」九月坐在他對面，雙眉緊鎖，她想找到那個人，但這兒並沒有先進的科技，想守株待兔逮住那人根本不可能，思來想去也沒個好辦法。

「找誰啊？」遊春一愣，放下筆認真地看著她。

「不知道。」九月嘆氣。「也不知道是誰，跟我娘的墳過不去，墳前那墓碑屢次被人推倒，方才聽我八姊說，已經很多年了。」

「竟有這事？」遊春也是吃驚。「何人這般缺德！」

「八姊說得吞吞吐吐的，不過我感覺得出來，娘不能進祖墳，是因為在棺中生下我這個災星。」九月嘆氣。「正因如此，她只能成了孤墳，且不說她生於何日、卒於何時，碑上連個名都沒有，如今還連累她不得安寧。」

「妳想怎麼做？」遊春點頭，心裡已決定一查到底。

「當然是把那個人揪出來，問問他為什麼嘍，還有他必須當著全村人的面向我娘道歉。」

「明白了。」遊春點點頭。「這事交給我，妳別管了。」

「什麼叫我別管啊，那是我娘耶。」九月不滿地瞪他。

「也是我以後的丈母娘。」遊春輕笑，伸手揉開她眉間的鬱鬱。「等尋到那人，再交給妳辦可好？現在呢，不許再這樣顰著眉了。」

九月無奈地看著臉皮越來越厚的遊春，好一會兒才哼道：「既然你都這樣說了，那……現在就放下這些，先為你以後的丈母娘重刻個碑吧。」

遊春的手停下來，狂喜地看著九月。

「怎麼了你？」九月被他擋住視線，見他這樣，不由奇怪，伸手撥開他的手。

「九兒，妳答應……嫁給我了？」遊春看著她，滿是驚喜卻又有些不確定。

「我什麼時候說了？」九月臉一紅，矢口否認。

「那妳方才說……」遊春明顯失望。

「咳咳……我去拿木板。」九月看到他這表情，歉意油然而生，起身快步到了門邊，把祈望送來的木板都搬過去，有些討好地道：「子端，你看看這些能用嗎？」

「嗯。」遊春淡淡地應了一句，不過還是起身過來翻看一番。「這個劈開可做墓碑，餘下這些足夠了。」

「能用就行。」九月側頭看著他，歉意中又多了一分不安，正想著要不要解釋，便聽到外面響起匆忙的腳步聲。

遊春目光一閃，快步進了隔間。

「九月。」來的是祈稷，沒一會兒便跑到門口，倉促道：「不好了，趙老山昏死過去了。」

「他昏死過去與我何干？」九月一愣，脫口說道。

「九月，他們是聽了妳的話才作法事的，這法事剛作一半，他就昏過去了，萬一他們把事情賴到妳頭上，妳豈不是說不清？」祈稷關心則亂，急急說道。

「我有什麼說不清的？又不是我害他的。」九月扔下木板站起來。

「話是這樣說，可他們家的人沒理還攪三分，跟他們哪說得清？妳還是趕緊關上門，一會兒誰來也別開，外面有哥幾個在呢。」祈稷說罷就伸手拉門。

「十堂哥，我又沒做什麼，幹麼要躲啊？再說了，我這門一腳就能踹開，關得住嗎？」九月哭笑不得，走過去撐住門不讓他關。

「可是……」祈稷還是不放心。

「十堂哥，躲得了一時，能躲得了一世嗎？」

一個村子住著，趙老山要真出事，趙家想要賴到她頭上，這小小草屋哪能躲得住？

第三十二章

祈稷見勸不動九月，只好叮囑幾句再返回墳場，想看看那邊的情況，再找幾位哥哥商量一下。萬一趙家無理取鬧，他們也好幫九月解決。

對於這個堂妹，祈稷從初時的好奇慢慢轉化成憐惜，妹妹吃了這麼多年的苦，好不容易回到大祈村卻不能和家人同住，已是很不容易了，而她又是這般良善柔弱，若沒個替她遮風擋雨的人，她豈不是更難？

遮風擋雨的人……想到這兒，祈稷眼前一亮，主意浮上心頭，加快腳步匆匆而去。

九月看著祈稷忽然加快的腳步，不由暖暖一笑，回轉到屋中，想到趙老山的事，她又忍不住皺眉。

「祈家妹子、祈家妹子，救命啊！」

遊春正欲出來，便聽到有人大呼小叫著從後面竹林過來，他只好又退回去，倚著竹牆聽著外面的動靜。

沒等九月出門，來人便撲到她門口。「祈家妹子，求求妳，救救我家相公吧！」

九月無可奈何，只好走出去，到門口便看到淚人兒似的趙老山媳婦，令她眉心鎖得更緊。「何事？」

「祈家妹子，我相公他……昏過去了！」趙老山媳婦急急說道。

「那妳應該去找大夫。」九月淡淡說道。

「大夫瞧過了，沒辦法……」趙老山媳婦的眼淚落個不停，還好她口齒還算清楚。「大夫說從脈上看並沒有病，可是我們掐人中、摳他腳底板，他就是沒反應。祈家妹子，妳能救活我們家三叔，求求妳也救救他吧，我知道他混，等他好了，我一定叫他重新做人，讓他來給妳賠罪，求求妳救救他吧，我給妳磕頭了！」

「大夫都沒辦法，我一個小姑娘又哪來的能耐救他？」九月不願蹚渾水。

「妹子，我知道是他冒犯了妳，他混，他不是人，可是……可是……」趙老山媳婦「可是」了半天也沒「可是」出結果來，不由急得滿臉通紅，拉住九月的衣袖連連說道：「只要妳能救他，下輩子……不，這輩子，我給妳做牛做馬都成，求求妳了！」

九月聽到這兒，不由多看了這婦人一眼。「他這樣混，值得妳這樣做嗎？」

「他是我男人，不為他我還能為誰？我家三個娃兒還小，他再混，只要活著，我和三個娃兒總還有個依靠，要是他不在了，我們孤兒寡母的……可怎麼活……」婦人低頭嚶嚶哭了起來。「說起來，他混是混，可對三個娃兒還是疼的，有什麼好吃的總能先想著他們，衝著這點，我也值了。」

「妳該知道，我可不是神仙，救不救得了他還是兩說。」九月沈默片刻，開口說道。

「妹子，妳……」趙老山媳婦驚喜地抬頭，隨即忙回道：「只要妹子去看看，救得活最好，救不活……也是我們的命，與妹子沒有關係。」

「那就去看看吧。」九月淡淡應道。「等我一下，我拿些東西。」

「好、好！」趙老山媳婦連連點頭，欣喜地站了起來，雙手合十對著天拜了拜，口中唸唸有詞。

九月回到屋裡，取了符紙、朱砂和筆，朱砂都是化好的，用小罐子裝著，打開就能用。她把這些放進籃子裡，想了想，又取了火摺子帶上，才出來關了門，跟著趙老山媳婦一起往後山走。

墳場上，已然炸了鍋，圍觀的人議論紛紛，卻沒有誰敢上前去看。

看到九月跟著趙老山媳婦過去，祈稷大吃一驚，跑過來攔住她們。「九月，妳怎麼來了？」

「我來看看。」九月微微一笑，也看到祈稷身後的祈稻和五子等人。

「妳不會是……」祈稷看到她手中的籃子，不由大急。

「阿稷，不許多事。」余四娘在不遠處和幾個婦人說話，一轉頭就看到這邊的情形，忙跑過來把祈稷拉到一邊，沒好氣地道：「她要去就去，關你什麼事？」

「娘，您別攔著我。」祈稷無奈地看著余四娘。

「阿稷，我過去看看。」五子與祈稷挺要好，這會兒自然知道他的心思，當下笑著拍了拍祈稷的肩。

祈稷見狀，再次想起自己先前的想法，心裡暗喜，便連連點頭。

而此時，九月已經到了法壇前，作法事的師父們停了下來，趙老山雙目緊閉，躺在地上，邊上圍著趙家的人，正七手八腳地給趙老山掐人中、捏虎口。

「阿彌陀佛。」那幾位師父倒是都認得九月，看到她便微笑著點點頭。

「見過幾位師父。」九月雙手合十行了禮。

趙母等人看到趙老山媳婦把九月給請了過來，忙紛紛上前招呼，求救聲一片。

九月沒有理會，和幾個和尚見了禮，來到趙老山身邊蹲下，把竹籃放到一旁，伸手扣上他的腕脈。

這趙老山的脈象明明強勁平穩……怪不得大夫說奇怪呢，這哪像是出事昏倒的人呢？可是，瞧他臉色蒼白，額頭上有個紅紅的大包，已滲了血絲，顯然是叩頭叩的。

九月收回手，略略想了想，側頭說道：「準備一碗糖水。」

「是。」趙老山媳婦聽罷，轉身就跑，跑了幾步才停下來轉身看著趙母。

「根兒，你腳程快，你去！」趙母見狀，忙轉身吩咐後面的趙老根。

趙老根只不過是被遊春點了穴，穴道一解開又休息一天自然好了，反倒是趙老石被祈豐年那一腳踹得內傷，這會兒還佝僂著腰蹲在一邊。

趙老根點頭，飛快地跑了。

九月也沒閒著，蹲在地上拿了一張空白符紙飛快畫了起來。

她看不出這趙老山是怎麼回事，所以便想按著低血糖的症狀來試試，糖水才是主要的，符紙麼，則是故弄玄虛、掩人耳目的。

畫好符、放下筆，九月站起來，轉身尋找趙老山媳婦，不經意間，她似乎踩到什麼，而那東西還動了動。

九月忙低頭，只見自己踩的居然是趙老山的手，而這隻手正掙扎著。她眼睛一亮，瞬間回頭瞧去，只見趙老山緊閉著眼睛，表面倒是看不出什麼，可腮幫子卻隱隱在使力。

原來是裝的！

九月瞇了瞇眼，冷冷一笑，腳下暗暗使勁踩了一下，才飛快跳到一旁，帶著歉意對趙老山媳婦說道：「不好意思，方才沒瞧見。」

「沒關係，他反正……也感覺不到疼了……」說著，淚花又出來了。

九月這會兒已經知道趙老山裝昏，剛剛生出的一絲惻隱之心也消失殆盡。

「再尋一根竹棍、一根火把、一罈酒。」

九月決定嚇嚇這個趙老山，她實在也煩透了這樁麻煩，早了結早好。話出口，便有人去準備了。

「幾位師父，只管繼續吧。」九月又轉向那邊的和尚，見他們還停著，忙提醒道。

和尚們才點點頭，閉著眼開始唸經。

「來了。」趙老根飛快跑了回來，雙手捧著一大碗糖水，還冒著熱氣。

「妹子，糖水來了。」趙老山媳婦忙接過，捧到九月身邊。

九月把方才畫的符紙點燃，等符紙燃盡便扔進那糖水裡。「給他灌下去。」

灌水的事自然由趙老山媳婦去做了，她倒是體貼，也許是之前給趙老根服符水得了經驗，這會兒正好用上，捧著碗規律地晃蕩幾下，符灰便散開了，趙老根等人也過去幫忙，扶起趙老山。

只是幾人費了一番工夫，趙老山的嘴就是緊緊抿著，些許糖水順著他的嘴唇緩緩淌下，趙老山媳婦生怕浪費符水影響效果，忙揩去糖水，想把它堵回趙老山嘴裡，只是卻屢屢失敗。

趙老山的嘴仍抿得緊緊的，猶如緊閉的蚌殼。

「拿小竹管灌。」九月淡淡說道。

趙老山媳婦忙把碗交給其他人，自己跑去找小竹管。

沒一會兒她便回來了，在眾人的幫忙下，把小竹管插進趙老山嘴裡，趙老根還托起趙老山的下巴，使其臉朝上，一旁端碗的人幫著往小竹管裡倒糖水。

竹管雖不粗，可倒下的糖水卻是沒有間斷的，趙老山緊閉著眼，喉間卻不得不吞下糖水，垂著的手也忍不住曲了起來，抓住地上的枯草。

九月唇邊逸出笑，她就不信這樣他還不「醒來」。

可誰知，一碗糖水灌下，趙老山咕嚕咕嚕地吞完，人卻沒有醒來，被人放下，嘴角還淌了不少糖水。

看在眾人眼裡，就跟完蛋了沒兩樣。

九月看著他的手在灌完的那一刻鬆開了草，還悄悄地挪回原處，便知道這招沒能使出作用，令她不由挑眉。

「心術不正，陰邪入體，來幾個人，把這片荒草都去了，再褪去他的外衣、鞋襪。」

「快。」趙母在後面不敢上前誤了九月「作法」，聽到九月說陰邪入體，嚇得連忙讓人上去幫忙，哪裡還有空懷疑九月的話準不準。

遠處圍觀的人們聽說九月要作法救人，都忍不住圍過來，這會兒一聽，馬上出來二十幾個小夥子，捲起袖子除草，其中便有祈稷等人。

「九月，妳真會嗎？」祈稷有些擔心地退到九月身邊悄聲問道。

「十堂哥，他是裝的。」九月眨眨眼。「看我怎麼教訓他。」

祈稷頓時瞪大眼睛，他定睛看了看地上的趙老山，表情有些忿忿，朝九月點點頭便去了五子那邊，兩人湊著頭竊竊竊私語一番，又指了指趙老山。

待趙老山的家人把他的厚外套脫去，九月便拿著空白符紙上前，分別貼在趙老山的腦門、雙肩、雙手、前胸、雙膝還有腳底板上。

然後開了那朱砂罐，圍著趙老山開始畫符。

「九月，我幫妳。」祈稷等人已經清理出一大塊地，此時見九月一手托著罐子、一手執筆還要留心腳下，便湊過來幫九月捧朱砂罐。

余四娘在後面見了，又是皺眉又是無奈，不過這個時候她也不敢上前去拉，只好在原地乾瞪眼。

在祈稷的幫助下，九月很「認真」地開始畫符，她沒見過外婆作法事，唯一一次還是之前張師婆那次，之所以來這招，完全是想教訓趙老山。

沒一會兒符便畫完了，除了那些符紙上，連趙老山的臉、手以及前胸的衣服都沒放過。

把手中的筆遞給祈稷，她又拿起竹棍圍著趙老山畫了個大大的圈，邊上歪歪曲曲的畫了符，最後又提起那罈酒順著地上畫出的溝溝倒了起來。

趙老山嗜酒，聞到這酒味，鼻子抽了抽，眼皮略略開了絲縫，雖然很快就閉上了，卻也掩飾不了他裝昏迷的事實。

九月暗暗好笑，百分百確定他是裝的，她便更放心了，她做的這些可傷不了人，頂多就是嚇嚇他。

地上畫的小溝都倒上了酒，她沒有耽擱，示意旁人把火點燃，自己則捧著那酒罈子含了一口，才把裡面的酒全倒進溝裡。

「九月，來。」祈稷氣憤趙老山所為，這會兒看到她倒酒，又看到一邊的火把，便明白她說的教訓是什麼，於是過去燃了火把遞過來。

九月把空酒罈狠狠地往那大石頭一摔，「啪」的一聲，酒罈四分五裂。

趙老山微不可察地顫了顫，手指動了動。

九月冷冷一笑，接過火把，湊到面前，忽地一噴，酒落在那火把上，火苗猛地往上竄。

眾人不由一陣驚呼。

就在這時，九月把火把往地上的溝裡一點，那未滲進地裡的酒頓時燃燒起來。

「啊！」趙老山媳婦不由大驚，尖叫起來，要不是趙槐讓人攔住她，她只怕要衝上來了。

九月不理會，接著點燃趙老山腳底的符。

趙老山的腳趾往內縮了縮。

九月撇嘴，迅速點燃其他符，這符沒有沾酒，符紙又小，倒是不怕燒到人，最後，她將火把點向趙老山的腦門。

這一下，趙老山躺不住了，立即跳了起來，跟個猴子似的在火圈中又蹦又跳，雙手飛快地拍著腦門和身上的火星。

「神了！」人群頓時譁然，尤其是趙槐等人更是驚駭不已，方才他們又掐又捏的，人就是沒反應，沒想到竟被九月救回來了。

祈稷見到趙老山這模樣，咧著嘴直樂，朝九月豎了豎大拇指。

五子驚訝地看著，轉向九月的目光帶著些許欣賞。

九月沒注意，只是朝祈稷笑了笑，便把注意力重新放回趙老山身上，見他作勢翻了翻眼又想重新倒下，不由冷冷說道：「趙老山，你若再倒下，我保證你見不到明天的太陽。」

趙老山頓時僵住了，整個人呈現奇怪的姿勢後仰著。

「人在做，天在看，你若不想再有報應，最好夾好尾巴安分些。」九月鄙夷地看了看他，將火把往趙老山媳婦手裡一遞，朝趙母等人說道：「符三十文、朱砂二十文，一會兒記得送到我家。」

「是是是，我們一會兒就送過去。」趙母哪裡敢不依，朝九月連連點頭。

九月淡淡點頭，轉身去尋籃子。

五子已細心地收拾好了，正遞給祈稷，祈稷瞅了他一眼，嘿嘿一笑，接了籃子給九月，一邊豎了豎大拇指。

九月微微一笑，提了籃子逕自回去，所到之處人人讓路，停留在她身上的目光已經不全是害怕，更多的還有驚訝和好奇。

「回來了？」遊春正準備雕刻，他用宣紙抄了一張經文，此時正反貼到木板上，聽到九月進屋的腳步聲，抬頭看了看她。「趙老山怎麼樣了？」

「他裝的。」九月撇撇嘴，把籃子放在桌上，隨手倒了一杯茶就要喝。

遊春一伸手便奪過她手中的杯子，有些不悅地道：「這茶涼了。」

「我就漱漱口。」九月無奈地看著他，方才她為了營造神秘氣氛，才用那一招，這會兒滿嘴酒味，讓她很不舒服。

「妳在哪兒喝了酒？」遊春湊到她臉頰邊聞了聞，皺了皺眉。

「嗯？」九月佯裝納悶地搖搖頭，最後還是說了一下事情經過。

「妳還這般胡來？萬一一個不慎傷著自己怎麼辦？」遊春把茶壺放在桌上，沈著臉看九月。

九月心頭一熱，臉上多了一抹笑意，主動挽住他的手臂。「好啦，我這不是好好的嘛，以後不這樣了，我保證。」

那酒的味道太不舒服了，她肯定不會再玩那招了。

「哎，妳呀。」遊春低頭看了她一會兒，最終還是無奈地嘆口氣，伸手提起茶壺，給她沖了一杯熱茶。「先放涼一點，別燙著了。」

「嗯。」九月這才鬆手，坐到桌邊歇腳，一邊吹著熱茶，一邊看著遊春在木板上調整紙張。

第三十三章

中午，九月正和遊春在屋裡用飯，趙母帶著三個兒媳婦來了，這次倒是沒提籃子，不過趙母帶來一吊錢，千恩萬謝地硬留下錢便帶著人走了。

九月看看手裡的錢，啞然失笑。

「在想什麼呢？站門口吹冷風。」遊春無時無刻不注意九月的動靜，見她站在門口好一會兒，不由納悶，過去把她拉進來，關上門。

「我在想怎麼利用這些錢做些買賣。」九月用手指勾著這一吊錢提至眼前。

「一吊錢可以收不少的底蠟、木粉，妳可以用這些製成香燭賣給廟裡。」遊春笑道。

「我知道這點錢根本做不了什麼。」九月笑了笑，她又不是不懂。「算了，不想那些，還是顧好眼前的，有了這些，這個年我們可以過得舒坦些。」

「至於其他買賣……」

「九兒，明日我想進鎮一趟。」遊春看著她的笑容，心裡又是一嘆，他如今虎落平陽，找不著手下，自己都得靠她照顧，看她如此辛苦卻幫不上忙，這種感覺太窩囊了。

遊春要進鎮？想起在醫館時的那點不對勁，九月不由擔心道：「你去鎮上做什麼？要買東西我幫你帶回來就是了。」

「我只是有些悶了，在村裡不方便走動，便想著去鎮上透透氣。」

遊春不希望讓她擔心，又指了指屋中的木板，尋了藉口。

「還有，這不是要刻東西嗎？我手上沒有稱手的刻刀，這刻東西最重要的就是刀可稱手，妳幫我帶，只怕沒我自己選的好。」

「那……你一定要小心。」九月再不放心，也知不能把他關在家裡不出門，只好叮囑道。

「放心，我一定不會讓自己有事的。」遊春見她不高興，伸手攬住她。「我保證，我只是去轉轉，半日便回。」

九月點頭。

第二日天還沒亮，遊春便出門了。

九月醒來的時候，枕邊放著他留的字條，才知道他沒吵醒她就先走了，一顆心頓時提了起來，心不在焉地用過飯，便在屋裡抄經靜心。

直到日頭當空，她才擱筆，邊活動著肩頸邊來到屋外，想看看遊春回來沒有。

剛到院子裡，就看到有人站在後面竹林下，九月心下一喜，正要喊，卻發現那人不是遊春，而是少年阿安，她不由失望地收斂起笑，走上前去。「你怎麼在這兒？」

「妳不是說要用底蠟嗎？妳看看這些能不能用？」阿安的腿上還有傷，此時他一手扶著竹子一手拄著柺杖，腳邊還放著一個黑布袋，說罷，他指了指那黑袋子。

「啊？」九月一愣，隨即大步上前，拉開黑袋子，裡面果然是底蠟，還不止一塊。「你去新良村了？」

「嗯。」阿安點頭。

「你這樣子怎麼去？」九月吃驚地看看他的腿。

「不是我自己去的。」阿安搖頭，頓了一會兒才解釋道：「我們有六個人，他們聽說這件事後，就幫我去了一趟，這些蠟有一半是用他們乞討湊的錢買的，有一半是別人送的，五塊，一共才二十八文。」

「這麼便宜！」九月當下點點頭，提起黑袋子。「你的腿可好些了？」

「嗯。」阿安點點頭。

「那跟我來吧。」九月又看了看他的傷處，提著黑袋子轉身回家。

阿安猶豫了一下，跟著走過去。

「坐會兒。」九月把他帶到屋前，拿了長凳讓他坐在陽光下，自己提著蠟塊進屋，把黑袋子騰出來，從錢罐子裡數了一百六十文錢出來，倒了一杯茶出去。「來喝。」

「謝謝。」阿安雙手接過，挪了挪身子，顯得很不自在。

「這六十文是給你們的。」九月把黑袋子搭在他邊上，把六十文錢用細藤條串好放在黑袋子上方。

「二十八文就夠了。」阿安看到那錢，脹紅臉便要站起來。

「方才你不是也說了，一半是你朋友的錢湊的，一半是人家送你們的，也就是說這些蠟本就值五十六文。」九月見狀，微笑說道。「按原先說好的，每塊給你兩文錢報酬，我使不給你了，當是扣你欠我的錢，今兒已經抵了十文，你若推辭，這事以後我也不找你了，我自己去就是。」

阿安看著她張了張嘴，最終沒說什麼，收起那六十文錢，臉微微有些紅。「明天我會讓他們再去。」

「喏，這一百文是給你們收底蠟用的，除了底蠟，我還需要杉木粉和松木粉。」九月把一百文遞過去。

阿安猶豫著，沒有伸手。

「拿著。」九月又抬抬手。「我需要的底蠟可不少，憑你手上那六十文，還去你朋友的，餘下還能收多少？」

阿安沈默一會兒，抬手接下這一百文錢。「我一定辦好。」

「知道。」九月笑笑，起身走向灶間。「你吃飯了嗎？要不要在這兒吃點？我煮麵條。」

「不了，我先回去了。」阿安喝完餘下的茶水，跛著腳把茶杯放到灶間的桌上，看了看她，拿起那黑袋子走了。

「明天還要換藥，記得在村口等我。」九月快步出來，提醒道。

「不用了，我自己會去。」阿安回頭應了一句，一臉彆扭，說罷，飛快地看了她一眼，轉身跛著腿爬上後山的陡坡。

九月瞧了瞧，轉身回到灶間，明早她還是去土地廟看看吧。

阿安離開後，遊春一直沒回來，九月靜不下心，落筆寫了兩個字都覺得不滿意，乾脆擱下筆，鎖了門往後山走去。
阿安不可能從村口這邊進來，唯一的路就是後山林子，那條通往山腳土地廟的路能通往落雲山，也能通往鎮上。
九月很快就穿過竹林，來到那邊的山頭。
遠處的土地廟前，一個跛腿的人正被幾個更小的人圍著走上臺階進入廟中，瞧那身形和步伐應該就是阿安。
九月只是停留一眼，便轉向鎮上的方向。
山腳轉角處，一個人揹著大包袱、手上拎著大袋子，疾步從土地廟前直直往這邊走來。是遊春！
九月心裡一喜，轉身就想下去迎他，卻聽到後面墳場傳來一陣叫罵聲。
後山有人，遊春就不方便上來，想了想，九月轉了腳步，往墳場走去。
「妳個娼婦……妳個災星……妳個不得好死的……」周氏墳前，一個婦人朝墓碑又罵又啐又踢又扯，剛埋下的墓碑沒一會兒就被她拔出來，摔在地上又踩又跳，口中髒話不斷。
「妳是什麼人？為什麼要推我娘的墓碑?!」
九月一見，心頭火起，衝上去一把推開那婦人。
女人被推了個四腳朝天，但奇怪的是，她被人推倒居然也沒有叫出聲，而是瞪了九月一眼，繼續嘀嘀咕咕縮頭罵著。
九月皺眉，她怎麼覺得這婦人有點神經呢？

那婦人不理她，邊罵邊爬起來，縮著頭轉身就走。

「站住！」九月哪肯任由她離開？上前一步就抓住那婦人的手腕。「妳是誰？為什麼要這樣做？」

誰知那女人無神的眼睛充滿驚惶地盯著她，整個人使勁往後拖，又是叫罵、又是搖頭、又是朝她踢腿。

這下九月瞧出來了，這婦人確實精神有問題。

「喂，問妳話呢，為什麼要毀我娘的碑？以前是不是妳做的？」九月不由苦笑，與一個神經病理論這些，她是不是也有毛病了？

婦人低著頭，斜盯著九月一陣罵聲，突然另一隻手伸過來抓住九月，張著大嘴就往九月手上咬去。

「喂！」九月大驚，想要抽手卻來不及了，眼見那婦人就要咬下，一塊石子凌空而來，婦人身子一歪栽倒在地。

九月忙抽回手，回頭一瞧，那個揹著大包袱的人果然就是遊春。「子端，你回來了，怎麼去那麼久？」

「買了些東西耽擱了。」遊春快步到了她身邊，握住她的手看了看，見沒有被咬到，才鬆了口氣。「這人怎麼回事？」

「一個瘋子。」九月才低頭看向自己的手，手上沾了那婦人的口水，讓她一陣反胃，厭惡地看了看倒地的婦人。「就是她拔了我娘的墓碑。」

「她？」遊春驚訝地看了看那婦人，見那婦人穿的衣衫雖有補丁，卻也整潔，頭髮也梳得整整齊齊，怎麼可能是個瘋子呢？

「她什麼時候會醒？」九月皺眉道，仍然很在意手上的口水。

「想讓她醒，解穴就是了。」遊春看了看她，這段日子相處下來，他也知她的性子。

「先回去吧，一會兒妳去尋了村長等人過來當面問她。」

回到家，九月燒了熱水給遊春洗臉淨手，自己也打了一盆，拿香胰子洗了好幾遍手，才勉強消去那噁心的感覺。

「子端，吃過飯了嗎？」九月進屋，遊春正在整理帶回來的東西，大包袱裡除了兩床全新的被褥，還有兩套女裝、兩套男裝，裡裡外外都全了，除此還有兩雙棉靴，此時都整齊地擺在九月床上。

大袋子裡則是些生活日用品，除了碗碟茶具，居然還有一口圓鍋、臘肉乾果米麵以及一些新鮮食材。

「在鎮上吃過了。」遊春眉宇舒展，心情似乎挺好。「瞧瞧，可還缺什麼？」

「你怎麼買這麼多東西啊？」九月正驚訝著，一樣一樣的看過去，看到那裡裡外外全套的衣服時，不由紅了臉，他居然連肚兜都買了……

「我尋著我的手下了。」遊春笑笑，從懷裡取出一疊銀票遞到她面前。「拿著，我也不懂過年要置辦些什麼，妳全權作主。」

「你找著他們了？」九月一愣，心頭的失落油然而生，尋著他們了，是不是代表他要走了？

遊春見她這樣便知她誤會了，當下拉過她的手笑道：「傻九兒，我尋著他們又不代表我馬上要走，外面的事，我已經安排他們去辦了，過年前，我哪兒都不去，就陪著妳。」

「我去找人，你幫我把那人的穴道解了吧。」九月心裡一緊，避開他的目光，抽回手轉身出了門。

遊春看著她的背影，好心情陡然落下來，好一會兒才嘆了口氣，低頭看看手中的銀票，想了想又塞回懷裡。

九月心裡悶得難受，腳步不知不覺便快了，等她回過神，已經到了祈家院子外的坡下，才停了腳步。

祈家的門就在上面，可除了之前守靈時她去過的靈堂，她連自家門在哪一邊都沒弄清楚，今天卻為了周氏墓碑的事，不得不走這一趟。

待平復心情，九月緩步上坡，面對三個院子一般模樣的門牆，有些犯難了，她若是沒有那災星的名，這門倒是能隨便進了，可要是萬一走錯，遇到陳翠娘也就罷了，若遇到余四娘，又少不了吵鬧一頓，現在的她可沒那個心情與人胡扯。

「八姊。」九月左瞅右瞅，無奈之下，只好扯著嗓子喊，希望祈喜在家聽到能出來。

「八姊。」

左手邊的門應聲而開，祈望從裡面走出來，看到九月很驚訝。「九月？」

這時中間祖宅的門也開了，出來的卻是余四娘和祈稷的媳婦錢來娣，錢來娣看到九月，她微微一笑，還沒說話，那余四娘便把她往後一拉，重新關上院門，隱約還傳來余四娘的嘀咕聲。

「五姊，八姊在嗎？」九月沒理會她們，逕自往祈望那邊走去。

「不在呢，她去大姊家了，妳先進來吧，在屋裡等她。」祈望見她難得主動過來，心裡高興，上前拉她的手。

「不了，我就不進去了。」九月搖頭，一抬眼便看到院子裡的祈豐年、五子以及兩個婦人。「五姊，村長家怎麼走？」

五子此時也看到了九月，不知為何，竟臉上一紅，目光炯炯地看向她，邊上的婦人則湊著頭嘀嘀咕咕的，時不時看向九月。

「妳找村長做什麼？」祈望驚訝地看著她，回頭看了看院子裡的人，又拉住九月的手就要往裡拉。「都到自家門口了，快進來說。」

「五姊，我逮到破壞娘墓碑的人了，找村長，是想讓他出來主持公道。」九月反拉住祈望，搖搖頭。「我不進去了，妳告訴我怎麼走就行，免得我走錯了惹人厭煩。」

「啊？妳看到是誰破壞的？」祈望一愣，驚呼道。「是誰？」

第三十四章

「一個瘋婦人。」九月嘆了口氣。

一個瘋婦，就算拉到全村人面前，又能把她怎麼樣？

「啊？不會是葛家姑姑吧？」祈望脫口而出，說罷，轉頭看了看四周，二話不說地把九月拉進院子，朝祈豐年笑道：「爹，九月說今兒得空，過來看看爺爺。」

嗯？九月納悶地看向祈望，不知她為何這樣說。

祈望暗暗給她使了個眼色，對幾人笑道：「幾位聊著，我陪九月去看爺爺。」

「祈大哥，這就是你家九囡，哎喲，可真俊呢，跟仙女似的。」兩個婦人中年紀偏大的笑著打量九月，一張口便是奉承。

九月微微皺眉，只是淡淡看了看她，朝五子點點頭算是打招呼，接著便跟著祈望進屋去了，她心急墳墓的事，可都到了這兒，祈望又提了這話，她不去看祈老頭便有些不應該了。

祈望帶著九月進了正堂，從左邊的門進去，便看到祈老頭坐在椅子上，拄著柺杖正仰頭看著牆上掛著的祈老太畫像，他不知想到什麼，臉上掛著淡淡的笑。

「爺爺，您瞧，誰來看您了？」祈望笑著上前。

祈老頭聽到動靜，才緩緩回過頭來，一眼便看到九月，頓時高興起來，抬手向她招了招。「九囡來了，來，坐、坐。」

「爺爺。」九月微笑著上前，見祈老頭氣色極好，心裡也放心了。

「來了就好、來了就好。」祈老頭樂呵呵地看著她點頭。「中午在家吃。」

「爺爺，我已經吃過了。」九月笑著搖頭，心裡縱然很著急，也只能耐著性子坐下。

「爺爺，都午後了。」祈望聞言在邊上應了一句，然後無奈地對九月輕聲說道：「爺爺這幾天總記不得事，這不，剛剛吃的飯，他又忘了，有時候沒吃，他偏說自己吃了。」

九月吃驚地看看祈老頭，他的注意力又回到畫像上，似乎沒聽到祈望說的。「這情況多久了？」

「從奶奶去了以後就這樣了。」祈望嘆了口氣，低低說道：「奶奶留下話，說三叔家兒子多，住不下，便把祖宅給了三叔，三叔原在村南邊也是有房子的，現在那房子歸了祈菽和祈黍了，這邊是祈稷一家跟著三叔三嬸過，三嬸那人……反正爺爺不愛在那兒住，爹就把他接到這兒來了……三嬸那麼精打細算，爺爺又成了這樣，她自然不會待見的。」

原來如此，怪不得余四娘和錢來娣會在那間院子出現。

九月恍然，不過她不關心這些，她只想知道那個瘋婦為何要對娘的墓碑下手，在屋裡坐了一會兒，便向祈老頭告辭，和祈望兩人到了正堂，才急問起那瘋婦的事。「五姊，妳方才說那瘋婦可能是葛家姑姑，妳認識嗎？」

「三姊夫姓葛。」祈望嘆氣。「她是不是穿一件打了補丁的衣服？頭髮梳得光亮光亮的？看人也不正眼看，總是這樣低頭橫著盯妳？嘴裡還一直嘀咕讓人聽不懂的話？」

祈望說著還模仿了一下那瘋婦看人的姿勢。

「沒錯，就是這樣。」九月連連點頭。「我看到她的時候，她正對著娘的墓碑又罵又啐又踢又搖的，拔出來以後還扔地上又踩又蹦，五姊，她和娘有什麼過節嗎？」

「她……」祈望聽到這個，臉色不由古怪起來，左右瞧了瞧，湊到九月耳邊說道：「她有個兒子，娘在的時候，就有流言說那是爹的……」

「什麼?!」九月驚詫地看著祈望。

「九月，這件事妳不能去找村長，再說了，就算去找了也沒用，說不定還會讓三姊在葛家難做，她那個婆婆可不是個省油的，雖然她婆婆對這個小姑一向不理不睬，可要是因為這件事讓葛家沒了臉面，只怕這氣都得落在三姊頭上了。」祈望猶豫了一下，看著九月說起自己的想法。

「葛家姑姑是三姊夫的姑姑？」祈望沒有直說，不過，九月卻抓住其中的關鍵，要真是這樣，她還真得給三姊一個面子。「可是總不能放任她繼續這樣吧？再大的過節，娘都已經不在了，她這樣算什麼意思？」

「不然呢，總不能讓三姊難做吧？」祈望嘆了口氣。

「要我不追究也行，除非她以後不再做這樣的事了。」九月皺著眉。

「九月，三姊她……」祈望還要再勸。

「五姊，這事和三姊沒關係，和祈家也沒有關係。」九月抿了抿嘴。「娘是因為我才不能入祖墳的，如今已是孤墳一座，難道連僅刻著周氏兩字的碑也要被剝奪嗎？如今我九月既然回來了，就不允許這樣的事再繼續下去。」

「九月，那妳想怎麼做？」祈望吃驚地看著九月，好一會兒才囁嚅地問。
「五姊，這事妳私下和三姊通個氣，其他的妳們別管。」九月淡淡地看著她。「告訴三姊，若葛家人沒有主動找她，讓她也別管。」
「啊？」祈望不明白九月的意思，她還沒回神，九月便往外走出去。
院子裡，祈豐年還陪著那幾人說話，五子看到九月出來，便看了過來，連帶那兩個婦人的目光也跟了過來。
九月朝五子微微頷首，快步出了院子。
「九月。」祈望從後面跟出來。
「怎麼回事？」祈豐年看向祈望。
「九月說……」祈望有些為難地看看那兩個婦人和五子。
「說什麼？」祈豐年又問道：「吞吞吐吐的幹什麼？」
「九月說逮到毀壞娘墓碑的那個人了。」祈望心一橫，反正瞧九月也不會輕易揭過這事的，遲早大夥兒都知道。
「誰?!」祈豐年眉頭一挑，問道。
「她說是個瘋女人，不知道是誰。」祈望留了個心眼。
「妳馬上去找妳二叔、三叔，把妳哥哥們都找來，我們去看看。」祈豐年手一揮，打發祈望去叫人，自己則朝五子幾人歉意說道：「不好意思，這親事我是沒意見，不過出門的總是閨女自己，改天我讓八喜去問問她自己的意思，再給你們回話，可好？」

「成。」較年長的婦人連連點頭。「依我看，她一定會答應的，沒瞧見她剛才進來出去的都跟五子打招呼嗎？這事，九成九了。」

「叔，那我們先回去了。」五子不好意思地咧了咧嘴，一邊望了已出院門的九月一眼。

九月壓根兒沒把他們說的話和自己聯想在一起，對五子點頭，也只是因為他之前幫過她，而且這院子裡除了不想理她的祈豐年，她也就只認得五子。

從院子裡出來，下了坡，九月遇到揹著柴禾回來的祈稷。

「九月？」祈稷看到她很驚喜，高興地問道：「看到妳五子哥了？」

「他在院子裡呢。」九月指了指院子，沒多想祈稷為何這樣問。「十堂哥，村長家怎麼走？」

「下了坡順著右邊的路一直走，那邊有個水塘，水塘邊上有個白牆院子就是村長家。」祈稷指了路，才奇怪地問道：「妳找村長幹麼？」

「有事。」九月揮揮手，快步往那邊走。「十堂哥，我先走了。」

「欸……」祈稷挽留不及，只好看著九月遠去的身影嘀咕一句。「我還沒問五子的事呢……」

九月順著路，很快就尋到水塘，來到水塘邊唯一一座青瓦白牆的院子外，這一路走來，除了眼前這院子，也就祈家院子看著齊整大氣些，其餘的大都是夯土房，也有幾間木造房子，看來這祈家在大祈村裡也算是數得上的人家了。

九月來到村長家門口，院門也是白的，約有一人高，門上貼著兩個門神，九月猶豫了一下，上前敲門。

門很快就開了，出來的是個中年婦人，看到九月時，婦人臉上流露出一分錯愕，她飛快看了看門上貼的門神，有些尷尬地問道：「妳……有什麼事嗎？」

「妳好，我找村長，他在家嗎？」九月假裝沒看到這些，很客氣地朝婦人行禮，微笑著問道。

「在……在。」婦人點頭，猶豫了一下，也不知該不該請九月進去。

「麻煩妳跟村長說一聲，我在這兒等。」九月很識趣。

婦人似乎鬆了口氣，虛掩著門進去找人了。

沒一會兒，村長出來了，他的態度倒是親切。「九月啊，找我有什麼事嗎？進家裡說吧。」

「村長，不用了，我只是來請您幫個忙，就不進去了。」九月搖頭，主動拒絕。

「什麼事，妳說。」村長也不是真的想請她進去，當下順著話問道。

「您是村長，一定對村裡的人都熟悉，您能否跟我去認一認一個人，看看她是哪家的？」九月沒說自己已經知道那人的身分。

「認人？去哪兒認？」村長驚訝地問。

「後山。」九月嘆了口氣。「本來這樣的小事不該麻煩村長的，可是我不知道該找誰說才好，只好來麻煩您。」

「妳先說說，到底出了什麼事？」村長一聽有些犯嘀咕了，又是後山，趙家的事才了呢，怎麼又冒出事來了？難道有人也和趙老山一樣，看中這祈九月的相貌，想占便宜又見鬼了？

「那人毀了我娘的碑，被我碰個正著。」九月才淡淡說道。「我娘的事，我一無所知，不過縱然她以前有錯，與人結了怨，可畢竟她都過世十五年了，有什麼樣的過節不能揭過？偏偏我問了幾遍，那人只是嘀咕，我沒辦法才來找您的。您是村長，說話也有分量，想來她一定會給您面子，不知村長能不能幫我問問，這中間到底有什麼怨，竟讓她這麼多年來屢屢到我娘墳前謾罵毀碑。」

「竟有這事！」村長吃了一驚，這可不是小事啊，要知道，動人祖宗的墳就是被活活打死也沒人敢吭聲的。「快帶我去看看。」

「請。」九月立即讓到一邊。

兩人快步往後山走去，一路吸引不少人的目光，也有那閒著無聊的人看到這一幕，猜測又有好戲看，便遠遠地跟在後面。

沿著山路很快便到了墳場，那瘋婦人被綁在一根粗竹子上，正又扭又踢地掙扎著。九月四下看了看，沒瞧見別的人——她知道這是遊春安排的，這會兒應該也回家去了。

「村長，就是她。」九月指著那婦人道。「她被我抓到還想逃，問她話，還裝瘋賣傻的。」

村長一看到這人，頓時無言了，這婦人……說她瘋吧，她還知道來找周氏的麻煩；說她不瘋吧，偏還沒個正常的樣。

「她是妳三姊夫的親姑姑葛氏。」村長清咳一聲，直接點破婦人的身分。「九月啊，這事妳還是跟妳三姊夫家的人說說，讓他們管好就行了，鬧大了傷了親戚情面。」

「村長，我沒想鬧大，不過我也不會輕易作罷，她已經不止一次這樣了。」九月正色道。「我不知道她是不是我三姊夫的親姑姑，我只知道，她動了我娘的墳，一次兩次也就罷了，權作無心之過，可屢屢如此，便是存心想害我娘不得安寧。」

「那妳打算怎麼辦？」村長頭疼了，他就知道這不是小事，她怎麼可能只讓他認認人這樣簡單呢？正頭疼著，他聽到身後有聲音傳來，忙轉過身，只見祈豐年兄弟三人帶著祈稻等人來了，當下心頭一鬆，只要祈豐年說這事不追究，那就好辦了。「豐年，快來！」

祈豐年等人快走幾步，一看到綁著的瘋婦，幾人頓時愣住了。

那瘋婦一看到祈豐年，竟停止掙扎，直愣愣地看著他，咧著嘴直笑。

「這……」祈豐年驚愕地指著那婦人，說不出話來。

九月淡淡地看了看他，沒說話。

「豐年吶，九月說是她毀了墓碑，你看這事……」村長走到祈豐年身邊，把這燙手山芋扔過去。

祈豐年回神，轉身看了看不遠處的墳，不由嘆氣，轉頭看向那婦人。「為什麼？」

「不為什麼，我高興。」那婦人居然咯咯笑起來。

九月看看她，又看看祈豐年……也許那個流言是真的？

祈豐年咬咬牙，黯然說道：「她都走了十五年，妳還想怎麼樣？」

「我不想怎麼樣，她從我身邊搶了你，我就要讓她活著不安生，死了也不安生，我要讓她成為孤魂野鬼、讓她……」婦人嗤嗤地笑，眼睛睜得大大的直盯著祈豐年，整個人說不出的怪異，只是她的話沒說完，九月便上前賞了她一巴掌。

「啪」的一聲脆響，驚住了婦人，也驚住了眾人。

九月冷酷地看著她。「妳再敢說我娘一句不是試試！」

婦人驚惶的目光移向她，一時沒了聲音。

「九月，別這樣。」祈望心頭直跳，上前怯怯地拉了拉九月手臂。

九月甩開祈望的手，冷眼看著那婦人。「我娘已經不在了，在世時，她不曾享過福，死了也是孤墳一座。為祈家生了九個女兒，卻入不了祈家祖墳，這還不夠嗎？她已經死了，妳卻還活著，這還不夠嗎？」

婦人盯著九月，眼中流露一絲迷惘。

第三十五章

九月一字一句的詰問，讓祈豐年的臉一陣青一陣白，僵在原地許久，他咬咬牙，嘆著氣退後幾步，黯然離開。

看到他走了，祈康年、祈瑞年兩人面面相覷，不約而同地選擇跟隨祈豐年。

沒一會兒，餘下的人除了村長，便都是祈家的小輩們。

婦人看著祈豐年的背影，忽地笑了，兩行濁淚卻滾滾而下，臉上紅紅的手印觸目驚心。

祈望等人面面相覷。

許久之後，婦人收回目光，斂起笑緊盯著九月，她的眼中出現片刻恍惚。

「說，妳這麼做的理由是什麼？」九月見狀，心裡掠過些許不忍，語氣也緩和了些。

「周玲枝啊周玲枝，我們較勁了一輩子，可到頭來，我還是輸給妳了。」婦人不理她，逕自抬頭望天，喃喃說著。「我生了兒子又怎麼樣？兒子不要我了，妳呢？死是死了，還能有這樣一個女兒為妳出頭……為妳爭……」

「九月姪女，來、來。」村長見狀，連連嘆氣，招手把九月喊到一邊，語重心長地勸道：「九月姪女，我和妳爹也是多年的老兄弟了，伯伯和妳說幾句掏心窩的話，妳可得往心裡記啊。」

「村長，您說。」九月已經猜到他想說什麼，當下點點頭。

「妳娘已經不在了，當年的事也不用去翻它，翻出來只會糗了活著的人，妳說對嗎？」村長看了看她的臉色，說得有些小心翼翼，他是看出來了，豐年這個女兒可不像別的幾位，她可是說得出做得到的，這事真要是較起真來，說不定要傷到幾家人的情面。

九月若有所思，點了點頭。

「她呢，叫葛玉娥，是妳三姊的婆家姑姑，雖然葛家人也不待見葛玉娥，可到底是他們家人，鬧大了，葛家沒了面子，妳三姊的日子只怕更不好過了，還有妳爹這老臉……」村長沒有往下說，只是嘆口氣，拍了拍九月的肩。「妳是個聰慧的，自己好好琢磨，儘量把事情化到最小吧。」

九月斂了眸，微微點頭，心裡越發好奇這葛玉娥和她爹娘之間的糾葛。

「行了，我還有事，先回去了。」村長釋然。「有什麼事，隨時找我。」

「謝謝村長。」九月沒有攔他。

「九月，放了她吧。」村長走後，祈望走過來，拉著九月輕聲說道。「就當為了三姊。」

九月皺了皺眉。

「她那個兒子，還不知是不是真的是爹的兒子呢？萬一是，豈不是傷了爹……」祈望想了想，又悄聲說了一句，可瞅到九月的臉忽地一沈，她便停住了，心裡有些不安，她到底不如八喜和九月的關係，說這些，九月會不會不高興？

「五姊，我自有分寸。」九月淡淡應了一句。「就算要放人，也得弄清楚她為什麼要這樣做，以後還要不要這樣做，不然娘以後如何安生？」

祈望臉上一紅，連連點頭。

「可想好要說了？」九月回到葛玉娥面前。

葛玉娥直直看著她傻笑，口中唸唸有詞。

「她就是這樣，時好時壞。」祈望嘆氣。

「九月，這事和她說沒用，我看，還是把她交給葛家人，讓他們自己看好她，要再有下次，就直接找葛家人理論。」祈稻也皺眉，他比較沈穩，思來想去還是覺得這樣處理最好，不然與一個瘋婆子哪糾纏得清？

「葛玉娥，如果妳能告訴我為什麼要這樣做，並且保證以後再不這樣，我就放了妳。」九月看了看他們，站在葛玉娥面前盯著她問道。

葛玉娥還是嘀嘀咕咕的不知道說什麼。

「你們想幹什麼?!」這時，後面衝過來一個年輕人，跑到前面狠狠推開祈稷等人，撞開九月，撲到葛玉娥身邊，連拉帶拽的解去藤條。

祈稷等人險些摔倒，而九月則直接跌坐在地上，她下意識一撐手，手掌被一塊尖石壓到，頓時扎破了手。

「石娃子，你娘的幹什麼？」祈稷衝上去拉開那年輕人，瞪著他罵道：「你找死是吧？」

祈望也嚇了一跳，趕緊去扶起九月。

九月看了看自己的手，殷紅的血流了出來。

「血……血！」葛玉娥卻驚叫著衝過來，雙手緊緊抓住九月受傷的手，口中連連低語道：「玲枝不怕、玲枝不怕，姊姊幫妳包紮起來、姊姊幫妳包紮起來……包紮起來。」

說罷，騰出一隻手在自己衣襬處摸索，越摸越急，越急越是唸唸有詞。

九月和祈望互相看了一眼，都被葛玉娥的話嚇到了。

祈稷等人更是驚詫，祈稷和那年輕人互相揪著衣領，側著頭愣愣地看著葛玉娥。

「娘，您幹麼呢？」年輕人率先反應過來，鬆手扳開祈稷的手，快步到了葛玉娥身邊。

居然是葛玉娥的兒子！

九月不由深深地打量他一番，還真別說，他眉目間還有那身形，倒是和祈豐年有那麼一點相像。

這時九月手上一緊，她回過神來，低頭一看，葛玉娥竟從衣上撕出一塊布條，正溫柔地幫她包紮。「玲枝不怕，很快就好了，不疼了喔，姊姊幫妳吹吹，吹吹就不疼了……」

說罷，還真湊到九月手邊吹起來。

「姊姊既然這樣心疼玲枝，為什麼還要毀玲枝的碑？想讓玲枝不得安寧？」九月順著她的話輕輕問道。

「他們不讓玲枝入祖墳、他們不幫玲枝刻名……」葛玉娥說著，臉上變得忿忿起來，手上的動作也停下來。

祈望一直注意著葛玉娥，這會兒見她又恍惚起來，嚇了一跳，忙伸手把九月拉後兩步，快速幫著包起傷口。

「娘，您幹什麼？」年輕人瞪了九月一眼，拉住葛玉娥，不悅地問道。

「石娃子，我來告訴你怎麼回事吧，你娘毀了我大伯娘的碑，還不止一次，被我家九月親眼看到了，你說吧，這事怎麼處理？」

祈稻見葛玉娥說話顛三倒四的，而後面還來了不少看熱鬧的人，嘆了口氣，上前指著那墳。「你自己看看。」

石娃子看向那邊，果然周氏的墳前倒著一塊碑，前面還有個深深的坑，一片凌亂，便知道祈稻沒有騙他，當下黯然低頭，鬆開葛玉娥，走到那墓前跪下，連磕了三個頭，又把墓碑重新豎起，埋上土、壓上石頭。

誰知，葛玉娥見了，直愣愣地盯了一會兒，竟衝上去推開他，雙手連拉帶拔地把那墓碑又拉出來，一邊還衝著他又打又扯。「誰讓你立的！誰讓你立的！沒名字的誰讓你立的！」

見狀，九月忽地有所了悟，沒名的不能立？

「娘！」石娃子臉脹得通紅，他縮著身子由她拉扯，實在受不了才抓住她的雙手大吼一聲。「您醒醒！我是石娃啊！您醒醒好不好?!」

「石娃……」葛玉娥愣了一下，隨即高興地捧著石娃的臉，又拍又摸地笑道：「兒子回來了呀，兒子，我告訴你喔，你是我生的，我生的，她……」說著突然指向九月，嘿嘿笑道：「她的命也是我給的，我給的呢，你信不信？信不信啊？啊？」

石娃子看了看九月，有些尷尬。「娘，我信、信，咱們回家吧，我剛回來，肚子餓著哩。」

「好、好，我兒子餓了、餓了……」葛玉娥看著他眉開眼笑，嘀嘀咕咕地走了。

「喂！」祈稷不滿地看著石娃子，欲攔下。

「讓她走吧。」九月對祈稷搖搖頭，她已知道葛玉娥為何要毀那墓碑了。

聽到這話，石娃子有些驚訝，經過她面前時抬頭看了一眼。

「再有下次，絕不姑息。」九月迎視他，語帶堅定。

石娃子深深地看了看她，又看了看她的手，點點頭，扶著葛玉娥走了。

她的命也是我給的……

到底是什麼意思？九月盯著葛玉娥的背影，皺起眉。

這個問題深深地困擾著九月，直到祈望和祈稻等人送她回到家離去，她進了屋，坐在桌邊便發起愣來。

遊春聽到外面的腳步聲遠去，又聽到九月進來，卻久久不見屋子裡有動靜，不由奇怪，從隔間裡出來，他目光猛地一緊，快步來到她身邊，握住她的手，沈聲問道：「妳的手怎麼受傷了？」

「啊？」九月嚇了一跳，想抽手卻被遊春緊緊抓住，她才注意到自己的手心正隱隱作疼。「不小心摔的，壓到尖石了。」

「真話？」遊春挑眉盯著她。

「不信拉倒。」九月無名火起，瞪了他一眼，抽回手，低頭看著手上那青色的布條，又想起葛玉娥的話，有點鑽牛角尖。

遊春看著她的後腦勺，無奈地嘆氣，轉身去找酒、熱水以及餘下的草藥，沒一會兒便關了門回到她身邊。

直到他重新拉過她的手，她才回過神來，看著專心為她處理傷口的遊春，九月囁嚅說道：「這傷……真是摔的。」

遊春眼皮子也沒抬，裹了布條先用熱水洗去她手心的泥，再輕輕剔去傷口處的細末，倒了些酒沖洗傷口，才搗爛草藥敷上，最後用布條細細纏上繫好，這才開口問道：「嗯，怎麼摔的？」

「一時沒注意摔的。」九月見他只管低頭收拾東西，心裡莫名一緊，囁嚅地說了一句，說罷又覺得不自在，忙轉移話題，主動拉住他的衣袖，低聲說道：「子端，有件事我思來想去就是想不通，你幫我分析一下唄。」

「妳說。」遊春抬眸睨了她一眼，見她這樣小心翼翼，心裡早軟得一塌糊塗，不過面上卻只是揚揚嘴角，抬手拉下她的手。可是當他觸及她冰冷的手時，僅剩的那點淡然也被扔得遠遠的，很自然地就搗住她的雙手。

九月把事情的前因後果以及自己的困惑都說了一遍，說罷嘆氣地看著他問道：「你說，她這話到底什麼意思？」

「妳就因為那瘋婆子說了這句話，在這兒苦思冥想啊？」遊春不由失笑，抬手拍了她腦門一下。「既然這樣好奇，為何不找她問問？或是找妳爹打聽一下當年的事？值得妳這樣費心費神嗎？」

「找她問根本問不出來。」九月撇嘴，至於她爹，還是算了吧。

「有些事想不通的、想不透的，不如先擱開，或許不經意間就有答案了。」遊春伸手揉開她的眉心。「我餓了，晚上吃什麼？」

九月聽到這一句，忽地想起石娃子哄葛玉娥的話，盯著他看了一會兒，忍不住「噗」地笑出來。

「怎麼了？」遊春被她笑得奇怪，同時也為她心情好轉感到高興。

「沒什麼。」九月看了看他，越想越好笑。「我去做飯了，你今天都買了什麼？」

她越這樣，遊春反而好奇起來，手上一個巧勁將她錮在懷裡，下巴擱在她頸間，故意往她耳裡吹氣。「說不說，嗯？」

九月一顫，一種難以描述的感覺從耳朵襲向全身，她縮了縮肩，笑道：「真沒什麼啦。」

「不說是吧？」遊春又緊了緊手臂，故意在她耳後蹭了蹭，又輕咬她的耳垂一口。「說不說？」

「我說，說還不行嗎？」九月縮成一團，側頭嬌嗔地橫了他一眼。「你先鬆開，我就告訴你。」

「還敢和我講條件。」遊春的吻落在她後頸上，不知不覺間，他的呼吸也急促起來，落下的吻也熱烈起來。

九月心頭狂跳，之前的困擾早已忘到九霄雲外，整個人酥軟在遊春懷裡告饒道：「我說、我說啦。」

「現在說，有點晚了喔。」遊春低笑，順勢噙住她的唇，唇舌糾纏，輾轉吸吮。

許久許久之後，遊春才依依不捨地放開她，寵溺地看著一臉迷離的九月，低笑道：「現在能說了嗎？」

九月臉紅紅的，雙唇嬌豔欲滴，好一會兒才平息下來，說起石娃子哄葛玉娥的話，說罷，便從他懷裡逃脫，笑著去了灶間。

遊春看著她的背影，柔柔一笑，跟著去了灶間。

這會兒天已暗下，他出門時也留意了四周的動靜，倒也安全。

九月手上有傷，遊春也不讓她沾水，她只好坐在灶後加柴添薪，看著遊春在灶間轉來轉去的忙碌。

「妳的手有傷，這幾天就別做事了，好好歇著。」鍋裡的湯還需要點工夫，遊春便走過來，坐在九月旁邊，張著手湊在灶門前烤火。「我們如今也不差那幾個錢，改天妳把那些活兒都回了吧。」

「不要。」九月搖搖頭，學著他把手湊到灶門前取暖。「我不想用你的錢。」

「我的還不是妳的？分這麼清楚做什麼？」遊春有些不悅。

第三十六章

「如果你想用錢來報救命之恩，那我收。」九月白了他一眼，哼道。

「好啊。」遊春側頭睨她。「我明兒就把所有的錢和產業都轉到妳名下，以報救命之恩如何？」

九月撇嘴。「不稀罕。」

「不過有條件的喔，妳收下我的東西後，得負責養我，不然我身無分文的，多可憐啊。」遊春湊到她面前笑嘻嘻道。

「管收不管養。」九月用手指推開他的頭。

「只要妳收就行了，本公子無所不能，可以幫妳賺錢，遮風擋雨，還能幫妳暖被窩，姑娘可滿意否？」遊春大手一攬，環住她腰，低聲調侃道。

「那我要是不滿意，能退不？」九月配合地問道。

「不能，收了就不能退了，一輩子。」遊春說著說著，瞬間變得深情款款。

「瞧你這德行。」九月忍不住笑，拍打他胸膛一下，忽地又嘆了口氣。「子端，我不想用你的錢，至少現在不想。」

「那妳什麼時候想？」遊春緊追不捨。

「要是有一天我們真的能在一起，我真成了你的妻，那時就算你不說，我也會花，告訴你，我可是很會花錢的，到時候你別嫌我敗家。」九月頭靠著他的肩，看著灶中跳躍的火苗，故作輕鬆道。

「不會，單憑妳相公我的身家來說，妳想敗光也是需要些日子的。」遊春輕笑。「到時候妳想怎麼敗就怎麼敗，大不了從頭再來。」

「聽起來你還是個金龜婿啊？」九月坐直身子上上下下打量他，一臉拜金樣，只不過她眼中的笑意破壞了她的演技。

「是啊，十足十純金的，娘子滿意否？」遊春配合地眨眨眼。

兩人互視一番，不約而同笑出聲來。

「可現在，我不想用你的錢。」九月拉回不知歪到哪兒的話題，重新倚回他的肩頭，幽幽說道：「我想靠我的雙手過日子，雖然會忙、會累，可過得踏實，我不想做個只能依附你而活的金絲雀。」

遊春靜靜聽著。

「子端，你明白我說的，對不對？」九月靠在他肩上，抬眼看他。

「我明白。」遊春低頭在她額上啄了一下，溫柔笑道：「都依妳。」

「呀，菜糊了。」九月看到他越來越近的唇，臉上一紅，低呼著站起來，再膩下去，這晚飯還吃不吃了？

遊春無奈地看著她，臉上難掩笑意。

繼這幾天的紛擾過後，兩人甜甜蜜蜜地吃了一頓晚飯，收拾的事自然也是遊春包攬了，收拾好灶間，他又端了熱水過來，擰好布巾給她洗漱。

「這衣服是你買的？」九月這會兒才有心思去細看遊春帶回來的東西。

遊春正從袋子裡取出一個小巧的爐子，又從底下扒拉出一個小袋子，捏了幾塊東西放進爐子，聽到她的話，抬頭笑道：「不是，我讓人準備的，妳看看可合身。」

「這是綾羅吧？」九月摸了摸布料，雖然好看，卻不實用。「在村子裡穿這些不合適吧。」

遊春擦了擦手，拿著小爐子走過來，把爐子放到床上，拎起一件外衣看了看，不由苦笑。「我急著回來也沒細看，這衣服……確實不合適。」

他拿的這身是粉色長衫，從衣襟到衣襬繡滿了蝶戀花紋飾，還有那條粉裙，一樣繡滿花，看著雖好，卻不適合九月，不過除了這外衫，其他的穿在裡面倒還是能穿的。

「這什麼眼光……」遊春又看了另一套，不由汗顏，怎麼盡是這些大朵大朵的花……

「看來這買衣服的姑娘挺喜歡花花草草的。」九月笑道，把衣服都收起來，不管怎麼樣，都是他的心意，收著看看也好。

「我身邊隨從沒有女的。」遊春卻看了她一眼，很認真地解釋。

九月不解地看著他，愣了片刻，不由忍俊不禁。

遊春看到她笑，知道自己鬧了個烏龍，放下衣服，便拿著小爐子到了裡屋。

九月含著笑，把床鋪收拾一下，抱起遊春買的那兩床被子進了隔間，出來後把他買的東西一一歸好，才坐到桌邊繼續抄寫經文，這幾天瑣事纏身，竟連兩部經文也沒完成。

沒一會兒，遊春端著那個小爐子出來，走到床邊抖開她的被子，把爐子放進去。

「那是什麼？」九月抬頭問了一句。

「天冷了，我給妳買個小手爐，裡面加上炭火就能用了。」遊春的動作有些笨拙。

「不會著火吧？」九月有些擔心安全問題。

「不會。」遊春笑著搖頭，不過他也不敢大意，燙了一會兒便把小爐子拿出來，送到九月面前。「妳的手總是冰涼，用這個焐熱。」

九月放下筆，接過小爐子，好奇地打量起來，只見圓圓的銀白色爐身，上方一個小提把，看著倒有些像小茶壺，不過九月想到另一個用途，不由笑道：「還挺好看的，留著燙衣服也不錯。」

「妳今天也進鎮了？」遊春笑笑，看到角落放著的蠟塊便問道。

「沒啊。」九月順著目光便看到那邊的蠟塊，解釋道：「是阿安收上來的，中午才送過來，這些蠟才花五十六文，比起雜貨鋪裡買的可便宜不少呢。」

「阿安？」遊春的關注點卻與她不同。

「就是之前那少年，他叫阿安，就住在土地廟裡，你我不便出面，以後讓他幫著跑跑腿也挺好的。」九月沒在意，隨手抽過一旁的乾淨布巾把小爐子一包，放在腿上焐著，重新提筆繼續寫。

「他多大了？」遊春也沒急著去做事，坐在桌邊倒了杯茶喝著，一邊不動聲色地觀察九月的反應。

「看著應該比我小吧，我也沒問。」九月沒在意。

「改日我調個人過來幫妳吧，他整日來來往往的，總不大好。」遊春忍了忍，終歸沒忍住，便淡淡說道。

「嗯？」九月察覺出不對，抬眼瞧他，不由噴笑出來。「哪來的酸味啊？」

遊春乾脆盯著她看，沒有否認心裡不舒坦。「我這叫未雨綢繆。」

「你這是對自己沒信心，還是對我沒信心呢？」九月睨了他一眼，笑盈盈地問。「真傻。」

遊春看著她的笑，心裡一鬆。「妳要是答應嫁我為妻，我就有信心了。」

九月白了他一眼，含笑不語，只是低頭繼續寫經文。

第二日，九月要去鎮上，便和遊春說了一聲，揹著空簍子出門了。這幾日沒有編竹簍，也沒有別的東西需要帶到鎮上賣，倒是輕省許多。

九月從後山先來到土地廟。

土地廟裡空無一人，裡面倒是沒有想像中的髒亂，連正中間坐著的兩座泥神像也是乾乾淨淨的，顯然阿安他們經常打掃，左邊牆根處鋪著稻草，堆放著幾條殘破的棉被，門後角落用石頭堆了一個簡易的灶，上面放著一個缺了口的瓦罐。

「妳是誰？」九月正打量著，門口響起一個奶聲奶氣的聲音。

九月回頭，只見門口站著一個小小的身影，努力抱著一捆沾了霜的樹枝，瞧身形也不過

三、四歲，蓬亂的頭髮蓋去原本的面貌，衣服上滿是補丁，這大冷的天氣，還穿著單薄的衣衫，一雙小手生滿凍瘡，腫得猶如小胡蘿蔔般。

「小朋友，妳知道阿安嗎？」九月前世沒有孩子，可她一見這孩子，心裡便動了惻隱之心，柔聲問道。

「安哥哥和月姊姊他們出門去了。」小孩子疑惑地看看她，抱著樹枝走進來，卻沒有到她身邊，而是警惕地看著她。「妳是誰？妳認識安哥哥嗎？找安哥哥做什麼？」

「我來帶他去看大夫呀，他受傷了，今天要去換藥呢。」九月被她一連串奶聲奶氣的問題逗笑，蹲下身看著她笑道：「妳叫什麼名字？知道他去哪兒了嗎？」

「原來妳就是那個好心的九月姊姊。」小孩子的眼睛一下子就亮了。「安哥哥和月姊姊去鎮上了，他們說要去買吃的還有厚一點的被子，喔，對了，我叫阿茹。」

「阿茹？真好聽的名字。」九月含笑看著她。「妳怎麼知道我是九月？」

「那天安哥哥從鎮上回來就告訴我們了，是九月姊姊幫他付了藥費，安哥哥還說，要去村裡收蠟塊回來還九月姊姊的錢。還有昨天安哥哥可高興了，他帶了好多錢回來，他說今年我們可以好好過個年了，不用再像小蓮那樣睡著不起來了。」

阿茹看著九月的眼睛很亮，知道她就是那個幫助阿安的人，那點警惕退去，話也多起來。說完，她伸了伸手，像是要來拉九月的手，可看了看自己的手，她又縮了回去，笑著向九月招手道：「九月姊姊，妳跟我來，這兒冷。」

「阿茹，他們都出去了，妳一個人在這兒不怕嗎？」九月跟在她後面，才看到右邊還有個用樹枝隔起來的小間，跟過去後才看到裡面有個瘦骨如柴的老人，此時正盤腿坐在地上，佝僂著腰埋頭編著竹簍。

「不怕，這兒還有爺爺陪我呢。」阿茹把手裡的樹枝放到邊上，蹦跳著到了那老人身邊。「爺爺，我回來了，九月姊姊也來了。」

「啊？哪個九月姊姊？」老人這才發現阿茹身後還有個人，抬頭看了看她，驚訝地問道：「姑娘是？」

「爺爺，她就是九月姊姊，之前幫過安哥哥的。」阿茹搶著回答。

「啊？妳就是那位好心的姑娘！」老人聞言，驚喜地想站起來。

「大爺，您坐，我也沒做什麼，再說了，我幫他付藥費，也是希望他能幫我做事。」九月有些汗顏，她實在算不上什麼好人，只是與壞也沾不上邊罷了。

「讓他做事，那是應當的。」老人這才坐好，把那編了一半的竹簍抱在膝上，他身上的棉衣破了洞，猶如枯樹枝上裂出一道口子。坐下後，他打量九月一眼，飽經滄桑的眼眸流露一絲瞭然。「姑娘是哪裡人？」

「我是大祈村的，就住在那邊後山。」九月蹲下，打量老人編的簍子一眼，篾絲細密，邊角處圓潤齊整，一看就知是個老篾匠了。

「大祈村？」老人面露驚訝。「可是那個出了棺生女的大祈村？」

「大爺，我就是您說的那個棺生女。」九月失笑，坦然承認。

「啊？原來是妳啊。」老人上上下下地打量著九月，連連點頭。「好、好，果然是個有福的姑娘。」

「大爺，人人都說我是災星，您怎麼倒說我是有福的了？」九月好笑地看著他，除了外婆和遊春，他是第三個說她有福的人。

「妳想啊，若不是上一世修來的福氣，這當娘的都死了，妳還能安然無恙地活下來？我當年可是親眼看到周師婆抱著妳上了落雲山，還在佛前給妳求了個名字，就是『福』，對不對？」老人笑咪咪地看著她。「那些說妳是災星的人，那是他們有眼無珠，妳甭理他們。」

「大爺，您認識我外婆啊？」九月驚訝地看著他。

「周師婆嘛，方圓百里誰不認識。」老人咧了咧缺了大半牙齒的嘴。

「我年輕的時候，這腿殘了，做不了活兒，又沒地方去，只好在這土地廟裡落腳，這一住就住了大半輩子，周師婆心善，時常來廟裡供香拜土地爺，帶來的供品呀，總會留下一半給我，只是我們從來沒說過話，也沒有正面見過。」

還能這樣……九月啞然失笑，轉了話題。「大爺，他們都是您孫兒？」

「我這腿殘了以後，媳婦也回娘家了，無兒無女的，哪來的孫兒？」老人很健談，一點也不介意和一個初見面的人說這些私事。「他們呀，都是孤兒，說起來，我只照顧他們幾年，倒成了他們十幾年的拖累了。」

說話到這兒便有些沈重起來，九月見老人滿臉愧疚，便轉移話題，問起別的情況。

第三十七章

九月在土地廟裡和老人閒聊一個時辰，見阿安等人沒有回來，便告辭出來。

到了鎮上，先去了那家醫館，一進門，依然感覺到那濃烈的寒意，九月不由斂了斂眼神，快步到了坐堂大夫身邊。「大夫，您還認得我嗎？」

坐堂的大夫還是之前那位老大夫，抬眼打量她幾眼，點點頭。「來了，咦？怎麼就妳一個？」

九月一聽便明白了，阿安並沒有來，當下不好意思地笑道：「是這樣的，我那弟弟從小就懂事，他呀，心疼這藥費，一早便與我置氣，這不，臨出門前，他先跑了，我追著來的，看來他真的沒來。」

「原來如此。」老大夫點點頭。「他那傷只是外傷，及時換藥倒是能好快些，不過不換也不打緊，休養個十天半個月的，也就好了。」

「謝謝大夫，等我找到他，就帶他過來，雖說十天半個月的不算長，可家裡的活兒還等著他做呢，能早些好自然是最好的。」九月客氣謝過，離開醫館。

只是，鎮上說小也不小，她哪能真去找阿安？便順著街道去了市集，走著走著，便到了雜貨鋪門口，她無意進門，卻被站在門口的孫掌櫃看到了。

「噯、噯，九月姑娘。」孫掌櫃眼前一亮，抬起手連連招呼道。

九月愣了一下，回過頭來，才確定真的是叫她，看到是孫掌櫃，她不好意思地笑了笑。

「孫老闆，這幾天家裡有事，還不曾編好竹簍呢。」

「啊？沒有啊？」孫掌櫃不由失望。「可我這兒已經收到幾家小姐的訂單了，要的都是小巧雅致的盒子，我尋了好幾處，也沒尋到像姑娘這樣好手藝的人，九月姑娘，這事還得煩勞妳啊。」

「這……」九月猶豫道。

「價錢不是問題，只要姑娘都送我小店來，我比原來的再多給兩文錢。」孫掌櫃會錯了意，很主動地提高價錢。

「多謝孫掌櫃，只是家中事多……」九月還在盤算，如果阿安等人願意接這事，她得花多久教會他們。

卻聽孫掌櫃急急說道：「加三文！九月姑娘，妳也知道的，加三文已是底限了，再多，我可就一文也賺不到了。」

「那好吧，我儘量。」這樣的結果倒是出人意料，九月也好奇起他的售價來。

「好好。」孫掌櫃連連點頭。「九月姑娘，妳等我一下，我去取樣稿。」

「好。」九月點頭，跟在後面進了雜貨鋪裡。

孫掌櫃進了裡屋，沒一會兒便拿了幾張紙出來，遞給九月。

九月一瞧，紙上畫的都是簡單的櫃子、盒子，不過並不立體，所以一旁寫了各買主的要求。

「九月姑娘，妳看如何？」孫掌櫃殷勤地看著她，恨不得她能立即變出一竹製品來。

「我試試吧，不一定行。」九月一張一張地翻過去，越到後面，越是繁瑣。

「好好好。」孫掌櫃笑咪咪地應著。

出了雜貨鋪，九月邊走邊看著手中的圖紙，漸漸的，她的思緒便集中到如何編製上。

「九月妹子？」一路緩行，九月不知不覺到了集市邊上，她聽到有人又在喊，便下意識抬頭，卻看到五子拿著扁擔站在一邊。

看到她看過去，五子笑著招呼道：「妳也來買東西啊？」

「五子哥。」九月收起樣稿，走到五子前面客氣地點點頭。「我來買些菜，順便逛逛。」

「還沒買嗎？」五子看了看她的空竹簍，有些靦覥地說道：「我陪妳一起吧，一會兒正好一起回去。」

「五子哥也是來買東西的？」九月有些驚訝，他們又不熟，幹麼要陪她？

「我打了些柴禾來賣。」五子笑笑，指了指集市。「臘八快到了，我也要準備些東西回去。」

「那……好吧。」九月猶豫了一下，點點頭，正好，之前五子幫過她，還不曾收取工錢，她正好趁著臘八節買份禮送他，還有姊姊哥哥們也都該謝謝了。

五子眼中流露一絲驚喜，他哪知九月想的卻是還他之前的相助之情。

兩人並肩進了集市，順著街，九月到了之前買過米的鋪了，鋪子裡陸陸續續地有人進去買東西。

「就這家吧？」九月站在門口，指著那鋪子對五子說道。

「好。」五子當然沒有意見。

進了門，九月直接來到乾果區。

「姑娘，這次需要什麼？」九月來了兩次，這裡的夥計已經認得她了，笑容滿面的過來招呼。

「小哥，我想買些臘八粥的食材，你這兒能不能我幫分類包好？」九月對這兒的服務態度很滿意，這兒的夥計待人接物都極好，難怪這家鋪子的生意也越來越好。

「姑娘的意思是？」夥計不明白。

「就是八種配在一起包一包，能嗎？」九月解釋道。

「當然能。」夥計明白了，立即點頭。「姑娘需要幾包？」

「你先幫我配一包，看看多少錢吧，我怕我點得多了，到時候沒錢付就丟人了。」九月笑道，說得極坦然。

「姑娘說笑了。」夥計被她逗笑。「那姑娘稍候，我這就去準備。」

「好的。」九月點頭，逕自打量起兩邊的貨物，一邊盤算著她需要買多少份才夠。

「姑娘，妳看這個可好？」沒一會兒小夥計便回來了，手裡拿著一個紙盒子，四四方方的盒子裡，被隔成八個小格子。「這個盒子是我們鋪子裡給人包果餞送禮用的，我方才數了數，正好能放八樣，不過一個盒子得三文錢。」

「就這個吧。」九月點頭。

「好嘞。」夥計拿了個小秤和紙筆過來，按著九月點的東西，一樣一樣地秤，再一樣一樣地在紙上記下。

蓮子、紅豆、綠豆、花生、小紅棗、核桃仁、桂圓乾、枸杞湊足了八樣，每樣都是堪堪將格子填平。九月挺滿意的，這幾種除了紅豆、綠豆，其餘的在尋常百姓家極少捨得買回來自己吃，她這份禮分量雖少，卻也拿得出手了。

五子安靜地站在一旁等她，他以為九月只是想自己買一份來嚐嚐味，可等到九月和夥計討價還價時，他不由愣住了。

「我要十四份，能便宜點嗎？」九月笑盈盈地看著夥計。

「姑娘，這已經很便宜了，妳也知道，換了哪家也不可能幫妳這樣細分了吧？」夥計為難地看著她。

「小哥，你忙的話，也可以幫我大包秤好了，我回家自己分，只是這盒子，平日加三文錢一個，有人要嗎？」九月微笑。

果然，夥計的笑有些尷尬，不過他還是堅持。「姑娘要是只要一份，倒是能讓一文，可妳要得多，十四份就是十四個，我只是個夥計，作不了主，得回過我們管事的才行。」

「那你們管事在嗎？」九月問道，她只帶了三百文，十四份卻需要三百二十二文，也只能從這盒子下手砍價了。

「管事的……」夥計為難，正要說話，門口進來幾個人，他眼睛一亮，喊道：「寶哥，請過來一下。」

九月和五子側身看去，為首的看著三十不到，青色長衫雖是棉布織的，不過瞧那做工便能顯示出他不是一般的夥計。

他手裡還抱著一個粉妝玉琢的小女娃，後面跟著一個年輕婦人，淡青色衣衫、青色長裙，打扮得樸樸實實乾淨俐落，烏黑的髮也只用一根玉蝴蝶釵子綰著。

他們身後還跟著三個人，他們倒是和店裡夥計一樣著裝，每人手裡都搬了行李。

九月瞧了那小婦人一眼，心裡湧現一股熟悉感。

小婦人似乎感覺到什麼，看了過來，看到九月時，她明顯愣了一下。

「小順，怎麼了？」為首被稱為寶哥的年輕人把孩子交給小婦人，快步走了過來。

「寶哥，這位姑娘要買臘八的食材，需要十四份，她想讓我們不算這盒子的錢。」夥計迎上前，三言兩語講清了事情的來龍去脈，又轉頭看向九月。「姑娘，這位是我們鋪子裡的二掌櫃。」

「姑娘，我們鋪子裡的貨物不同於其他店鋪，所有的貨物都是平價賣的。」寶哥微笑著打量九月，他長得很平凡，是那種扔到大街上絕不會讓人注意得到的人，他的笑卻流露出親和力，給他平凡的臉增添了幾分顏色。

「掌櫃的，我可沒說要貴店讓利這些。」九月指了指滿屋的貨，微微一笑。「我說的是這個盒子，這盒子做工平常，而且方才拿出來時，上面還有些許灰塵，想來是積壓許久的，三文錢，未免太貴了。」

「那以姑娘之見，該多少錢？」寶哥眼睛一轉，看到了那盛著八樣東西的紙盒，目光忽地一亮，隨即便恢復淺笑。

「十四份三百文，可好？」九月笑盈盈地伸出三根手指。「掌櫃的，臘八節將至，你覺得貴店要是擺出配選好的貨物，生意會如何？」

寶哥聞言，不由深深看了九月一眼，心裡驚訝至極，他剛剛想到的點子，沒想到她竟就這樣說出來了。

「姑娘言之有理。」九月的眸清澈如水，寶哥這一瞧，心裡好感頓起，不由笑道：「小順，這些盒子不用算錢了，另外，臘八送禮，十四份未免不好聽，給這位姑娘湊十五份，算十四文的帳吧，二百八十文，其餘的記我帳上。」

「好嘞。」那位叫小順的夥計點頭應下，自去準備。

「多謝掌櫃的，祝貴店生意興隆，財源廣進。」九月得了好處，自然不會吝嗇這些吉祥話。

「那就承姑娘吉言了。」寶哥輕笑出聲，朝九月點點頭，轉頭接回那小女娃，這會兒工夫，那些扛行李的夥計們已經進後院去了，只有那小婦人還跟在寶哥後面。

九月沒等多久，十五份臘八粥食材便包好了，她乾脆地掏出錢，數出二十文，將餘下的都倒在櫃檯上，和管帳的夥計一起，十文一落、十文一落的數起來。

「數目可對了？」等到最後一摞數好，九月笑盈盈問道。

「沒錯，二百八十文，一文不少。」管帳的夥計點頭。

九月點頭，放下背上的竹簍，在夥計的幫忙下，把十五份食材放進去。

「給我。」五子一直安靜地站在一旁，這會兒見九月要揹，忙伸手拉起來，輕鬆地揹到了背上。

「姑娘慢走。」小順笑著送他們出去。

九月臨出門時，看到那小婦人還站在一邊看她，便朝小婦人善意地微微一笑。

小婦人一愣，報以一笑。

「巧兒，在看什麼？」九月和五子出門後，寶哥一回頭，便看到小婦人還在門口，便走過來問道。

「我怎麼覺得這小姑娘那麼眼熟呢？」小婦人疑惑地眨了眨眼睛，喃喃說道。

「妳離開定寧縣也有十六年了，怎麼可能有相熟的人呢？興許是這位姑娘像哪位妳見過的人吧。」寶哥沒在意，笑著騰出手攬過她的肩。「一路勞頓，妮兒也乏了，快帶她去歇歇吧。」

「寶哥，下次這姑娘要是再來，幫我打聽一下她叫什麼、哪裡人，好不好？」小婦人反手拉住寶哥的手，柔情款款地看著他。

「好。」寶哥點頭，回頭朝店裡的夥計說了一遍。「都聽到了嗎？下次這位姑娘來，問問她叫什麼、家在哪裡。」

「好嘞。」小順等夥計脆聲應道。

第三十八章

九月帶來的錢都買了這些，餘下的二十文也起不了什麼作用，便不打算再買，只跟在五子後面看他採購，走著走著，卻忽地打了個大大的噴嚏，心裡莫名其妙浮現方才那小婦人的身影。

「怎麼了？可是感冒了？」五子回頭看了她一眼，關心地問。

「沒，只是鼻子有點不舒服。」九月搖頭，心裡卻在想——莫不是遊春在嘮叨她了？

「九月妹子，都晌午了，不如中午就在鎮上吃點吧。」五子要買的東西也不多，很快就好了，從集市出來，他看了看九月的側臉，臉上掠過一絲可疑的紅，猶豫一下，才鼓起勇氣飛快說道。

九月回頭看了看他，有些猶豫，可一轉念，又看到五子期盼的目光，想起之前他的相助，便點點頭。「好啊。」

五子一聽，頓時喜上眉梢，雖然背上揹了不少東西，手上也拎了不少，可他的腳步卻越發虎虎生風。

九月沒有注意到他的異樣，她正在擔心遊春的午飯。

沒多久他們來到一條巷子前，五子指著巷口一家館子興沖沖地問道：「九月妹子，前面有家館子不錯，雖然小，不過乾淨，要不，我們去那兒吧？」

「好。」九月看了看，只有兩間門面，這會兒也有幾個人坐在裡面，不過看著整潔，便點點頭。

「老闆，來兩碗臊子麵。」五子滿臉笑容，率先進門，衝著裡面喊了一聲，便引著九月到了左邊靠牆的一個空桌子，把東西放下後，還細心地用袖子擦了擦凳子、桌子，讓九月坐下後，自己才坐到九月對面。

九月也不知道什麼臊子麵，反正只要五子喜歡吃，她請客就是了。

五子看了看九月，又不知道說什麼，便一個勁兒地忙，一會兒去找老闆要了兩碗熱開水，一碗給了九月，另一碗卻被他用來清洗筷子，邊洗邊時不時地瞄九月一眼，似乎心情極好。

九月也沒說話，她坐下後，便掏出那幾張樣稿細細地看了起來。

「九月妹子，來，趁熱吃。」老闆的動作極快，很快便端上一碗，五子雙手捧了放到九月面前，接著又將方才清洗過的筷子遞過來。

「謝謝五子哥。」九月這才反應過來，忙收起樣稿，不好意思地朝五子笑了笑，不過一看到碗中浮著的那層肉末，她便有些為難了——她在遊春的有意引導下，現在也幾乎天天沾些葷菜，可這樣漂著一層油和肉末的卻是沒有。

「怎麼了？」五子的那碗也上來了，他正高興地拿勺子舀了自己碗裡的肉末準備往九月碗裡放，一抬頭便看到她盯著碗，不由一愣，他方才點的時候，也沒問過她，難道她不喜歡？

「五子哥，我平日多數吃素，偶爾葷食，也是極清淡的，這個……有點油了。」九月不好意思地解釋道。

「這樣啊。」五子雀躍的心頓時被澆了冷水，瞬間變得不安起來。「那……老闆，重做一碗素麵。」

「呃……」九月一愣，忙攔道：「老闆，不用了。」

「九月妹子，我不知道妳愛吃什麼，剛才又忘了問，還是重做一碗吧。」五子尷尬地看著她，心裡暗暗決定，等回去了得找祈稷聊聊，打探一下她都喜歡什麼。

「真不用了，就這碗吧。」九月也不想麻煩，便拿起勺子把上面那層肉末舀起來，放到他那碗裡，她做得自然，渾然不知這看在五子眼裡，卻成了另一種暗示。

五子不安的心頓時又熱起來，看向九月的眼中流露一抹驚喜。

一碗麵，五子吃得眉開眼笑，心潮澎湃，這臊子麵他也不是第一次吃了，可他卻頭一次覺得，這麵竟這樣美味，吃到最後竟有些不捨，反倒小口小口地喝起了湯。

九月倒是沒介意，斯斯文文地吃完，便動手去摸自己的錢袋。「老闆，多少錢？」

「九月妹子，妳這是幹什麼？」五子一愣，忙一口喝盡碗裡的湯，慌亂地抹了抹嘴，從懷裡摸出十文錢。「說好了我請妳吃的，怎能讓妳付錢，老闆，拿我的。」

「五子哥，之前你幫了我那麼多忙，我還沒好好謝謝你呢，你就別和我爭了。」九月笑著搖頭，伸手遞了出去。

五子一著急，伸手按住她的手，直接把錢塞到聞聲過來的老闆手裡。「說了算我的。」

他的手粗糙而溫暖，不過興許是太過緊張，手心出了汗，九月只覺手上傳來一陣濕熱，忙抽回手——游春的手也有薄繭，但他的手從來都是溫暖而乾燥的。

五子這會兒也意識到自己的失態，臉頓時通紅，侷促地收回手，雙手在膝上不斷搓著。

「那謝謝五子哥了。」九月沒往深處想，笑著向五子道謝。「不早了，我們回村吧。」

「五子哥時常上山，可知道我們村子附近哪兒有榆樹？」路上無言，一直不說話又尷尬，九月便起了話題。

「榆樹？」五子納悶地側頭看她。「妳要榆樹木粉嗎？」

「不是木粉，是榆樹皮。」九月一聽就知道他想起之前木粉的事了，便笑著解釋道：「也是製香的一種原料，不過這個只需要剝下樹皮曬乾碾末就成了，原先這些事都是我外婆操辦的，如今我需要用，卻成了燈下黑，都不知道哪兒有榆樹。」

「妳放心，我一定幫妳留意，要是遇到了，就替妳採回來。」五子暗暗決定，回去就去找找。

「謝謝五子哥。」九月感激一笑。「到時候就按木粉的價給我。」

「別跟我提錢的事，妳是稻哥和阿稷的妹子，也是我……」五子說到這兒，臉上又是一紅，含糊帶過。「妳要再提錢，我就不幫妳了。」

九月只好不提。

一路上，五子漸漸放鬆下來，就著木粉的話題問起問題，兩人倒是相談甚歡，一直到了村口，才停下腳步。

「五子哥，把背簍給我吧。」九月指了指背簍，一會兒就進村了，她不希望給他惹來流言蜚語。

「好。」五子看了看村口，心裡有些不捨，不過他也明白村裡那些長舌婦有多厲害，便依言放下背簍。

九月接過，從簍子裡取出一個盒子遞過去。「這個，你拿著。」

「這怎麼行。」五子是知道這一盒有多貴的，不由板了臉連連擺手。「我不能收。」

「五子哥，之前你幫了我，也沒收工錢，這份原就是我想好要送你的，更何況你今天又幫我揹東西又請我吃麵的，要是還不收，就是不把我當妹子看了。」九月無奈，只好拿話激他。

五子卻只聽進那句「原就是送他」的話，心裡暗暗竊喜，原來她早就想好送他一份了啊，一想到這禮是她買給家人的，他心裡便一陣熱乎，伸手接了下來。「那，我收。」

「我先走了。」九月滿意地點點頭，揹起竹簍朝他揮手，逕自走了。

五子落在後面，捧著盒子傻笑半天，才高興地邁出步伐，這可是她早就打算要送他的臘八粥食盒呢！

九月直接上了坡，來到自家門口，敲敲門。「八姊。」

門開了，出來的果然是祈喜，看到九月，祈喜高興得笑彎了眼。上次她沒在家，後來聽祈望說九月回家一趟，險些把她樂壞了，這會兒看到九月，伸手便要拉。

「八姊，我不進去了。」九月忙連連擺手，解下背上的東西。「這些麻煩妳幫我送一下，大姊、三姊、五姊，還有妳和爺爺的，另外還有幾位堂哥、堂姊，二叔、三叔也有一份。」唯獨沒提祈豐年。

「這是什麼呀？」祈喜驚訝地看著，彎腰拿起一盒，打開一看，不由驚呼起來。「九月，這得多少錢啊？」

「這是臘八粥的食材，也沒多少錢，一盒也就二十文。」九月笑笑，和祈喜倒是沒什麼不能說的。「一定要幫我送到喔。」

「哥哥姊姊們的麼，妳送就送了，可那個……妳怎麼也給她準備了啊？」祈喜朝中間的院子擠了擠眼，不滿地道。

「這是給三叔備的。」九月好笑地看看她，伸手拿了兩盒捧在懷裡。「喏，連這個簍都交給妳了，別忘了。」

「我一會兒就忘，忘了就能自己留著慢慢吃了。」祈喜朝九月皺了皺鼻子，故意說道。

「那我不管，反正我心意到了。」九月挑了挑眉，笑道：「我先回去了，走得有點累了。」

「去吧去吧，我一會兒就去送。」祈喜揮揮手，知道她不進院子，也就不攔著。

九月笑笑，快步下了坡，手裡這兩盒，一盒是給她和遊春留著，另一盒卻是給土地廟的那些人的。

九月邊走邊想，很快就到了自家屋前。

門一開，便傳來遊春的聲音。「回來了？」

「嗯。」聽到他的聲音，九月自然而然揚起笑容，抱著兩個盒子腳步輕快地到了他面前。「看看我買了什麼。」

「臘八粥的食材。」遊春打開盒子看了一眼便知道了，笑道：「我倒是忘記這個了，還是九兒細心。」

「你吃午飯了嗎？」九月笑盈盈地把手裡的另一個放在桌上。

「吃了。」遊春點頭。「屋裡有灶有吃的，妳還怕我餓著？」

「我忘記屋裡有灶了。」九月吐吐舌頭，轉而看向遊春面前的木板，驚訝地問道：「刻了這麼多了？」

「這木板還挺好刻的，我想，不用三天就差不多了。」遊春見她高興，也頗有成就感，放下盒子，重新拿起木板。「妳呢，吃飯了沒？」

「吃了，不過沒吃飽。」九月揉了揉肚子，那麵油腥味太重，她好不容易才吃完，胃裡隱隱不舒服。

「吃了什麼？怎麼不多吃點？」遊春不解。

「你都不知道，五子哥喊的那臊子麵有多油，我又不好意思剩下，現在可好了，有點不舒服。」九月嘆道，一邊可憐兮兮地看著他。「還是家裡的粥好喝。」

「五子哥？」遊春挑眉，停下手裡的動作，之前是阿安，怎麼現在又有五子哥？

「對啊。」九月沒留意，語帶親暱地說起今天的事，從她去找阿安，一直到方才送臘八粥食盒，詳詳細細，沒有落下一件。

遊春聽罷，目光有些怪異地看了看她，心裡卻已經在想該怎麼防備那個五子哥。

九月一抬頭，便迎上他的視線，不由奇怪。「怎麼了？我臉上有髒東西啊？」

「嗯，有。」遊春回過神，看她緊張的樣子，不由輕笑，也笑自己沒事自尋煩惱。

「哪兒呢？」九月一聽，伸手摸自己的臉。

「這兒。」遊春卻忽地湊過來，在她臉上輕啄一口，臉上帶著偷香成功得意的笑。

九月才會意自己又被他耍了，瞪了他一眼，站起來。「不跟你說了，我找東西吃去。」

「這邊。」遊春也跟著站起來，拉著她往裡屋走。「不是說粥好喝嘛，這兒給妳留著呢。」

「謝了。」九月抬抬下巴，高姿態地道了謝，又想起懷裡的樣稿。「我想把編竹簍的事交給土地廟那位大爺做，晚上你陪我一起去吧，我給他們也備了一份臘八粥的食材，不過還得給他們湊點米過去。」

「好。」遊春沒有說什麼，直接點頭，大晚上的她要去見那個阿安，他哪能不跟著呢？

黃昏後，吃過飯，九月把家裡的米分了一些出來，帶上那盒食材以及幾個家裡剩下的竹簍，和遊春一起悄然從後山來到土地廟。

這會兒土地廟的門已經關上，只是殘破的門關上與虛掩沒什麼兩樣。

「妳進去吧，我在外面等妳。」遊春來時，本打算和九月一起進去，可到了這兒他卻改變主意。他如今還不能露面，一起進去只怕會給九月帶來麻煩，想了想，最終理智戰勝了心裡的那絲酸意。

「外面多冷啊。」九月有些擔心地看著他。

「不冷，妳快去快回。」遊春微笑看著她，把手裡的東西都遞給她，順勢幫她理了理衣襟、攏了攏髮。

「那……你先找個暖和的地方等我吧，別凍著了。」九月點頭，她也想到了讓遊春出現可能會引來的後果，說不定就會暴露他的行蹤，給他帶來危險。

「知道，快去吧。」遊春見她擔心他，柔情滿懷。

「我很快就出來。」九月朝他一笑，拎著布袋拿著竹簍，快步到了廟門前，敲門前，她回頭看了遊春一眼，卻沒見到他的身影，想來他已經藏起來了。她不由微微一笑，抬頭敲響了門。

「誰？」阿安警惕的聲音響起來。

「我是九月。」九月聽到阿安的聲音才推開門。

屋裡暗暗的，只有角落的灶裡露出弱弱的火光。阿安和兩個衣衫襤褸的少年手拿棍子站在一旁。

「九月姊姊？」阿茹聽到九月的聲音，跑了出來，看清是九月，不由笑道：「真的是九月姊姊，快進來。」

第三十九章

「阿茹。」九月輕笑，撫了撫她的頭頂。「晚上吃了什麼呀？」邊說邊拉著阿茹進了土地廟。

阿安看到她時不由流露些許驚訝。九月問過他的傷勢後，便直接見了之前的那位老人。

老人還坐在那兒，腿上放著那個未編好的竹簍，面前點了一盞小小的油燈，興許是為了省油，燈芯被剪得短短的，人一走動，弱弱的燈光便似隨時會撲滅般，不斷搖曳。

寒暄幾句，九月奉上帶來的臘八粥食材盒。

「這是什麼？」阿茹好奇，扒著袋子便要看裡面的東西。

「阿茹，不能隨便接受別人的東西。」阿安低聲喝道。

「這是我送給大爺和阿茹的臘八節禮，跟你沒關係。」九月抬眼橫了阿安一眼。

只是，阿茹卻有些猶豫了，眼睛一直掃向阿安。

「謝謝姑娘，姑娘好心，必有好報。」老人卻沒推辭，笑著朝九月拱拱手。

「大爺，我還有件事想麻煩您呢。」九月拿過那幾個竹簍，這幾個都是她自己留著用的，正好給老人當樣本。「早上見您編的簍極好，正好我這兒也有樁生意，我自己忙不過來，只好求助您老了。」

「妳是要編簍？」老人拿過那幾個簍細細看了一番，直接問道。

「是的。」九月也開門見山。「我原先編的這幾個小玩意兒，得了雜貨鋪孫掌櫃的青睞，他曾說無論我送多少，他一律收，可我現在要製香燭，分不出工夫做這個，今兒去，那孫掌櫃又催了，正好我早上看到您的簍編得不錯，便想著把這生意接到您這兒，您可有空？」

「啊？」老人頓時驚住。

「我們送，那老闆能同意嗎？」阿安淡淡地問，之前他也是去過的，可是那老闆不是給的價太低，就是直接驅趕他們出門，一、兩次之後，他們便不再去了。

「如果你們信得過我，我可以送一趟。」九月微微一笑。「不過，你們編的東西也得先過我這一關才行，太差的拿出去，丟的也是我的信譽不是？」

「這……這怎麼使得？」老人一喜，看著九月囁嚅地問。

「大爺，阿安他們現在幫我收蠟，而您幫我編簍，其實也是幫我解決問題，我不過是跑一趟罷了，沒什麼使得不使得的。」九月笑道。「這樣好了，你們先商量著，等有了結果再告訴我，阿安知道我住哪裡的。」

「欸，好、好。」老人連連點頭，她都把話說到這分兒上了，還有什麼不行的？

「那我先回去了。」九月笑著摸了摸阿茹的頭，站了起來。

「阿安……不，阿定，天黑了，送九月姊姊回去吧。」老人忙吩咐道，他興許是喊阿安成習慣了，一開口才想到阿安行動不便，便改了口，指了阿安身後站著的那個少年。

「不用了，這兒近，我自己回去就行了。」九月連忙拒絕，外面還有遊春等著她呢。

不過，阿安和阿定等人還是把她送到外面。

「妳為什麼要這麼做？」阿安忽然問道。

「我想開鋪子，不過少了個能幫我出面的，我看你不錯。」九月側頭看著他，淺淺一笑。「好好想想。」

阿安一愣，沒想到她還有這個想法。

「回去吧，我先走了。」九月隨意地揮揮手，快步走入黑暗中。

直到到了山腳拐彎處，她才停下來，等待遊春過來——他向來耳聰目明，一定聽到她剛才的說話聲。

「好了？」果然，遊春悄無聲息地出現在她身後。

九月還是吃了一驚，左右瞧了瞧，才拉著他往山上走。「你躲在哪兒呢？神出鬼沒的。」

「我就在外面，方才看你們出來的。」遊春反手扣住她的手，順勢捂了捂。「手都冰涼了，回家好好用熱水泡泡。」

「嗯。」九月點頭，另一隻手捂了捂肚子，心裡暗道不好。

今天回來後肚子一直不舒服，她還以為是中午吃得太油膩的緣故，現在細細感覺這種痛，可不就是每月必須經歷一次的痛嗎？

「怎麼了？」遊春察覺到，回頭細細打量她。「哪裡不舒服？」

「沒事。」九月連忙搖頭，她再不講究，也做不到在他面前坦然自若地討論這種私事。

「肚子痛嗎？」遊春卻疑惑地看了一下她的肚子。

「不是。」九月有些尷尬，連連搖頭，她這會兒也就是腹痛，那個還沒來呢，等她回去早做準備也就是了，當下笑道：「我今天來來回回走得多了，有些累罷了。」

「我揹妳。」遊春信了，直接蹲在她身前。

「啊？」九月愣住了，揹她啊？想她兩輩子加一起，便是上輩子小時候也沒人揹過她，現在豈不尷尬？

「啊什麼？」遊春回頭橫了她一眼。「本公子還從來沒揹過誰呢，今兒為妳紆尊降貴，妳還不願意？」

「你的傷還沒好完全呢，我還是自己走吧。」九月白了他一眼，打算繞過他自己走。

「錯過這個村，可沒這個店了。」遊春笑著，起身拉住九月的手，往自己肩上一搭，一蹲身就把九月揹起來。

九月嚇了一跳，忙伸手摟住他的脖子。

「妳呀。」遊春低低一笑，側頭輕聲說道：「妳我之間，還不好意思嗎？」

「誰不好意思了。」九月嬌嗔地拍了他的肩一下。「我還不是擔心你的傷。」

「是是是，是我不好意思了，行吧。」遊春低聲笑道，揹著她轉入山間小道，路雖然窄，夜雖昏暗，他卻如履平地，三轉兩轉的很快就進了竹林，這才緩了腳步。

竹林裡沒有路，卻到處都是路，遊春揹著九月緩步徐行。

而此時的九月，趴在他寬厚的背上，臉貼在他的肩上，唇邊勾勒起一抹笑意，她側頭看著遊春的臉，幽幽說道：「子端。」

「嗯。」遊春微微側頭。

「能遇到你……真好。」九月的淚還掛在臉上，她往他的後頸處貼近，雙手緊了緊，低喃道。

「能遇到妳，何嘗不是上天憐我。」遊春低笑。

九月微微一笑，無聲地貼緊他，好一會兒才又輕聲說道：「好冷，我們快些回家吧。」

「好。」遊春順從地應了一聲，加快腳步，到了墳場時，他的腳步頓了頓。「九兒，墓碑已經刻好了，妳看什麼時候立上？」

「已經刻好了？」九月驚訝地問。

「今天先刻的，妳一回來就在忙，也沒來得及告訴妳。」

「那，現在能立嗎？」九月有些心急了。

「當然能，只是妳不冷嗎？」遊春勸道：「妳方才還不舒服呢，還是明天一早再來吧，生病了可不好。」

「那好吧。」九月想想也對，就沒有堅持。

到家後，九月在遊春的堅持下只好歇下，只是半夜裡九月還是痛醒了。

她的輾轉反側，瞞不過遊春。

於是半夜裡，遊春又急匆匆地進了灶間，熬薑湯、灌湯婆子讓她暖腹。

在遊春的溫柔照顧下，九月才迷迷糊糊地枕著他的胸膛安然睡去。

次日，天微微亮，她自然而然地醒了過來。

遊春和衣躺在她身側。

他還睡著，九月也不急著起來，就這樣側看著他，臉上笑意不自覺揚起，此時此刻，她由衷感覺到心安、踏實。

「好點了嗎？」遊春還閉著眼睛，嘴角卻已上揚，顯然已經知道九月在看他。

「嗯，好多了。」九月沒有迴避，依然維持著這姿勢看他，好一會兒，才柔柔地問道：「子端，你真的不怕我？」

「怕妳做什麼？」遊春挑眉，環在她腰上的手摸了摸，感覺她的肌膚沒那麼冰，才放心了些。「妳又不是母大蟲，還能吃了我不成？」

「你才是大蟲。」九月啞然，母大蟲可不就是母老虎嗎？

「是啊，我是大蟲，怕的人應該是妳才對。」遊春低低笑著，手上一緊，便將她壓在身下。「猛虎下山，怕不怕？」

九月被他逗笑，正要說話，只覺一股熱流奔騰而下，令她不由變了臉色，尷尬地推著他的胸膛。「快起來。」

「怎麼了？」遊春納悶地俯看著她。

「沒什麼啦……該起來了嘛。」九月臉一紅。

她該怎麼說？難道說可能漏了？

「嗯？」遊春笑看著她，一副不問清楚不甘休的樣子。
「我想去洗漱一下，換下衣服。」九月無奈，只好婉轉表達。
「不是昨晚才換衣服了？怎麼一早還要換？當心著涼。」遊春關心地看著她。「今兒妳就別起床了，好好歇著。」
「一會兒還要去給我娘立碑呢，說不定今天還有人會過來，我哪能歇著。」九月搖頭，推了推他，放柔聲音央求道：「快起來吧，我身上不舒服，想去洗洗。」
遊春這才明白過來，也有些不好意思，當下鬆開她，起身出去。
九月偷偷在被窩裡摸了摸，沒摸到什麼才鬆了口氣。
「多穿些，別涼著了。」遊春還時不時回頭看她，細心叮囑。
「嗯。」
九月點頭，磨磨蹭蹭地拿過床頭凳子上的衣服穿起來，等他開門出去後，她才飛快地到了櫃子前，拿了替換的衣物去了茅房。
遊春則到了灶間，索利地點灶燒水，柴禾燒得旺旺的，很快水就燒得溫熱，他先提了一桶送到裡屋，才去繼續忙碌。
九月遮遮掩掩地回來，快速處理完換洗下來的月事帶，才稍稍自然了些。
「這個，還是沒有名字呀。」吃過了飯，九月準備拿著墓碑去後山，可拿起墓碑，上面卻只有「顯妣　　孺人之墓」，顯妣兩字後面還留出一段空白，左邊下方刻了一排小字。
「女　祈福敬立」。

「妳還沒告訴我丈母娘叫什麼呢。」遊春拿了一把刻刀過來，笑著說道。

「周玲枝。」九月自然是知道的。

遊春接過墓碑，手上運勁，刻刀連轉，沒一會兒便在空白處刻下「祈周氏玲枝」幾字。

「這樣行嗎？」九月有些擔心地看著那名字。

「為何不行？」遊春卻不在意。「自己家的人，想怎麼刻怎麼刻。」

「有道理。」九月重重點頭，她倒不如他看得透了，連葛玉娥都看不過這無名無家的碑文，反倒她這個做女兒的顧頭顧尾，諸多猶豫。「生於乾安二十六年七月初七，卒於聖佑五年九月……初九。」

遊春抬頭看了看她，知道她又想起自己的出生，便笑著撫了撫她的髮，在墓碑上刻下生辰卒日。

九月便去準備香燭經文，又從那盒臘八粥的食材裡每樣分了一些出來裝進盤子，全都放到一個籃子裡。

「九月。」

兩人正要出門去後山，祈喜的聲音卻在橋那邊響起，遊春只好返回隔間。

九月提著籃子抱著墓碑出來，順手關上門。「八姊，有事嗎？」

祈喜每次過來總是帶著東西，這次也不例外。

她滿面笑容地快步過了橋，來到九月面前。「爺爺讓我給妳送點糯米呢，昨兒姑姑託人給爺爺捎來的。」

「我這兒有，這些還是給爺爺留著吧。」九月搖頭，不想收下。

「那可不行，我要是帶回去的話，爺爺肯定吵著自己來。妳都不知道，妳送他的那一盒，他當寶貝捧著呢，昨兒睡覺都要壓在枕頭下，今早起來盒子都扁了。」

祈喜邊笑邊進了灶間，把籃子裡的東西一樣一樣往外掏。「這個是大姊給的；這個是三姊的、五姊的，還有堂姊、堂哥他們的回禮，二嬸也回了一小包紅糖，就三嬸摳，收了東西連吭都不吭一聲。」

「我送他們東西又不是圖這些。」九月好笑地看著祈喜。「八姊，別都拿出來，我一個人也吃不了多少，妳帶一些回去吧。」

「不用，這些都是姊姊哥哥們給妳的。」祈喜搖搖頭，目光掃到九月抱著的東西，驚訝問道：「咦？九月，妳這是要去哪兒啊？」

「給娘刻了碑。」九月把墓碑亮出來。

「那我也去。」祈喜不認得字，只知道碑上的字比原來多多了。

九月也沒有說別的，帶著祈喜到了墳場，兩人分工，很快就把碑立了起來，又擺開供品，點了香燭，燒了經文，鄭重地磕了頭，兩人才收拾東西一起回家。

兩人回到灶間，一邊收拾東西一邊閒聊，祈喜猶豫了一下，一臉神秘地湊到九月身邊說道：「九月，還有一件事，爹讓我私下問問妳呢。」

第四十章

「什麼事這麼神秘？」九月驚訝地看著祈喜，她有些納悶祈豐年能有什麼事要問她的？

「妳覺得五子哥怎麼樣？」祈喜笑盈盈地盯著九月。

九月一愣。「五子哥？他是個好人。」

「就這樣嗎？」祈喜似乎有點不滿意。

「不然呢？」九月納悶地眨了眨眼。「我和他又不熟。」

「不熟妳還送他臘八粥食盒？」

祈喜乾脆扔下手裡的東西，不相信地瞪著九月。

「那是因為之前他幫了我，又沒要工錢，這次去鎮上偶然遇到他，我就想著順便多買一份，當是謝禮嘍。」九月不解地回望祈喜，問道：「怎麼了？是不是謝禮輕了？」

「輕……」祈喜目瞪口呆，看著九月喃喃說道：「九月啊，妳該不會還不知道五子哥提親的事吧？」

「提親？」九月更糊塗了，她打量祈喜一番，驚訝地問：「八姊，妳想通了？」

「我……我想通什麼呀我。」祈喜問到這兒已經明白了，哭笑不得地說道：「五子哥上門提的是妳的親，妳不會不知道吧？」

「什麼?!」九月這會兒真的傻眼了，她忽地想起那天去祈家的情況，怪不得那兩婦人會用那種眼神看她，怪不得五子哥那天……

原來如此！

「妳真不知道？」祈喜吃驚地看著九月。「五姊說妳那天也回過家了，我還以為妳知道了呢。」

「我那天在後山看到有人毀了娘的碑，我是去找妳帶路去村長家的，我哪知道他們在那兒幹麼。」九月頓覺滿頭黑線，這都是什麼烏龍事件啊？

祈喜深感無言，這下好了，五子哥收到禮物還和十堂哥在那兒美呢，現在十堂哥他們幾個朋友都知道了，可偏偏這是誤會，這可如何是好？

「這件事……爹……怎麼說？」

九月猶豫了一下，還是喊出「爹」這個字，誤會已經造成，如今懊悔也無用了，還是想想該怎麼在不傷到五子哥的情況下，推了這門親吧。

「他倒是沒答應下來，不過也沒有回絕。」祈喜搖頭，看了看九月，笑道：「九月，五子哥是好人，妳要是嫁給他，他一定會好好待妳的。」

九月苦笑，這不是好人不好人的問題好吧？莫說現在她有了遊春，便是沒有，她也不會因為誰是好人就嫁了啊。

「九月，妳快說說，妳覺得五子哥可好？要是好，我這就告訴爹，讓他給妳作主應下這門親事，也好讓五子哥放下這顆心。」祈喜只道九月是因為難為情才不肯說話，便笑嘻嘻地湊到她身邊替五子說起好話。「五子哥是獨子，父母早亡，家裡只有一位盲眼的爺爺，妳過了門，沒有人會為難妳，自個兒就能當家作主，多好啊。」
「八姊。」九月無奈地看著她，正想說話，卻被打斷了。
「還有啊，他對妳的心思可深著呢，他一定會對妳極好極好的。」祈喜乾脆挽著九月的胳膊肘，笑盈盈勸說道。「妳要是不答應他，他會傷心死的。」
「八姊……」九月嘆了口氣，只好迂迴地說道：「五子哥是好人，正因為他是好人，我才不能害了他。」
「可是……」祈喜聽到這兒，頓時啞然，她寬慰幾句，可又覺得想說的話太蒼白無力，動了動嘴唇又無奈地抿起來。
「沒可是。」九月微笑，反手拍了拍祈喜的手。「妳幫我回絕吧，這門親事不能結。」
「可是……」祈喜想起五子哥那雀躍的神情，有些不忍。
「八姊，幫我回絕吧。」九月只好拉著祈喜的胳膊搖了搖。「五子哥是好人，我們不能害他，對不對？」
「好吧。」祈喜想了想，最終還是點了頭。
送走祈喜，九月無奈地嘆了口氣，提著祈喜送來的東西回了屋，一進門，就看到遊春雙手環胸倚在衣櫃處，似笑非笑地看著她。
九月睨了他一眼，提著東西到了桌邊。「都聽到了？」
「嗯。」遊春慢騰騰地過來，手撐在桌邊盯著她看，卻不說話。
九月被看得莫名心虛，避開他的目光，弱弱地說道：「幹麼這樣看我……我又不知道這事……」

「九兒。」遊春卻忽地伸手托起她的下巴，帶著一絲邪笑湊近，低低問道：「如果我不是好人，妳願不願意嫁我？」

九月頓時啞然。

「是不是？」遊春又湊近了些，語氣中調侃的意味十足。

九月看著他，忽地笑了，回道：「都說禍害遺千年，好人可禁不起我這災星相剋。」

「好吧，為了我的九兒，看來我只能努力做個禍害了。」遊春失笑，捏了捏她的臉頰。

「淨瞎說。」九月嗔怪地白了他一眼，拍開他的手。「快幫我刻板啦，我這幾天也不能抄經文，全指望你這兒了。」

「遵命。」遊春飛快地在她臉上一啄，笑嘻嘻地應下，拿起木板繼續刻字，這些已經完成了大半，今天只需要半天便差不多能完成了。

九月也沒有閒著，坐到一旁拿出孫掌櫃的樣稿細看。

「怎不去歇著？」遊春抬眼看了看她。

「我又沒生病，哪需要歇呀。」九月搖搖頭，抽出一張最簡單的，然後去裡屋翻翻找找，尋出合適的細竹和篾絲，有遊春在，她一點也不用愁會缺這些。

「沒病也歇著。」遊春倒沒有強行奪下她手裡的東西，只是皺眉勸道。

「沒事呢，這大白天歇著，多怪呀。」九月搖頭，拿了柴刀過來，照著樣稿上的要求開始搭架子——她這幾天那個來，不方便抄經文、製香燭，正好可以編竹製品。

「莫太累了。」遊春看了看屋子，這兒只有兩間屋子，他在這兒幹活，她確實無法好好休息，而他又不能出去做事，只好由著她，不過心裡卻打定主意，今晚他便到裡屋編竹簾，好讓她早些歇著。

「知道呢。」九月笑著點頭。

到了中午，九月簡單地做了兩碗麵，兩人吃完又在屋裡繼續手上的活兒，時不時地對視一眼，說上一、兩句話。

兩人之間越發有默契，此時的氣氛，頗有幾分老夫老妻的感覺。

黃昏時，遊春完成了最後一個字。

九月高興地拉著他試用起來，先是用研好的墨往木板上刷了一層，再用潔白的宣紙貼上，一邊用竹刮子輕輕刮得妥貼，再揭下時，一篇完整的經文便印在紙上。

只是遊春刻的字有些淺，沾了墨後，印的字稍稍模糊，所幸大部分還是能看得清的。

「我再細刻一下。」遊春有些不滿意，拿了小刻刀就著燈光細琢起來。

「已經很不錯了。」九月卻是挺滿意的。

在九月心裡，已經開始期待和遊春一起度過的這個年了。

「不妨事，細刻好了，用得也能更順手些。」遊春笑道，動作變得小心翼翼。

「我去做飯了。」九月也不打擾他，拍了拍手去了灶間。

中午吃的是麵，晚上自然是要做飯了。

「九兒，還是我來吧，妳現在少沾水。」她剛到灶間，遊春便跟過來。

「我可以用熱水啊。」九月失笑，她哪有這樣嬌貴？

「淘米總不能用熱水吧？」遊春搖頭，奪下她手裡的扁籮。

「那我生火。」九月只好轉向灶後。「還能烤烤火。」

遊春微微一笑，開始俐落地淘米、洗菜、切菜，頗有家庭煮夫的架勢。

燜上飯，蒸了個蛋羹，遊春正在炒菘菜卻忽地停下，側頭聽了聽，低聲說道：「有人來了。」

「哪兒呢？」九月伸長脖子往門外看了看。

「竹林裡。」遊春往鍋裡加了調味料，兌了少許水，蓋上鍋蓋。「我先進去。」

「好。」九月點頭，看著遊春掠身進了屋子，才起身站到灶前。

沒一會兒，竹林那邊便出來三個人影。

九月眼尖，看清是阿安、阿月和小小的阿茹，便明白他們的來意，走到灶後滅了火，才緩步來到門外，笑道：「你們來了。」

「九月姊姊。」阿茹一看到她，便高興地喊起來。

「阿茹也來了。」九月笑著迎上去，摸了摸阿茹的頭，看向阿安。「有決定了？」

阿安看看她，點點頭。

阿茹把阿月推到前面，拉出阿月的竹簍搶著和九月說道：「九月姊姊，妳看看，這是爺爺和阿月姊姊照著妳那幾個簍編的。」

九月接過細看，果然細密扎實，比她編得還要好些，便笑道：「太好了。」

「妳……什麼時候去鎮上？」阿安有些彆扭，看了看阿月，冷著臉對九月說道。

「五天後。」九月細想了想。

「好，到時候我在廟裡等妳。」阿安點頭，說完又覺得這話有些怪怪的，便又補了一句。「妳一個人應該也挑不動。」

「行。」九月看看他，點頭。

一邊的阿月一直沈默地打量著九月，此時聽到她和阿安的對話，不由得皺了皺眉。說完正事，九月撫了撫阿茹的頭，笑著問道：「你們吃飯了嗎？」

「吃過了。」阿茹點頭，很是乖巧。

「真的吃了？我剛做好飯呢，一起再吃點吧。」九月也挺喜歡這個小姑娘，便開口邀請。

「不早了，該回去了。」這時阿月淡淡地開口，拉回阿茹。

「走吧。」阿安看看九月，也說道。

「九月姊姊，再見。」阿茹朝九月揮揮手，跟在阿安、阿月兩人身後走了。

「他們來做什麼？」擺妥飯菜，遊春順口問道。

「就是編竹簍的事。阿安他們得罪了鎮上一些大乞兒，他的傷就是被那些人給打的，大爺擔心他們進鎮的時候再遇到他們會有麻煩，以後啊，他們負責編、我負責送，那樣阿安他們就能騰出空來幫我收蠟塊和木粉了。」

遊春點點頭，看了看她，過了一會兒又問道：「那個五子……就是上次和妳堂哥他們一起幫忙搭橋的那個？」

「嗯，就是那個不要工錢的。」九月好笑地看看他，她還以為他不問了呢，看來還是聽進去了。

「要是……妳說的那個理由說服不了他，妳打算怎麼做？」遊春扒了幾口飯，又問。

「嗯？」九月不解地看著他。「能怎麼辦，總不能我不答應他還強娶吧？」

「要是妳爹答應了呢？」遊春頓時沒了胃口。

「他沒資格替我決定任何事。」九月撇嘴。

「再怎麼樣，他也是妳爹。」遊春看著她，無奈地搖頭。「妳看著吧，這事沒這麼簡單。」

「能有多複雜？」九月被他說得沒了食慾。

「妳推辭的藉口一點也沒說服力，那五子能不顧妳的名頭提親，必是對妳上了心的，妳覺得妳的理由能讓他知難而退嗎？」遊春見她受到影響，挾了一筷子菜放到她碗裡，放柔了語氣。

九月下巴托在筷子上方，鬱鬱地問道：「那……我用什麼藉口才能徹底推辭？」

用什麼藉口才能在不傷到五子的情況下推了這樁親事？

這是個難題。

九月一籌莫展，遊春也一時沒了良策。

「船到橋頭自然直，不想這些了。」九月無奈之下，只好這樣安慰自己，眼下苦思冥想也沒用，兩人都把精力放在未完的事情上。

樣板被遊春細琢了兩遍，已做到字字清晰，九月心頭一塊大石落下。

香燭也有了些存餘，過幾日倒是能應付得去，所以她便藉著身子不方便的這幾天，專門研編起孫掌櫃給的那幾樣東西來。

遊春除了幫她砍竹削篾絲，還著手編灶間要用的竹簾。

四天下來，九月的研編小有所成，遊春也把灶間整修妥當，所有竹簾都是用藤條固定的，冬日可密封、夏日可拆卸，倒也方便。

另外，他還把灶間和屋子連通，在九月的床前立了竹屏風，這樣也不至於門一開就看到九月的床鋪。

第五天，九月身體也恢復如常，便一早收拾了經文和香燭，和遊春一起去了落雲山，把東西交給善信師父。

中午回到家，又趕著拿了編好的東西去了土地廟，遊春知曉阿安與鎮上那群少年乞兒有衝突，擔心九月遭池魚之殃，便遠遠地跟在後面。

第四十一章

「知道哪兒有澡堂嗎？」到了鎮上，九月瞧了瞧阿茹，又看看身後的阿安和阿月。

今天帶阿安他們來的目的，就是想介紹他們與孫掌櫃認識，這樣以後他們就能直接送東西上門，她也不用次次陪著了。

阿安一愣，不明白九月的意思。

倒是阿月皺了皺眉。「妳什麼意思？嫌我們髒，就別找我們做事。」

阿安一聽，目光一冷，掃向九月，就是一直牽著九月的阿茹也縮了縮手。

九月沒理會阿月，只看著阿安說道：「如今既然打算做這買賣，總得有個買賣人的模樣，倒不是我嫌棄你們，只是我們今天去的是人家鋪子，今兒我帶你們走這一遭，我會和孫老闆說你們是我的弟弟妹妹，以後你們便無須等我，可以直接送東西過來，你們覺得如今這樣子，人家夥計會讓你們進門嗎？」

阿月臉上一陣青一陣白，顯然九月的話傷到她的自尊了。

「瞧到那邊沒有？」九月睨了她一眼，指向不遠處的攤子和店鋪。「同樣的買賣，不一樣的門面，會有什麼區別？還有那邊，光鮮亮麗的富貴人、衣著整潔的布衣百姓，還有那沿街乞討的乞兒，那些鋪子裡的掌櫃夥計又是如何對待他們的？」

阿月默然不語，一臉倔強。

「那邊就有個澡堂。」阿安看了看九月，沈默了一會兒，才指了指左邊的巷子。

阿月睜大眼睛瞪著阿安，似乎在責怪他沒堅持立場。

阿安瞧了瞧她，率先走在前面。

阿月只好無奈地跟上。

九月微微一笑，拉著阿茹跟在後面。

阿安說的澡堂在巷子中間，此時正是中午，泡澡的人不多，不過他們一進門，便有夥計過來驅趕。「幹什麼的？幹什麼的？」

說罷就像趕蒼蠅一樣想推阿安出去。

「這位小哥，你開門做的是澡堂生意，我們進來自然是光顧你的生意。」阿安被推了個踉蹌，九月上前一步，用擔子隔開夥計，淡淡地看著他說道：「怎麼？你們家要倒閉了嗎？」

「光顧生意？」夥計鄙夷地看了看阿安等人。「沖澡一刻五文錢，泡澡一個時辰三十文，先交錢再進去。」

九月笑道：「小哥，你這是欺負我們不識字是吧？你那牌子上分明寫著大澡堂一個時辰十文錢，單間一個時辰二十文錢。」

夥計驚訝地看看她，似乎沒想到像她這樣衣著的山村姑娘竟識字。

「這兒有二十文，兩個單間，半個時辰。」九月從腰間錢袋裡倒出二十文錢遞到夥計面前。

「等等，說了二十文錢一個單間，你們這麼多人，這麼點錢還想開兩間？去去去，沒錢別來這兒瞎搗亂，找條河自個兒沖去。」夥計不耐地揮揮手。

「咦？你們店裡可有規定不能要半個時辰的？那上面寫的難道不是一間二十文一個時辰嗎？」九月奇怪地問道。「小哥，既然一個時辰是二十文，那半個時辰不就是十文嗎？再說了，你們是間來算，我們四個人是不假，可這麼小的女娃娃和姊姊共用一間就是了，這樣可不就是兩間嗎？兩間，半個時辰，難道不是二十文？」

「哪有妳這樣算的？」夥計一時語塞，只好強自硬撐。

「怎麼？我算錯了嗎？」九月眨眨眼，一臉無奈。「那算了，就一間單間，二十文是吧？我這兒還有十文，阿安，你去尋個最大的澡池，人最多的那個，不泡足一個時辰別出來。」

「欸欸欸，不行。」夥計一瞧阿安那一身，嚇了一跳，這人要是在澡池裡泡足一個時辰，那池子裡的水非得黑了不可。再說，就算黑不了，他一下去，還有哪個客人願意待著？當下，張開手攔在阿安面前。「得得得，兩間單間，不過，你們得付足一個時辰的。」

「算了，兩間一個時辰，這錢就不夠了，阿安，你還是委屈點，去大池子吧。」九月撇嘴。

「那你們就出去，我們不做你們的生意了不行嗎？」夥計眼一瞪，火上心頭。

「開門不做生意？」九月瞥了他一眼，點點頭。「行，那我們就另尋一家會做生意的，阿安，我們走，一會兒記得找兄弟們到門口守著，遇到有人來澡堂的，記得告訴他們，這兒不做生意了。」

「好嘞。」阿安哪裡還不懂九月的意思？他對這夥計狗眼看人低本就惱火，當下乾脆地應下。

「妳……」夥計大驚，指著九月就要開罵，這時後面出來兩個人，一人問道：「怎麼回事？」

「寶哥，來了幾個叫花子，找碴的。」夥計聽到聲音，連忙跑過去，對著為首的那人告狀。「這女的還威脅說要找叫花子守在門口壞我們的生意。」

九月認出那為首的年輕人，正是上次在糧鋪遇到的寶哥，便淡然一笑。「店小二，說話要有憑據，你哪隻眼睛看出我們是叫花子？又是哪隻耳朵聽到我要叫花子們來壞你們生意？」

「寶哥，她剛剛分明就說了……」夥計指著九月氣急敗壞道。

寶哥卻抬抬手，打斷他的話，笑著走到九月面前，雙手抱拳道：「原來是姑娘妳啊。」

「見笑了。」九月微笑著頷首，算是還了禮。「這幾位都是我的義弟、義妹，只因家中清貧，也沒個單獨的洗浴之處，今兒正巧路過貴店，一時興起便進來了，只不過您這位夥計……與糧鋪的夥計相比，簡直是雲泥之別啊。」

「小子不懂事，還請姑娘見諒。」寶哥向九月笑著賠禮，接著轉頭瞪了那夥計一眼，斥道：「還不給這位姑娘道歉？」

說罷，又向九月說道：「今兒的帳楊某請了，姑娘願意待多久就待多久，小子無禮，楊某定當重罰，還請姑娘莫要誤會本店。」

寶哥發了話，夥計哪敢不從，離去時，他還深深地打量九月一眼，心裡直嘀咕這女子是什麼來歷。

「多謝。」九月笑盈盈地謝過寶哥，把那三十文錢收回錢袋裡。

寶哥微笑著打量了阿安等人一眼，又讓小二去挑了幾身新衣送給他們，吩咐一律記在他帳上。

於是，阿安、阿月、阿茹在夥計的帶領下去了單間，阿月挑著的東西也歸了九月看顧。

「九月姑娘，且到邊上喝杯清茶。」寶哥有眼力，手一揮，便有夥計把九月和阿月的擔子挑到一間會客的屋子裡。

九月好奇寶哥為何這樣豪氣，便欣然同意。

進了屋，夥計奉上菜便退出去，屋裡只有寶哥和九月，這門自然也是敞著的。

九月倒不在意，大大方方地坐下，接了茶抿了一口，正要開口，便聽寶哥問道：「還未請教姑娘芳名？」

「我叫九月。」九月沒有說自己的大名，反正，她那大名也不怎麼用。

「九月姑娘不是鎮上的人吧？」寶哥點點頭。

「我家在大祈村。」九月看了看他，沒在意。

「大祈村？」寶哥有些驚訝。

「楊掌櫃也是？」九月聽出他話中的驚訝，多看了他一眼。

「拙荊的娘家在大祈村。」寶哥笑道。

「原來如此。」九月點點頭，沒有細問。

「拙荊十幾年不曾歸家，如今也不知家中如何了。」寶哥輕嘆一聲，看了看九月，笑著問道：「九月姑娘可知大祈村的祈豐年祈老丈？」

「啊？」九月一愣，祈豐年？「他……是你家親戚？」

「他是楊某的老泰山。」寶哥呵呵笑道：「拙荊從小離家，這些年一直掛念家中，無奈卻不能回家探望，如今我們夫妻倆調到了康鎮，便想著回家拜訪岳父大人，只是……拙荊近鄉情怯，到了這兒反倒不敢回鄉了，沒想到九月姑娘也是大祈村人。」

「敢問貴夫人的閨名是？」九月心裡一愣，祈豐年的女婿？那不是她姊夫嗎？只是不知道這是哪一位姊夫？

「祈巧。」寶哥以為她認得。

「祈……巧？」九月飛快地在腦海中搜尋幾位姊姊的名字。

二姊祈願十六歲嫁到陳家當姨太太，四姊祈巧七歲時把自個兒給賣了……是四姊！

九月沒想到竟這麼容易就尋著四姊的消息，心下歡喜，正要說話時，她看到眼前的寶哥，頓時猛地想起祈喜。

之前因為她，祈喜與水宏的婚事告吹，另外幾位姊姊顯然也是有所顧忌，不敢與她多有往來。

而眼前這位素未謀面的姊夫……於是九月脫口的話到了嘴邊又改口。「原來是祈家四姊夫，失敬了。」

「妳認識拙荊？」寶哥驚喜地看著九月。

「不認識。」九月搖頭。「我出生時祈巧姊姊就不在村子裡了，那日在糧鋪裡碰巧遇見，我便覺得眼熟，現在想來，是與祈家另外幾位姊姊有些相像了。」

「那日拙荊倒也說過姑娘面善，看來也是妳倆有緣了。」寶哥笑道。「既如此，一會兒還請姑娘到家中一聚，與拙荊說說我岳父家中的情況，也好解解她的怯鄉之情。」

「這……」九月猶豫了，想了想還是搖搖頭。「我家裡還有老人要照顧，如今在這兒已經耽擱挺久了，一會兒送了這些東西便得趕回去，抱歉。」

「那……姑娘能不能說說我岳父家的近況？」寶哥有些失望，不過未勉強九月。「我原還想借此機會請姑娘吃頓飯以示感謝呢，之前因為姑娘的主意，糧鋪裡積存的盒子不僅銷而光，鋪子裡生意也好了不少，我們東家還把那法子用到各地糧鋪裡，成效顯著，為此，楊某可是沾了姑娘的光。」

看來他是受到東家褒獎了，怪不得今天這麼客氣。

「那是楊掌櫃慧眼，與我哪有干係。」九月瞭然地點點頭，笑著以鄉鄰的身分介紹了祈家的情況。

「大姊、三姊、五姊……那二姊呢？」寶哥驚訝地問。

「二姊姊嫁到鄰鎮，據說是富裕人家，這些年不曾回過家，所以我知道得不多。」九月搖搖頭。

「那我岳母呢？拙荊曾與我說起家中事務，她離家時，下面還有四個妹妹，岳母還懷有身孕，她們如今怎樣了？」寶哥忙問道。

九月一愣，隨即便明白過來，原來四姊把自己賣出去時，六姊、七姊都還在，娘也在，而她也還在娘的肚子裡。

她猶豫了一下，輕嘆道：「祈家六姊姊、七姊姊都在那年大饑荒時沒了，祈姊姊的母親……也沒了，家裡只有八姊姊祈喜與老父相依為命，九月中旬時，祈家老太太也過世了，留下祈老爺子搬去與八姊姊他們一起，日子還算行吧。」

「什麼?!」寶哥倒吸了口涼氣，這可不算是好消息啊，媳婦心心念念的都是岳母和姊妹們，可現在……「我岳母是何時去的？」

「十五年前九月初八。」九月看了看他，淡淡說道。「祈姊姊還有一位九月妹妹，於九月初九夜誕於棺中。」

寶哥驚訝地看著她，也不知在想些什麼。「她……」

「祈家別的倒都安好，祈姊姊回家一看便知。」九月淡淡一笑。

小半個時辰後，去拿衣服的那個夥計回來了，身後果然跟著抱著孩子的祈巧。

阿茹只比楊家孩子大些許，祈巧閒來無事也做了許多衣服，尋一套大些的衣服倒是簡單。寶哥見祈巧過來，便讓夥計去送衣衫，留下九月與祈巧說話。「巧兒，這位九月姑娘也是大祈村人，她認識岳父一家人。」

「真的？」祈巧驚喜地盯著九月，似乎這樣看著九月，便能看出什麼蛛絲馬跡來。

九月含笑著點點頭，目光也停留在祈巧臉上，如今知道這就是四姊，倒是能從她臉上看出幾位姊姊的相似處來。

「我娘……還好嗎？」祈巧一開口，便問起娘親的消息。

第四十二章

祈巧的問題頓時讓九月和寶哥啞然。

「祈家大……娘已離世十五年了。」一番權衡之後，九月看著這張與祈喜有些相像的臉，還是決定實話實說。

「什麼！」祈巧頓時愣住，眼淚便滾了下來。

寶哥忙上前接過她手中的孩子，一手扶住她。「巧兒。」

祈巧跌坐在椅子上，摀著臉嗚嗚地哭了起來。

寶哥手中的孩子看到她哭，也癟了嘴，寶哥忙輕聲哄道，一邊還要安撫祈巧，一時有些手忙腳亂。

九月安靜地打量著寶哥和祈巧的相處，見寶哥對祈巧這般呵護，心裡也有些欣慰，看來這位四姊過得還是不錯的。

「祈姊姊，有空還是回去看看吧，這些年他們也在打聽妳的消息呢。」九月輕聲輕語地勸了一句，心裡卻打定主意，回去後把這件事告知祈喜，讓她們出面。

這時，一個小小的身影撲過來。「九月姊姊，這衣服好漂亮呢。」

九月忙低頭，只見阿茹穿著粉色棉襖，梳著雙丫髻，乾乾淨淨地站在她面前，後面跟著有些彆扭的阿安、阿月，洗去那身污穢，梳起髮髻，男的俊女的俏，哪裡還有之前半分影子。

接觸到九月的目光，阿月不自在地拉了拉衣服下襬，沒有了蓬髮遮擋的臉白裡透紅，很是嬌美。

「楊掌櫃，我們在此也耽擱一個時辰了，家中還有事，先告辭了。」九月看了看祈巧，朝兩人福了福身，便逕自挑起東西。

阿月見狀，忙上前挑起自己的那些。

「多謝楊掌櫃招待。」九月又是一笑，牽起阿茹的手。

「九月姑娘客氣了，下次若有需要再來便是，我會吩咐帳上免了姑娘的湯浴錢。」寶哥把懷裡的女娃遞給一邊的夥計，拱手送九月到門邊。

從這邊出來，九月打量了阿安和阿月一番，滿意地點點頭，領著他們去了雜貨鋪。

孫掌櫃見她帶來自己要的東西，自然喜出望外。

九月把阿安和阿月介紹給他，並點明自己比較忙，以後便由阿安他們把東西送過來。

孫掌櫃連連稱好，清點了東西，當即付清了錢。

「九月姊姊，妳好厲害。」揣著那些錢遠離雜貨鋪，阿茹才拉著九月的手輕輕晃了晃，笑著豎起大拇指。

九月微笑著撫了撫她的頭頂，看向阿安他們。「需要買些什麼嗎？」

「米。」阿月總算正面和九月說了一句話。「被子。」

「走吧。」九月點點頭，這會兒在街上，也不合適直接給他們錢，便牽上阿茹帶頭往集市走去，一邊四下打量，想看看有沒有遊春的身影。

她沒注意到後面不遠處的角落正聚集幾個人影，也沒注意到一旁的茶館二樓，遊春正和兩人憑欄而坐。

需要買的東西很快買齊，九月便帶著幾人回轉。

和來時一樣，一路都是阿茹嘰嘰喳喳地說話，時不時夾雜上九月的回答，不過也與來時不同，這次阿安和阿月也附和了幾句。

出了鎮，到了上次阿安挨打的地方，阿安緩了緩腳步，看了九月一眼。

九月看看他，沒說話。

「總算來了，哈哈哈——」就在這時，前面的草叢裡傳來一陣囂張的笑聲，緊接著幾個人便出現在九月等人的面前，正是上次攔截阿安的那幾個大乞兒。

「刺鴉，你想做什麼？」阿安立即上前一步，把九月等人護在身後。

「阿安，我說你小子怎麼一下子富了呢，原來是傍上了哪家的妞啊，不過你這眼力可不怎麼樣，要傍也不傍個有錢些的，就她，瞧那樣子還得靠別人養吧？」

為首的那個壓著手指關節，一搖三晃地走過來，一雙眼睛隱在亂髮下直直地掃向九月。

「把你嘴巴放乾淨點！」阿安冷著臉，怒瞪著那少年。

「嘖嘖嘖，還真護上了。」少年無視阿安的怒意，笑嘻嘻地走近，不懷好意地打量九月，吹了聲口哨。「長得還不錯，只可惜瞧著也是個寒酸的，供得起你六個臭乞兒嗎？喔，不對，還有個老不死的。」

「你才是臭乞兒呢！」阿茹聽著不舒服，衝著少年就大聲反駁。

少年惡狠狠地瞪了阿茹一眼。

阿茹害怕得往九月身後縮了縮。

「你們是什麼人？」九月皺眉，把阿茹拉到阿月身邊，一邊給阿月遞了個眼神，讓她照顧好阿茹，自己站到阿安身邊。「上次你們青天白日攔路搶劫，我還不曾找你們算帳呢，這次你們又想做什麼？」

「喲，這聲音還挺好聽。」少年聽罷，怪笑一聲，更是放肆地打量起九月，甚至還輕佻地伸出手想去勾九月的下巴。「這小子還是個娃兒，哪懂得怎麼憐惜妞兒，妳還是考慮我們哥兒幾個吧，個個包妳滿意……」

「去死吧你！」話音未落，阿安突然低頭撞了出去，撞在少年的肚子上，把他撞得跌倒在地，阿安接著撲上去，坐在那少年的肚子上，雙拳不長眼地落了下去。

「啊！」阿茹和阿月嚇了一大跳，失聲驚叫起來。

這時，後面那幾個少年也反應過來，齊齊跑過來，就要向阿安發難。

此時此景，阿安受欺在所難免，九月不由緊鎖了眉，把擔子往邊上一放，抽出竹棍衝著那幾人便是一陣亂敲，那幾人沒想到她一個姑娘家也敢動手，猝不及防之下，均吃了虧。

阿月看到，忙把阿茹拉到一邊，把東西交給她看管，自己也學九月抽了棍子跑到她身邊，衝那幾人亂掃起來。

兩人發起狠來，那幾個少年一時束手無措，只好連連躲避，口中罵道：「臭丫頭，快住手！不然要是被我們抓到，有妳們好看的！」

「好看？我現在就讓你們好看！」阿月敲得亂了氣息，咬著牙便要衝上去。

九月手快，及時拉住阿月。「別理他們。」

兩人各執一根棍子一左一右站在路上，一邊注意著那幾個人，一邊回頭看向阿安，一瞧之下，九月不由大驚，忙喝道：「阿安，快放了他！殺人償命，不值當！」

「阿安！」阿月也嚇得魂飛魄散，把手中的棍子一丟，就轉身撲到阿安身邊，伸手去扳阿安的手。

此時，阿安雙目圓瞪，雙手緊緊掐著少年的脖子，那少年已經雙腿亂蹬，沒了抵抗之力。

「阿安，想想爺爺、想想你的兄弟姊妹，為這樣的人償命，不值當！」九月也顧不得防人，拎著棍子到了阿安身邊，手按在他肩膀上，急急說道：「聽話，鬆手！」

阿安微微一愣，目光無神地看向九月。

「聽我的話，你們的好日子才剛剛開始，沒必要為了這樣一個潑皮無賴毀了自己的大好前程，不值當！」九月盯著他的眼睛，放柔聲音。「別忘了，你欠我的還沒還清呢。」

阿安聽進去了，手上一鬆，整個人往邊上一歪，跌坐在地，窒息的少年得了解脫，不知從哪裡來的力氣，一邊劇咳，一邊連滾帶爬地遠遠逃離阿安。

那幾個少年也嚇到了，連忙上前扶起那少年，一邊驚懼地看著阿安。

「還不快滾！」九月站了起來，冷眼看著那幾個人。

「走。」那少年沒忍住劇烈的咳嗽，他身邊的幾人互相交換一個眼神，低低地說了一句，扶著少年退進了林子裡。

九月和阿月也不敢待著，一人一邊拉起阿安，挑起擔子，牽了阿茹，警惕地過了那林子，才快步離開。

九月幾人生怕那些少年回過神追來尋事，一路上都不敢再有停頓，直到土地廟前才停下來。

阿茹一直低頭使勁跟著他們，直到這會兒，她才呼呼喘著氣，小手不斷拍著胸口，額上已然細汗密布。

「怎麼了？」阿定聽到聲音從裡面跑過來，見幾人這樣子，不由驚訝。

「沒事。」阿安還冷著臉，唇抿得緊緊的，流露著一股倔勁。

「就是上次打了安哥哥的那個壞人，他們又堵在路上了。」阿茹喘著氣，卻忿忿不平地插嘴說道。

「那渾小子又來?!」阿定大驚，挽著破碎的袖子便衝出來，看著路那邊張望。

「被阿安教訓了，沒跑來。」阿月拉了他一把，把肩上的擔子挑進去。

「啊……月姊姊？」阿寧在裡面，看到煥然一新的阿月，有些不敢認了。

「是我啦。」阿月把東西放到乾淨的地方，注意到阿寧的目光，她有些不好意思地摸了摸頭髮，拉了拉身上的衣服，臉微紅道：「是……她要求的。」說罷，悄悄指了指九月。

「真好看。」阿寧眼睛發亮，由衷讚道。

「還有我、還有我。」阿茹聽到阿寧的話，不甘落後地跑進去，她的衣服是祈巧為女兒做的，無論是布料還是手工自然都精於澡堂裡備的，進去後，她衝到老人面前，轉了個圈，對老人說道：「爺爺，您看，好看嗎？」

「這……哪兒來的？」老人有些驚愕。

「是九月姊姊認識的人送的。」阿茹嘰嘰喳喳地說起鎮上的事。

外面，阿定、阿季兩人也在打量阿安和阿月，只是阿安與刺鴉打了一架，身上的衣服沾了土，看著沒阿月、阿茹那般光鮮，他心裡又裝了心事，才沒有理會這些，他看了看九月，轉向阿定說道：「阿定，這兩天收的蠟在哪兒？」

「在裡面呢，我們也是剛回來。」阿定也只是看看他們，沒有流露太多羨慕。

「我帶回去吧。」九月聽到，看了阿安兩眼說道：「我看，以後去鎮上送簍子的事還是我去吧，那些人想來是惦記上你了。」

「不行。」阿安想也不想地說道，有些不自在地看了看九月。「他們今天也見著妳了，妳一個人……太容易吃虧。」

阿月站在廟門口，聽到阿安的話，臉上的笑意微斂，若有所思地看著阿安和九月。

「到時候我找人與我同去就行了。」九月一點也不擔心自己會遇上什麼事，反正她身邊還有遊春在。

可阿安不知道，他果斷地搖頭。「我會再想辦法。」

九月還要再勸，阿安便微跛著腿進了廟，指揮阿定把收上來的底蠟都搬出來。

數了數，一共十二塊，九月身上沒帶這麼多錢，也就不再堅持自己帶回去，由阿安和阿月兩人一起送回她家。

到了她家門口，九月意外地看到了祈豐年，他正拿著鋤頭在她的菜園裡慢騰騰地收拾著，看到她帶著幾人回來，祈豐年面無表情地打量阿安和阿月一眼，卻沒說話。

九月也沒有招呼他，逕自帶著阿安、阿月到了門前，開了門，把東西搬進屋，又取了錢，付清收蠟的餘錢。這次，她沒有扣下之前說好的那點報酬。

阿月接了錢，數了數發現比阿定說的要多出二十四文，不由驚訝地看了看阿安。

「多了。」阿安逕自從她手上拿過來遞到九月面前。

「還錢的事，不必急在一時。」九月搖頭。「今天遇到楊掌櫃善心，也是運氣，可大爺和阿定他們的衣衫還不曾解決呢，這些先拿著，寒冬臘月的，土地廟也擋不了多少寒氣。」

阿安看了看她，眼中閃過一絲猶豫。

「先回去吧，我這兒還有點事。」九月抬眼瞧了瞧祈豐年。

阿月見狀，暗暗拉了拉阿安，朝九月點點頭，帶著阿安走了。

「他們是誰？」祈豐年這時才停下手中的鋤頭，淡淡地問。

「送蠟料的。」九月見他方才沒走，隱約猜到他可能有事要說，正好，她也有事要說。

祈豐年又掃了阿安、阿月離開的方向幾眼，沒說話，低頭把鋤出來的草清了出來，用鋤頭兜著扔到河裡。

九月以為他要走，猶豫著要不要喊住他把祈巧的事說說，就看到他轉過身來。

「五子的事，我應下了。」祈豐年走了幾步，又停下，雙手拄著鋤頭淡然地說道。

「我不同意。」九月聽罷，心中不悅，語氣也淡了下去。

「父母之命，媒妁之言，妳同意不同意有什麼打緊？」祈豐年也不知道該怎麼和這個女兒相處，事實上，他從來都不知道怎麼和女兒們相處，更何況是離家十五年才剛回來的九月，所以，他只是用一貫對祈喜的態度說道：「媒婆昨天已經來換了庚帖，若無意外，年後五月便是好日子。」

「父母之命？」九月見他居然把庚帖都換了，似乎連日子都定下來，心頭一陣著惱，話便脫口而出。「十五年來，你盡過一個父親的責任嗎？如今卻來與我說什麼父母之命，你有資格嗎！」

祈豐年臉上一黯，眼中掩飾不住的失落。

九月話出口，也覺得說得有些過，一時也無言以對。

「親已經定了，嫁不嫁由不了妳。」祈豐年沈默一會兒，頓去鋤頭上的土，將之扛到肩頭，扔下一句話轉身離去。

九月沒有答話，只是緊抿著唇，皺眉盯著祈豐年的背影。遇到祈巧的喜悅，被刺鴉的攔路和祈豐年的獨斷破壞殆盡。

第四十三章

「九兒。」遊春直到傍晚才回來，手裡還拎了個大袋子。

「回來了？」九月坐在屋裡回頭看了看，站了起來。

「嗯，路上遇到點事耽擱了。」遊春反手關上門，順勢把大袋子放到一邊才快步走過來，臉上帶著淺淺的笑，看到九月面色鬱鬱，以為她是在擔心他，抬手輕撫她的臉，柔聲致歉。「讓妳擔心了。」

「沒事就好了。」九月淡淡一笑，打量他一下，見他神情愉悅，之前一直堵著的心情也有了些鬆動。「你又買了什麼回來？」

「都是些吃食。」遊春立即過去解開袋子，從裡面取出一個個小布袋，一一解開排在牆角，小米、香米、薏仁、紅棗、蓮子；再解開，卻是冰糖、紅糖、砂糖三種，而後面拿出來的，便是各種乾果糕點。

九月無奈地道：「你買這麼多做什麼？打算讓我開小鋪子啊？」

「就這麼點，哪裡多了？」遊春卻解得高興。「妳總是愛吃清淡的，每日清粥白菜的，身體如何受得住？總得多備些食材輪換著吃才好，今日我問過大夫了，他說如妳這般症狀，該多吃些補血補氣的東西，妳瞧，這些都是按他的介紹買的，等吃完了，我再去買。」

「你去醫館了？」九月吃了一驚，忙問道。

「是啊。」遊春點頭，轉身看了看屋裡的櫃子。「九兒，妳看那個櫃子裡騰出來擺放這些東西可好？」

「你怎麼去醫館啊？你說的遇到的事是不是那些人？」九月卻沒理會他，只是緊張地抓住他的手臂細細打量。「你讓我看看傷口，是不是又裂了？」

「我的傷已大好了。」遊春見九月這般緊張，心裡熱呼呼的，伸手拉住她的雙手，柔情滿懷地說道：「妳且寬寬心，聽我慢慢說與妳聽。」

九月再次打量他一番，確定他的神情沒有掩飾，才點頭。

遊春拉她坐在桌邊，細說起今天的事。

遊春原是跟隨九月等人進鎮的，他們進了澡堂後，他便去了離澡堂不遠的茶館，結果在那處遇到他的兩個隨從和他們特意請來的一位懂醫的好友。

遊春這位好友家中世代行醫，自幼學醫的他雖沒有掛牌行醫，可一身醫術也甚是了得，與遊春也是生死之交，上次遊春在鎮上遇到兩個隨從，便讓他們著人假扮成遊春，出現在百里之外的青嵐縣，那些人果然著了道，連夜追離了定寧縣，兩個隨從才脫身去尋了遊春的這位好友，匆匆趕回到這兒，今天他們剛剛在鎮上落腳，便在茶館遇到遊春。

一番診治後，直到確認遊春的傷真的已經無礙，他們才放下心來。

遊春想起九月的狀況，便私下和這位好友諮詢了一下，雖然被他打趣追問了許久，不過也知道許多該注意的細節，這才有了這麼多東西。

「九兒，妳回來的時候可是和阿安一起？」遊春說罷，忽地問起阿安。

「是啊。」九月點頭，知道他的處境暫時安全，她便放心了。

「可遇到什麼人攔路？」遊春目光微凜，低頭看著她問道。

「嗯？你怎麼知道？」九月驚訝地問。

「我回來的路上遇到幾個乞兒，一路罵罵咧咧，我聽他們罵的都是阿安，便留了心。」遊春撫了撫九月的髮。「那幾人雖被我教訓了一番，不過以後難保不會挾怨相報，改日妳見到阿安，讓他們進出當心些。」

九月聽到這兒，有些怪異地看看他。

「這麼看我做什麼？」遊春不自在地清嗓子，捏了捏她的鼻子。「如今那小子好歹也是為妳辦事，要是出事，只怕妳又要掛心了吧？我可不希望我的女人天天記掛著別的男子，就算比妳小的也不行。」

九月啞然，無奈地拍開他的手。

「九兒。」遊春見她雖然在笑，可眉宇間始終有絲淡淡的憂鬱，不由凝了笑容，抬起她的下巴細細地看著。「出什麼事了？」

「沒事呢。」九月搖搖頭，推開他的手。「我餓了，先去做飯了。」

「中午吃了什麼？」遊春點頭，跟著她一起往灶間走。

「中午不餓……」九月莫名心虛，說話也輕了許多。

「所以就不吃？」遊春果然挑眉，不悅地看著她。

「沒胃口。」九月訕訕地笑了笑，主動拉住他的手。「還不是擔心你嘛。」

「妳呀。」遊春聞言，除了無奈也只有無奈，緊了緊她的手，嘆道：「下次可不能這樣了。」

「知道啦。」九月連連點頭，岔開話題。「你和你朋友問那些事，他沒懷疑嗎？」

「懷疑什麼？」遊春好笑地看看她，把她按在灶後的小凳子上，自己挽起袖子淘米洗菜，一邊坦然說道：「我直言是他嫂夫人身體不舒服，他還能懷疑什麼？」

「啊？」九月瞪大眼睛，他就這麼直接？

「要不是怕嚇到妳，他早就跟著一起來了。」遊春微微一笑。「待下次，我帶妳去見見他們。」

「帶我見他們幹麼……」九月嘀咕了一句，心頭還是一暖。

「當然是讓他們拜見妳這位嫂夫人，到時候妳別客氣，他家底厚，不怕敲竹槓。」遊春笑道。「以往他可沒少敲我的。」

燈火搖曳，九月有一下沒一下地擦拭著頭髮，目光卻落在牆上的畫像上。

遊春從裡屋出來，就看到九月靜靜地看著畫像發呆，心裡越發確定她心裡有事。

於是他快步過去，從後面抱住九月，唇在她耳後親了親，便貼著她的臉看向那畫像，低聲問道：「九兒，在和外婆說些什麼？」

「沒……」九月收回目光，微斂了眸拭著頭髮。

遊春一聽，略略一轉眸，將臉埋在她頸間，雙手也不安分地鑽進她的衣襬，貼上她凝脂般的腰上。「不會是在說我壞話吧？」

「癢……」九月整個人縮了縮，睨著他說道：「你做了什麼壞事，怕我說你壞話啦？」

「嗯？真說我壞話了？」遊春一聽，移到她後頸咬了咬，低低威脅道：「說，都說我什麼了？」

「沒有啦。」一陣酥麻不可避免地襲向九月，她討饒地伸手抓住他遊走的手，笑道：「真沒啦，你對我這麼好，我說你壞話做什麼？」

「這樣啊……」遊春反手抓住她的手，吻卻從後頸又移到她另一側耳朵，故意往她耳中吹氣。「那，妳都跟外婆說了什麼好話，讓我也聽聽，在我的九兒心裡，為夫是個什麼樣的人。」

九月哭笑不得地橫了他一眼。「別為夫為夫的，你有經過外婆同意不？」

「有道理。」遊春聞言，抬起頭，一本正經地對著畫像說道：「外婆，您可同意我當九兒的夫婿？要是同意，您就吭個聲吧。」

九月瞪著他。

「外婆，您不說話，那我就當您默認了。」遊春一臉笑意地看著畫像，轉頭貼著九月說道：「九兒，外婆同意了，這下妳可逃不了了喔。」

九月撇嘴，也被他這樣搞怪的一番話逗笑。「外婆要是真會吭聲，你可別被嚇跑了。」

「不會，我可是她的好外孫女婿，她老人家怎麼可能捨得嚇我呢？」遊春嘿嘿一笑，忽然彎腰打橫抱起九月。

「喂，你幹麼？」九月嚇了一跳，伸手摟住他的脖子。

「娘子，累了一天，該歇息了。」遊春說這話時，一臉邪笑。

「你別這麼笑，怪嚇人的。」九月伸手抵著他的臉頰，無奈地搖頭。「快把我放下來，我還有事呢。」

「還有什麼事？」遊春沒在意，逕自抱著她繞過竹屏風。

「還有櫃子沒有編好，蠟也沒融完，灶火也沒有滅，還有……唔……」九月的話被吞噬在遊春口中，好一會兒，才嬌喘著補上未說完的話。「……經文還沒完成呢。」

「早歇一晚又有什麼打緊。」遊春抱著她擠上床，順手便拉過被子將兩人蓋上。

自從那天半夜為她暖腹宿在這兒，這幾日他便沒再回隔間睡過，這會兒九月不提，他當然不會主動提。

「都歇了好幾天了。」九月反駁道。

「那是妳身體不舒服，都不舒服幾天了，今天就好好歇著吧。」遊春立即擋了回去。

「可是……」九月還沒說話，又被他封了口，唇舌相纏，氣息交融，倒是把她的煩心事拋到了腦後。

「可是什麼？」遊春見她不反抗，才依依不捨地鬆開她，額觸著她的額低聲問道。

「門還沒鎖呢，灶火總得滅吧？萬一著火了怎麼辦？」九月弱弱地說道，算了，就歇一晚吧，反正她也沒心思做事。

「我去鎖了就是。」遊春鬆開她，起身去關門滅火、熄燈，很快就回到這邊，脫衣鑽進來。

「你不去裡面睡啊……」九月有些心虛地問。

「嗯？」遊春一手摟過來，瞇著眼問道：「有妳這樣的嗎？今天肚子不疼了就趕我？」

「哪有。」九月雙手抵在他胸前。

「傷心了，外婆可是同意了我當她外孫女婿的，娘子怎能趕我。」遊春故作委屈，雙手一點也沒閒著。

「瞎說，外婆都不在了，哪能吭聲？這哪叫默認……」九月說到這兒，忽地停下來。

遊春見她心不在焉，瞇了瞇眼，抱著她一翻身，壓了上去。

九月一驚，不由輕呼一聲，伸手去擋。「不要……」

「告訴我妳在煩什麼，我就饒了妳。」遊春其實也不敢太過火，不然難受的還是他自己，所以也只是居高臨下盯著她問。

「好啦好啦，我說，我說還不行嗎？」九月扭著身子躲著他的攻擊，連連討饒。

面對遊春的柔情加熱情攻勢，九月敗下陣來，只好把祈豐年來這兒說的話，簡略地說了一遍。

聽到祈豐年真的拿父母之命說事，遊春的眉挑了挑，俯視著九月說道：「妳這麼說他，他沒生氣？」

「我承認我說得過分了，可是，事實就是如此。」九月嘆息道：「他生這麼多女兒，求的是能給他傳宗接代的兒子，我的出生原就不是他們期盼的，再者這十五年來，他不聞不問的，如今又何必來管我的親事。」

「話雖如此，可他畢竟是妳的親生父親。」遊春見她如此，笑著寬慰幾句，摟著她翻身躺下。「睡吧，這事且看且走，要是實在解決不了，便乾脆些，與我私奔算了。」

「你想得倒是美。」九月啞然，連捶了他幾下，兩人嬉鬧一會兒，才相擁入眠。

第四十四章

次日，九月提著紅糖、冰糖、砂糖去了祈家大院。

來到中間那個院子裡，九月看到緊閉的門時，她卻猶豫了。

這一猶豫，倒是一旁的院門先開了，祈喜拿著掃帚走出來，一看到她，不由驚喜喊道：「九月！怎麼站在這兒？快進來！」

「八姊。」九月只好轉了方向，目光下意識地瞄了下院子裡，倒是沒看到祈豐年。

「爹不在家。」祈喜抿著嘴笑，拉過九月進了院子。「他天沒亮就出去了，也不知道是去了地裡還是又去喝酒了，不到晌午不會回來的。」

九月點頭，昨天才說了那樣的話，今天要是就這樣遇上，確實也有些尷尬，他不仕更好。「這兒有些糖，留著配粥用。」九月順勢把手裡的幾個小包遞過去。

「好嘞。」祈喜接下，把掃帚放到一邊，拿著糖進了灶間。「我先去放好。」

九月站在院子裡，左右無事，便拿起掃帚掃起來。院子不大，院中除了一些被風吹進來的細碎東西，並不髒亂，沒一會兒便掃到院門口。

這時，門口傳來敲門聲。

九月側身看去，院門開著，只見一個青衣小帽的小廝拿著一張大紅帖站在門口。「請問，這是祈老爺家嗎？」

「這是祈家。」九月走過去，有些納悶，他說的祈老爺是誰？

「可是祈豐年老爺的家？」小廝挺有禮貌，朝九月躬了躬身。

「是。」九月訝然，祈豐年……老爺？

「請問祈老爺可在家？」小廝聞言一喜，雙手奉上帖子。

「他出去了。」九月接過，還沒打開，那小廝生怕她不識字，主動解釋道：「我是陳府的小廝，我們老爺特遣我來告知一聲，臘月初八我們府上七姨太將攜兩位公子省親。」

九月已看到帖子上的落款——陳喜財。

再加上小廝的話，九月便知道這是誰家的了，當下點點頭，從腰間取了幾文錢遞過去。

「多謝這位小哥，還請轉告二姊和陳老爺，臘月初八必在家靜候。」

小廝看到她遞過去的錢，有些驚訝，不過什麼也沒說便接了，謝道：「多謝姑娘，那小的這就告辭了。」

「辛苦了。」九月送到門口，目送他下坡後，騎馬揚長而去，這才回到院子裡。

「誰來了？」祈喜提著籃子出來，好奇地問。

「二姊府上的小廝，送帖子來的，說是臘月初八，二姊會帶兩位公子回家省親。」九月把帖子給了祈喜。

昨天才有了祈巧的消息，今天便有祈願家的人送來消息，她也有些高興。

「二姊?!真的是二姊？」祈喜一愣，隨即沒等九月細說便驚呼起來。

「應該是二姊。」九月解釋道。「之前曾聽八姊說起過二姊的事，剛才那人手持陳府帖子，說得有名有姓，想來不會錯的。」

「太好了，二姊要回來了！」

祈喜只比九月大一歲，對二姊祈願的印象其實很淡，只是她一聽到又找回了一個姊姊，就由衷高興，拉著九月的手跳起來，跳了幾下，又怕這事不真，拿著帖子翻來覆去地看，奈何她大字不識一個，看半天也沒看懂，忙又塞到九月手裡。

「九月，快看看，這上面說什麼？」

「這是陳老爺寫的，都是些客套話，說是二姊過府多年，不曾回家省親，深表歉意，現因二姊思家心切，故借今年臘八節，讓二姊攜兒回家看望老父。」九月說了一遍，看了看祈喜，繼續說道：「八姊，還有件事，昨天我在鎮上遇到四姊了，我不便與她相認，妳若有空，和大姊她們商量商量，去鎮上看看吧。」

「啊！四姊也回來了？」祈喜不敢置信。「她在哪兒？現在好不好？既然到了鎮上怎麼不回家呢？」

「離家太久，到了家門口反倒緊張了吧。」九月見祈喜這樣高興，只好嘆了口氣，暫時先壓下自己的事。「我先回去了。」

「九月，妳這麼急著走幹麼？」祈喜忙拉住她，揚了揚手中的帖子。「等爹來了，妳幫著讀一讀啊，爹可能……也識不全呢。」

「他總會有辦法的。」九月的笑淡了下來。「八姊，臘月初八也快了，陳府又特意遣人過來送帖子，家裡要是沒有準備可說不過去，妳還是早些去找姊姊們商量，別到時候讓人覺得家裡沒有禮數。還有，四姊既然也到鎮上了，她一時緊張下不了決心，幾位姊姊不妨主動些，去鎮上找她吧，四姊夫是鎮上楊記糧鋪的二掌櫃，鎮上那家楊記澡堂的管事估計也是他，妳們可以去問問。」

「妳不陪我們一起去啊？」祈喜期盼地看著她，九月識字，懂得又比她們多，一起去的話，她心裡也踏實些啊。

「我不方便。」九月笑笑，拍了拍祈喜的肩。「妳們不避諱我，我很高興，只是幾位姊夫不知根底，若是他們家中忌諱，我去了，不是給姊姊添麻煩嗎？還是算了吧，替我問聲好就是了。」

說罷，不等祈喜說話，便大步出了門，下坡往自家走去。

剛下坡，遠遠地便看到五子，九月的腳步頓了頓，略一猶豫，她還是裝作沒看到他，快步拐到小路上，很快就回到家。

進了屋，遊春正坐在桌邊刻製另一版經文，聽到她的腳步聲，抬頭笑道：「回來了。」

「嗯。」九月快步來到他身邊。「告訴你一件大喜事，我兩個姊姊都有消息了呢。」

「確實是喜事。」遊春見她高興，笑容也深了幾分。「過來瞧瞧，我照著妳畫的符刻了幾塊，妳瞧瞧可有差錯？」

「嗯？」九月驚訝地看看他身邊，還真的有幾塊小木板，忙拿了起來。「都是你早上刻的？」

「是啊，這些尋常的符，一張張畫多麻煩。」遊春可不相信這世間有什麼神佛鬼怪，做這些純粹不想讓她太辛苦。「有這工夫，不如多研究一下合香術，學一學小把戲，總有用得上的時候。」

「阿彌陀佛，罪過罪過。」九月拿著木板沾了朱砂一張一張地印，遊春觀察仔細，刻出來的倒是與她畫的沒差別。聽到遊春這番話，她不由裝模作樣唸了一句。「人家都說做人要誠實，你倒好，教我故弄玄虛。」

遊春見她難得俏皮，不由失笑。「我這可是在渡妳出苦海。」

下午，九月沒有出門，兩人守在一處做事聊天，遊春乘機和她講述合香的小竅門以及那些簡單的把戲，他似乎打定主意要把九月培養成神婆。

九月因他的話靈光一閃，也有心想學，到時候可以利用外婆的名號黃了這門親事。

一個教得用心、一個學得高興，不知不覺便是深夜。

「很晚了，睡吧。」遊春檢查門窗回來，九月還坐在桌邊用他教的法子在紙上寫寫畫畫，便走到她身邊抽去她手中的筆。「又不是考狀元，這般用功做什麼？」

「子端，要怎麼做才能讓這效用維持長久些？」九月的手指滑過面前空白的紙張，好奇地問。

「明天再告訴妳。」遊春伸手收起紙張，整理好了放在一邊。

「可是……」九月皺了眉。

「可是什麼？」遊春彎腰與她平視。「妳想用這個做什麼？可需要為夫效勞？」

「我……」九月猶豫著，她到底要怎麼用才行呢？

「九兒。」遊春手指扣住九月的下巴，揚起一抹笑。「是不是非得我動手妳才肯說呢？」

九月還沒回過神，看著他眨了眨眼，隨即臉上飛紅，想起昨晚的事，她不由嬌嗔地瞪了他一眼。「我只是不知道該怎麼說罷了，又不是故意瞞你。」

「妳我之間，自然是想怎麼說就怎麼說了。」遊春柔柔地笑著。

「就是五子哥提親的事，我想……上次你嚇走張師婆的那招挺好的，要是能在那庚帖上動手腳，證明我和五子哥的親事大凶，我就能堂而皇之地拒絕了，不然只嘴上說說，怕他不會死心呢。」九月一邊注意著他的表情，一邊說得小心翼翼，他連阿安的醋都吃，五子哥這事可是比阿安嚴重多了。

「那妳可知庚帖在何處？準備怎麼動手？」遊春收回手，順勢坐在她對面，語氣平靜，倒是沒什麼酸意。

九月咬咬唇、搖搖頭，她連五子哥的家在哪兒也不知道。

「妳呀。」遊春無奈地撫了撫她的臉。「睡吧，這事有我。」

「你打算怎麼做啊？」九月眼睛一亮，隨即又緊張地說道：「五子哥是我十堂哥的好朋友，你可別傷到他喔。」

「九兒，妳打算一晚上都和我談妳的五子哥？」遊春眼睛一瞇，語氣也低沈下來。

「才不是。」九月一聽，忙舉著右手說道。「我只是想攪黃這門親事罷了。」

遊春故作生氣地瞪著她。

「好啦，我不說就是了，睡覺睡覺。」九月賠著笑臉，拉著他的手起身。

遊春睨著她挑了挑眉。「我現在不想睡了怎麼辦？」

「別啊，都累了一天了。」九月討好地繞到他身後，替他捶起肩。「早睡早起身體好喔。」

「都三更了，還早睡早起。」遊春被她難得的殷勤逗笑，反手攬住她的腰，一個旋身，便抱著她轉入竹屏風後，語帶幽怨道：「整日五子哥五子哥的，妳都不曾喊過我哥。」

「你哥是誰啊？」九月故意曲解他的話，立即遭到他的懲罰，忙改了口。「你又不是我哥。」

「那我是妳的什麼？」遊春眯眼往她面前湊去。

「反正不是哥哥。」九月不上他的當，笑盈盈地摟住他的脖子，輕聲說道：「你要是想讓我喊哥哥，以後可不能再像現在這樣了。」

「哪樣？」

「就現在這樣。」

「哪樣？」

「就這樣……」

無聊沒營養的對話不斷重複，到最後也不知是她敗給了他，還是他輸給了她，纏綿的兩人很快就忘記這個問題的存在，直到雙方都心跳加快、呼吸急促，膠著的氣息才依依不捨地分開。

九月安然入眠。

遊春在她熟睡後卻睜開眼睛，看著她甜甜的睡顏，作為一個血氣方剛的年輕人，這樣的隱忍得耗費多大的自制力？而他卻甘之如飴。

他的唇角微微上揚，或許他真的得感謝那些人的追殺，不然，他如何能遇到她？

遊春眉目間盡是柔情，過了好一會兒，他略略側身在她額上落下一吻，才小心翼翼地抽出手臂，輕輕地下床，為她掖好被角，才穿上衣服，從桌子裡面取了些東西開門出去……

九月睡得很香，自從與他同床共枕，那種踏實安然的感覺便一直伴著她，只是，今夜的她在睡夢中卻隱隱感覺到一絲冷意，她縮了縮身子，直到一股溫暖從她身後包圍而來，她才又沈沈睡去。

第二天一早，九月在遊春的懷抱裡醒來，如往常一樣起床、洗漱、做飯、用飯、收拾屋裡屋外。

遊春沒有提昨夜的事，九月也沒發現昨夜他出去過，兩人各做各的事，卻又彼此關注著，感受著只屬於彼此的甜蜜與心靈相契。

第三天下午，遊春手上的木板已全部刻好。

九月接的那些樣稿也都變成了實物，她空出工夫拓印了善信師父需要的經文，收來的蠟塊也都變成一枝枝均勻的蠟燭。

「唉，這木粉到底哪兒有賣啊？」

九月一邊收蠟燭一邊哀嘆著，她現在還真有些懊悔了，早知道以前就多關心關心外婆進貨的管道，現在可好，兩眼一抹黑。

「沒有就沒有吧，我們現在又不靠這個吃飯，妳何必煩惱。」遊春好笑地看著她。「就妳如今這日子，我這兒的銀票足夠妳過上十幾二十幾年了。」

「那是你的。」九月搖頭晃腦地說道。

「到如今妳還需要和我分得這般清楚嗎？」遊春嘆了口氣。「我的還不是妳的？」

「那不一樣啊。」九月連連搖頭。「我知道你有錢，只要你說句話，我就能過那種衣來伸手、飯來張口的日子，可是那樣的日子多無趣啊，我還是比較喜歡自己動手。」

「好吧，只要妳高興，都依妳。」遊春哄道。「不過，這木粉的事要不要我幫妳解決？」

「還是不要了，我自己先想想辦法。」九月想了想，還是拒絕了他的建議。

「也行，不過妳得答應我，不能累著自己。」遊春點點頭，叮囑道。

「嗯。」九月回了他一個甜甜的笑。「我想明天去趟鎮上，把這些交給孫掌櫃，再去那些木器行轉轉，說不定就有收穫呢。」

「一起去。」遊春點頭。「順便與我一起去認認人。」

「好。」

第四十五章

遊春帶著九月來到鎮上一間不起眼的成衣鋪裡。

鋪子裡掛著許多衣服，從布衣到綾羅，應有盡有。兩人進門的時候，這鋪子顯然剛剛開門，一個夥計正拿著雞毛撢子四下打掃，另一個則在整理衣衫，而櫃檯後，一位花白鬍鬚的清瘦老者正拿著抹布擦拭櫃檯。

遊春進門，敲了敲櫃檯。「掌櫃的，挑幾身素淨的衣服，樓上試衣。」他那架勢似乎挺熟悉這兒。

九月安靜看著，她注意到老者眼中一晃而過的欣喜，也不知是看到遊春還是因為一早就有生意上門。

「好嘞，吳少樓上請。」老者扔下抹布，快步繞出櫃檯，恭敬地引著遊春和九月往樓梯口走，一邊不著痕跡地打量九月一番，笑道：「可是少夫人要試？」

「正是。」遊春點頭，拉著九月的手上了樓梯。

老者沒有立即跟著，而是退回去親自挑了套衣裙。

到了樓上，九月好笑地看著遊春低聲問道：「吳少？」

「遊、吳、有、無。」遊春朝她拋了個眼色，故作得意，他拉著九月到了最裡面一間屋子，伸手推開門，笑著伸手。「少夫人請。」

九月瞪他一眼，走了進去。

屋子裡布置得極簡單，進門擺了待客的桌椅，桌椅後擋了一排花鳥屏風，繞過屏風，卻是一張榻，榻的一頭立著掛衣服的木架子。

看著倒真像是試衣間。

九月好奇地打量一圈，再回到桌邊，夥計已經送來熱茶，遊春打發夥計出去，逕自斟了兩杯，一杯遞給九月、一杯自己端著慢慢抿著。

「來這兒做什麼？」九月坐在他身邊，輕聲地問。

「給妳介紹幾個人。」遊春朝她一笑，伸手替她捋了捋垂落的髮。「一會兒讓他給妳把把脈，開幾帖滋補的藥。」

跑成衣鋪來找人把脈開藥？九月不由啞然。

「這鋪子如何？」遊春見她不說話，怕她悶著，便主動找話題。

「挺好的。」九月抬頭環顧一下，點點頭。

「喜歡嗎？」遊春含笑看著她。

「你的？」九月一下子睜大眼睛，他在這兒有生意？

「嗯，我的隨從替我置下的。」遊春點頭。「妳若喜歡，一會兒我讓他們把契書拿去改成妳的名字。」

「不要。」九月連連搖頭，她還是比較喜歡自己賺。

遊春只是笑，也不勉強她，只是把收這家鋪子的前因後果簡單說了一遍。

這鋪子是他的隨從為了方便與他聯繫盤下的，鋪子裡的掌櫃也是他的人，夥計卻是新招的，為了掩人耳目，他在他們面前公開的身分是吳少，至於是什麼名，卻也沒必要細編。

九月深深感嘆，在她還在為木粉愁眉苦臉的時候，人家為了個方便聯繫卻是一個鋪子、一個鋪子的置了。

「幹麼這樣看我？」遊春好笑地捏捏她的鼻尖。

「新出爐的暴發戶啊。」九月嘆息。「我才知道我和你的差距不是一般大。」

遊春點點她鼻頭。「淨胡思亂想，我怎麼不知妳我之間有什麼差距？」

九月笑而不語，不與他爭論這些。

她越是這樣，遊春越是好奇，決定使出殺手鐧「逼供」，不過，他手剛剛伸過去握住她的手，門便開了。

九月還不曾和他在人前卿卿我我過，這會兒被人當面撞見，不由臉上發燙，不過她還是從從容容地抽回手，順便橫了他一眼。

遊春卻不理會，又握住她的手，朝來人笑罵道：「你這是哪個大家子的規矩？進門都不先知會一聲嗎？」

「你又是何時臭講究了？」

來人看起來二十出頭，面如冠玉，雖穿著一件再普通不過的布衣長衫，可那長身玉立的手姿卻是掩都掩不住的，聽到遊春的話，他收回已經邁進門的一條腿，裝模作樣地在門上叩了叩，挑眉看著遊春。

「能進來了不？」話雖這樣問，可還沒等遊春回應，他便大剌剌地走進來，逕自坐在遊春對面，目光毫不避諱地盯著九月瞧。「這位就是我們的新嫂夫人？」

「嫂子只有一個，何來新舊之分？」遊春不客氣地回擊一句，轉頭對九月笑道：「這位就是我與妳說過的那位損友，他的名字倒是與妳有些相像，叫齊孟冬。」

孟冬指的是冬天的第一個月，即十月，又是姓齊，倒還真與她的名字有些相像。

九月客客氣氣地頷首問好。「你好。」

「與我相像？」齊孟冬驚訝地看著九月。「嫂夫人的芳名是？」

「祈九月。」遊春笑咪咪地接話。

「呃……」齊孟冬頓時愕然，忙追問起九月的名字如何寫，問清後才捶了遊春的肩膀一下，笑道：「還好我家只有我一個，不然這乍一聽，還以為你小子尋的是我姊姊呢。」

「行了，閒話莫提，先幫她把把脈，開個調養的方子。」遊春占了齊孟冬的便宜，便言歸正傳，拉過九月的手，示意齊孟冬給九月看診。

齊孟冬古怪地打量遊春一番，在遊春警告的眼神中，才笑咪咪地切上九月的手腕，這一開始把脈，他便跟變了一個人似的，認真專注起來。

「並沒有什麼大問題。」過了一會兒，齊孟冬收回手，似笑非笑地看著遊春。「我看你下次見了大師兄還如何打趣他。」

「你可看準了？」遊春微微皺眉，顧不得回擊他的調侃。「那為何前幾日……」

「你要是不放心，那我開個方子，回去按著方子吃上三、五個月，包你百病消除，早生……咳咳……」齊孟冬與遊春打鬧慣了，一向口無遮攔，話說到這兒，忽地想起九月還在身邊，忙打住話，虛握了拳湊在嘴邊清咳幾聲，衝九月笑了笑。

「我不喝藥。」九月一聽要吃上三、五個月，嚇了一跳，忙挽住遊春的手臂。「是藥三分毒，齊公子都說沒什麼大問題，我自己注意著些就行了，藥還是免了吧。」

「他只說沒什麼大問題，言下之意，就是還有小問題了，小問題不注意，遲早也會成大問題。」遊春握住她的手，霸道地下了決定。「開吧。」

齊孟冬看看他又看看九月，一臉看好戲。

「哪有這樣嚴重啦。」九月頓時苦了臉。

「我陪妳一起喝就是了。」遊春見狀，湊近她耳邊低聲說了一句。

「咳咳咳，我說春哥，你好歹也顧及一下兄弟我好嗎？兄弟我可還是孤家寡人一個呢，之前有大師兄日日刺激，現在你也打算這樣打擊兄弟我了？」齊孟冬怪聲怪氣地打岔道。

九月被他這一聲春哥給噁心到了，遊春倒沒在意，朝齊孟冬挑挑眉。

「嫂夫人，藥療不如食療，妳大可不必擔心藥苦。」到底是兄弟，齊孟冬還是幫著遊春說話。

「藥膳？」九月這才鬆了口氣。

「沒錯。」齊孟冬點頭，笑道：「嫂夫人只是略微有些氣血虛弱之症，平日多注意保暖祛寒，多吃些補氣養血的食物，這些我與春哥都是說過的，他偏又不放心，至於腹痛之症……等以後你們成了親，自然不藥而癒。」

「為什麼非要成親才能不藥而癒？」遊春不解地問。

「也不是非要啦。」齊孟冬挑挑眉，賊兮兮地對遊春笑道：「還有個辦法，要是明年我能見到個大姪子，自然也是行的。」

九月本就聽懂他說的話，可這會兒見他說得這樣直白，也禁不住臉上一紅，低頭避開齊孟冬的目光。

遊春一愣，立即便明白過來，踹了齊孟冬一腳，笑罵道：「還不去寫方子。」

「我還沒和嫂夫人好好聊聊呢。」齊孟冬嘀咕一句，還是乖乖地起身出去了。

遊春等他出去，笑著回頭瞅著九月。「九兒，可聽清楚了，我可是妳的良藥呢。」

九月頓時無語。

「唉，要是日子能過得快些就好了，最好眼睛一閉，再睜開就是三年，我就能娶妳過門了。」遊春挨近她，長吁短嘆道。

「才不要呢，一閉眼一睜眼就老三歲，多虧啊。」九月好笑地搖頭，推開他。「你今天來就是為了讓齊公子給我診脈？」

「當然不是。」遊春搖頭，捉著她的手把玩著。「帶妳來就是見見他們，好讓他們知道有妳這樣一位少夫人，以後妳到鎮上，不論什麼事都可以找他們。」

「我能有什麼事。」九月抽了抽手，卻沒能抽出來，只好由他。沈默了一會兒，她看了看他，囁嚅地問道：「你……不會是要走了吧？」

九月問完這句，一顆心頓時揪了起來。

遊春聽罷，有些驚訝地看著她。「沒啊，說了陪妳一起過年的。」

「喔。」九月一時沒了興致，眼看年關將近，一想到年後又將剩她一人，心裡便有些悵然若失。

遊春敏銳地察覺到她的變化，正要柔聲解釋幾句，門再次被敲響了，他只好無奈地停住，轉頭看向那門應道：「進來。」

門外是齊孟冬和樓下那位掌櫃，齊孟冬拿著開好的方子，掌櫃則拿著幾套清雅的女裝。進了門，掌櫃不可避免地打量九月幾眼，微笑著行禮。「少主、少夫人。」

「樵伯，辛苦了。」遊春站起來，抱拳還禮，對這掌櫃的執禮甚恭。

九月心情雖然受了影響，可當著外人，她還是很知禮節的，見遊春如此，便跟著站起福了福身。

掌櫃的姓韓名樵，跟隨遊春多年，替他打量商鋪事宜，不過他不是遊春眾多鋪子裡土要的管事，外面認識他的人也不多，所以這次才被派到康鎮，負責這邊的事宜。

「九兒，這是樵伯，日前負責這間鋪子的生意，妳以後有什麼事，只管來尋他。」遊春攬過九月的肩，叮囑道。

「見過樵伯。」九月頷首。

「少夫人客氣了，有需要儘管吩咐。」韓樵也是頭一次見到遊春對一個姑娘家這樣上心，心裡也是好奇不已，不過他比齊孟冬要沈穩許多，並沒有表現得太明顯。

「多謝。」九月含笑點頭，並沒有說太多。

齊孟冬把藥方遞給遊春，帶著一絲戲謔地看著他。「我所知道的都已經寫在上面了，自己回去好好看。」

遊春接過翻看了一遍，直接揣進懷裡，順手捶了他一下。「謝了。」

「謝就免了，把住處告訴我們就行了。」齊孟冬回了一拳，瞟了九月一眼，朝遊春擠擠眼。

「不方便。」遊春直接拒絕。「我們該回去了，過幾天再來。」

「這是少夫人的衣服，可要試試？」韓樵看了看遊春，把衣服遞過來。

「九兒，妳先試試，我在外面等妳。」遊春見狀，知道韓樵這是有話要說，把衣服遞給九月，自己帶著人退出來。

門關上，九月卻沒有試衣服，而是坐著喝茶。

這些衣服雖然素雅，衣料卻是極好，可不是她現在能穿的，她搬回大祈村已經發生太多事情，她不想太引人注意。

過了好一會兒，外面傳來敲門聲，接著是遊春的聲音。「九兒，好了嗎？」

九月放下茶杯，過去開門，韓樵已經不在外面，齊孟冬倒是饒有興味地站在一邊看著他們笑。

「可有合適的？」遊春含笑打量了她一番。

「都不合適。」九月搖頭。「我的衣服夠穿，不必破費了。」

「嫂夫人，這鋪子是自家的，又不需要花錢，妳何必為他省銀子呢？」齊孟冬笑著插嘴。

「我帶回去也是閒置著，還不如放在鋪子裡賣呢。」九月還是搖頭，看了看遊春。「要回去了嗎？」

「九兒，我還有點事，得晚些才能回，妳……」遊春有些歉意。「這兒有房間，要不，妳在這兒歇歇，等晚上我來接妳一起回去？」

「你有事便去忙吧，我自己回去就行了。」九月可不想在這兒乾等著無聊。

「那……我先送妳回去。」遊春看看九月的神情，心裡有些不安。

「不用了，我又不是小孩子，這兒的路也熟，不會迷路的。」九月輕笑。「你自己當心點。」

遊春無奈。

方才韓樵告訴他，康鎮西邊有人或許知道當年那劊子手的下落，追查了這麼久，總算有了確切的消息，他恨不得立即趕過去問個水落石出，那樣就能早一天為家人平冤，更能光明正大地以遊家子孫之名迎娶九月。

「放心，天一黑我就回來。」遊春握住九月的雙肩，柔聲說道：「一會兒我派人送妳，以免路上又遇到那些大乞兒。」

九月聽到這話，才點點頭，在兩人的相送下獨自出了成衣鋪。

第四十六章

路過祈家門前那個坡時，九月遇到幾個手挎木盆的婦人，盆子裡裝著衣服，想來是去河裡洗衣回來。

看到九月，這幾人訕訕地笑了笑，低著頭快步走了過去，走出幾步後，又在九月身後竊竊私語……

「真瞧不出來，好好一個姑娘，怎麼就有這樣硬的命呢？」

「誰說不是呢？唉，五子那孩子也真是的，她是什麼人啊，怎麼就偏偏看上她了呢？」

「你們說，這周師婆真的這麼靈嗎？」

「好好的紙上突然就有了那個字，這除了周師婆，還能是誰顯靈了？她以前在的時候，給人卜卦解籤一向靈得很，這人故去了，又放心不下外孫女，興許就跟著來了也不一定。」

「快別說了，說得我這心裡怕得慌。」

「妳我又不做虧心事，對她也是客客氣氣的，周師婆不會對我們怎麼樣的。」

「不管怎麼樣，這個……總是有點……還是別說了。」

九月隱約聽了個大概，不由停下腳步轉身看去，只見那幾個婦人已經挎著木盆拐到小路。

九月納悶地皺起眉。

這……到底是怎麼回事呢？

「八姊。」想了想，九月沒有猶豫地拐到祈家大院敲響院門。

「九月，妳去哪兒了？」祈喜開了門，看到是九月，忙跳出來，拉住九月的手問道，目光則有些遲疑地看了看院子裡。

「去鎮上了，之前接了雜貨鋪的活兒，今早做好便送過去了。」九月解釋了一下，順著祈喜的目光往院子裡看了一下。

院子裡，祈豐年背著手站著，也不知道跟誰說話。

九月沒在意，反手拉住祈喜的手問道：「八姊，五子哥家裡可是出了什麼事？」

祈喜一愣，又回頭看了看院子，才遲疑地問道：「九月，妳不知道？」

「知道什麼？」九月越發奇怪。「早上天還沒亮我就出門了，方才回來在路上聽到幾位嬸子說什麼五子哥，還提到外婆顯靈，覺得有些奇怪才來尋妳的，到底怎麼了？」

「唉，今早五子哥拿來的庚帖上突然出現一個字，那媒婆嘴碎，把事情都兜出去了，現在全村都知道五子哥提親的事了。」祈喜拉著九月往外走了幾步，湊在她身邊壓低聲音道。

「什麼字？」九月驚疑不定。

「我們都不認得，爹看了，說是個『破』字。」祈喜搖搖頭。「紅紅的，一個字就占了整張紙呢。」

「紅色的『破』……」九月皺眉。「那張紙呢？」

「在爹手裡呢。」祈喜往院子裡努了努嘴。

「我去看看。」九月此時也顧不得會不會和祈豐年打照面，她只想搞清楚這件事的真相，於是她鬆開祈喜的手，快步邁進院子。

一進院，她便頓住了。

院子裡，祈豐年的對面竟是五子和之前見過的兩位婦人。

看到九月進來，五子的目光凝住了，深深地看了九月一眼，隨即便垂眸掩去滿心的失望。

倒是那兩個婦人打量了九月好幾眼。

九月只在院門口略略停頓一下，便放緩腳步往祈豐年走去，到了他跟前三步遠，她停下來，朝他伸出手。「東西呢？」

祈豐年看著她，眉心緊皺。

「爹，讓九月看看吧。」祈喜見狀，忙上前打圓場。

祈豐年抿緊了嘴，沈著臉又看了九月一眼，才慢吞吞地把手裡的紙遞給祈喜。

只見紙張上歪斜地寫著涂伍和祈福的生辰八字，而那個紅色的破字，就占據了整張紙，顯得觸目驚心。

九月只是瞟了一眼上面的名字和生辰八字，便把注意力放到那個大大的「破」字上。

古人信奉神靈，這男女結親的大事自然也是想討個吉利，所以生辰八字便十分重要，而且還要雙方互換庚帖三日內，家宅安寧諸事順利，才說明這樁親事可成。

今天就是互換庚帖的最後一天。

五子拿出壓在他父母牌位下的這張庚帖，並當著媒人和大家的面打開，誰知，這紙上竟出現這麼一個字！

頓時嚇壞了媒人，也嚇壞了一直陪同幫忙五子家的叔伯嬸子，同時也嚇到了那些看五子笑話的人。於是乎，周師婆顯靈的消息便搶在五子等人出門前傳遍了整個大祈村。

可是，五子依然執著於九月，他雖然不知道這字是怎麼冒出來的，卻不相信這就是周師婆顯靈，所以他苦苦哀求媒婆和叔伯嬸子再走這一趟。

此時此刻，五子看著九月查看紙上的字，目光中流露一絲希冀。

他希望她能和他一樣，也不相信這些，如此只要他們倆不怕，別人的反對就都不是問題了。

「如今，你可滿意了？」九月盯著紙沈默許久，才緩緩抬頭，將紙對著祈豐年揚了揚。

祈豐年瞬間瞪向她，目光冷冽。

「九月，爹也是為了妳好，別這樣說。」祈喜嚇了一跳，上前拉住九月。

「既然十五年不曾管過，那麼十五年後的事，也不必你來操心。」九月拂開祈喜的手，當著眾人的面，把庚帖一撕為二。

五子的目光頓時黯淡下來。

「五子哥。」九月轉過身來，看著五子嘆了口氣，她這一喚，令五子頓時又打起精神，只是接下來的話注定要讓他失望。「你是好人，也是我十堂哥的好兄弟，我不希望你出事。」

「九月……」五子心裡一急，脫口直呼她的名字。「我……」

「這件事，就這樣過去吧。」九月看著他，微微一笑。「九月福薄，今生本就無意於姻緣，怕的就是害人害己，五子哥的美意，九月只能心領。」

五子直直看著九月，卻說不出話，他知道，他沒有機會了。

九月也只能說到這兒，說多了，容易讓人誤會，她看了五子一眼，轉身朝祈喜笑了笑。「我先回去了。」

「九月。」祈喜看看她，又看看五子，心有不忍。

「回去吧，不用送了。」九月拍拍祈喜的手，淺淺一笑，看在媒人和另一個婦人眼裡，卻成了強顏歡笑，兩人對視，彼此嘆了口氣。

九月出了院子，剛要下坡，便聽到中間的門開了，她回頭一看，便見祈稷正扛著鋤頭出來。

祈稷一抬頭就看到她，忙加快腳步喊了一句。「九月。」

「十堂哥。」這會兒遇到祈稷，九月有些尷尬。

「妳和五子的事，我都知道了。」祈稷一貫直脾氣，這會兒更是直接，下來便說道：「周師婆真的不同意嗎？五子人很好的，你們要是能一起過，他一定會對妳好。」

「十堂哥，我外婆有沒有顯靈我不知道，可這庚帖上出現了個大紅字，卻是大夥兒親眼目睹的。」九月嘆口氣。「人命關天，容不得半分疏忽，我承認五子哥是好人，也正因為他好，所以我更不能傷他。」

「也許……那只是巧合。」祈稷的語氣明顯底氣不足。

「當年我剛出生，因為一句災星，避居落雲山，不就是怕給人帶來災禍嗎？」九月淡淡一笑。「我先回去了，五子哥那兒……還勞十堂哥多費心。」

「唉。」祈稷一聲長嘆，點點頭。「這個自然。」

九月無奈地一笑，快步離開。

遊春深夜提著一包東西回來，便看到九月趴在桌邊睡著，心裡歉疚，忙關了門上前。「九兒，醒醒，這樣睡會著涼的。」

九月聽到動靜，瞬間驚醒，睜眼一看是遊春，才鬆了口氣，有些埋怨道：「怎麼才回來？」

「有點事耽擱了。」遊春一路夜行，饒是功夫在身，臉和手也是凍得冰涼，這會兒也不敢冒然去握九月的手。「妳怎麼不去床上歇著？」

「只是有點睏，不想就睡著了。」九月才注意到自己手上還捏著小衣，不由臉上一紅，忙收起來。「你吃飯了嗎？」

「與孟冬一起在鎮上吃過了。」遊春語帶歉意。「很晚了，歇了吧。」

「嗯。」九月點頭，站了起來。「我去燒些水，你先歇會兒。」

「好。」遊春目光追隨著九月直到她進了灶間，才坐到桌邊，抽出紙筆專注地寫了起來。
九月到了灶間，伸手探了探罐裡的水，卻已冰涼，只好拿起鍋蓋，把菜端出來，拿了大陶碗把米飯盛出來，涮鍋加水，重新點燃灶火，往灶裡添了柴，看著灶內跳躍的火苗，思緒也隨之飄遠。
「妳還沒吃飯？」遊春寫完東西，久久不見她回來，心裡有些不安，便走過來，第一眼便看到灶臺上一筷未動的菜，不由皺了皺眉。
「沒什麼胃口。」九月回過神，淡淡一笑。「水一會兒就好了。」
「對不起。」遊春的目光掃過那些飯菜，又落到小灶上的罐子上，嘆了口氣，在她身邊坐下，環住她歉意地嘆道：「今天樵伯告訴我，鎮西有個人可能知曉我要的線索，便去了，不想那人出了門，我們等了一下午才等到他，拿到我們要的線索，我正準備回來，孟冬又收到信讓他立即回去，他便拉著我去了酒樓，說是讓我給他接風餞行，我推託不過才……」
九月抬手打斷遊春的解釋，知道他不是遇到不好的事，便放心了。「別說對不起，我知道你有事耽擱了，我沒吃，是因為沒胃口，本想等會兒吃的，誰料坐著就睡著了。」
「中午呢？可吃了？」遊春的手已然轉暖，這會兒才握住她，柔聲問道。
「中午吃了麵。」九月老實回答。
「為何胃口不好？是哪裡不舒服？還是有心事？」遊春想起在成衣鋪時她的表情，擔心地看著她問。
「都沒有。」九月搖搖頭，側頭看他，忽然問道：「五子哥的事，可是出自你之手？」

「嗯。」遊春一愣，隨即便瞭然，看來那字已經被人發現了。

「連我都以為真是我外婆顯靈了。」九月吐了口氣。「你什麼時候做的？」

「就昨天晚上妳睡著之後。」遊春也沒有隱瞞。

昨夜他尋了一戶人家，用了催眠術套出五子家的位置，然後點了五子的睡穴，尋到那庚帖做了手腳後，才解了五子的穴道，回到家裡。

九月知曉真相，心裡的疑團頓時消散，也沒再追問下去，反正結果是她想要的，誰動手都一樣，事實上遊春出手，比她高明不知多少。

遊春又緊了緊她的腰，貼在她耳邊低聲問道：「怎麼了？事情解決了嗎？」

「嗯，全村都知道了。」九月應了一句，不想多說。

遊春心裡難免有些歉疚，不過一想到以後沒人再敢和他搶九月，心裡一寬，摟著她柔聲勸道：「把飯菜熱一下，我陪妳再吃些。」

時值臘月，天寒地凍的，各家地裡也沒有活兒可做，閒下來的漢子、做細活的婦人便三五成群地聚在朝陽處，閒話間，五子和九月庚帖上出現「破」字的事，便成了他們最熱中的話題。

短短幾日，這個話題便在大祈村掀起巨浪，甚至還有人公然直指九月的災星八字無人能抵，誰家娶了她，都逃不過家破人亡的結局。

五子氣憤不已，卻也無能為力。這幾日他家的門檻都快被人踏破了，來的都是打聽消息看熱鬧的，當然也不缺關心他、為他慶幸的。

可是這些話他都不想聽，於是臘月初七這一天，他收拾行裝，揣上九月送給他的那盒食材，只和祈稷打了個招呼便悄然離開大祈村。

「九月，五子他走了。」祈稷匆匆趕來報信時，九月正在自家院子裡曬衣服。

「去哪兒了？」九月驚訝地問。

「不知道，剛剛來跟我說要出去闖一闖，我攔不住。」祈稷著急地說著，他希望九月能去看看五子，就算攔不下，好歹也讓五子走得舒坦些。

「十堂哥，各人有各人的路要走，既攔不住，又何必強留？五子哥為人豁達，離了這大祈村，說不定就能出人頭地。」九月微微一笑，把最後一件衣服曬上竹竿，端起空木盆，把盆中的水潑到菜園子裡。

「妳不去送送他？」祈稷看著她，微微皺眉。

「我去送？」九月似乎聽到好笑的話，挑了挑眉道：「十堂哥，五子哥要走的事，除了你之外，他還告訴了誰？」

「沒別人了。」祈稷搖搖頭。

「也就是說，他不希望別人知道他離開了。」九月點點頭。「十堂哥，我和五子哥的事，如今已被傳得沸沸揚揚，我去送，豈不是又給人平添茶餘飯後的笑談嗎？這於五子哥、於我都沒有好處。」

第四十七章

祈稷也知九月說得對，於是也沒有多說什麼，嘆著氣回家去了。

九月目送他離去，轉身收拾落雲廟訂的蠟燭經文等物，決定提前送一趟，省得臘八節人擠人。

遊春自然一路相陪。

臘八將至，這兩天倒有不少人去廟裡進香，兩人走小路到了落雲山下，九月便接過擔子，兩人一前一後進了落雲廟。

一進門，便遇到張師婆，她正站在善信師父面前賠笑臉，善信師父卻只顧著雙手合十唸著「阿彌陀佛」。

「喲，這不是九月嗎？」張師婆眼尖，一眼就看到九月，她愣了一下，目光馬上便鎖在九月的擔子上。「妳這是……來燒香的？」

「我來給善信師父送蠟燭的。」九月毫不掩飾，坦蕩蕩地看著張師婆，說罷，便把擔子放到善信師父面前，笑道：「張師婆是來進香的？」

「送……送蠟燭的啊？」張師婆眼中流露一絲羨慕，上前就掀開九月筐子上方蓋著的紙，伸手拿起一包蠟燭，大驚小怪地喊道：「呀，不愧是周師婆傳的手藝，這燭做得根根一模一樣，又直又滑，怪不得善信師父堅持不要我的呢！唉，這人比人啊，真是羞死人了！」

九月暗暗好笑，瞧了她一眼，張師婆紅光滿面倒是真的，可這羞意？卻是瞧不出半分。

「阿彌陀佛。」善信師父在這張師婆面前似乎只剩下這一句「阿彌陀佛」了，清點了九月帶去的蠟燭和經文等物，便把錢給了九月。

張師婆的眼睛一下子就黏在九月接過的錢上，目光閃爍也不知在打什麼主意。

「先告辭了。」九月收好錢，禮貌地對張師婆點點頭，挑著空筐子去了小偏殿。

「欸，九月、九月。」張師婆在善信師父那兒磨蹭了一會兒，見善信師父一直不肯理她，便轉了方向，追上九月，訕笑著說道：「走慢些，我這兒有件好事要和妳說呢。」

「張師婆，妳能有什麼好事與我說得著啊？」九月逕自進了寄放牌位的小偏殿，把筐放在門邊，取了香到她外婆的牌位前。她對張師婆說的好事，一點也不感興趣。

「我剛才都看到了，妳帶來的都是蠟燭，沒有香，對吧？」張師婆絲毫不以為意，笑嘻嘻地跟在九月身後說道。

「嗯，沒錯。」九月點上香，朝牌位拜了三拜，把香爐裡快燃盡的香替換下來。

「是不是沒買著製香的木粉啊？」張師婆笑咪咪道。「我呢，手裡有不少木粉，要是妳能指點我一下這做燭的一點點小竅門，我那些木粉可以勻一半給妳。」

九月目光微斂，笑道：「張師婆家是開木器行的嗎？」

「木器行是沒有，就是認識幾個木匠，多年交情了。」張師婆有些得意。「妳知道嗎？前幾天妳外婆合作的那個柳木匠也把木粉送到我家來了，他說周師婆不在了，這留起來的木粉總不能這樣浪費了，所以啊，他就託了幾個人，問到我這兒。我呢，原本是不想收的，畢竟這家裡還存了不少，太多也用不完，可架不住他再三懇求，就收下了。剛才我看妳沒帶香，就猜妳可能不瞭解妳外婆以前的生意，我沒猜錯吧？」

九月明白了，她不想與之多糾纏，便笑道：「謝謝張師婆關心，我這次沒帶香，是因為需要抄錄的經文太多，一時抽不出工夫製香，只好先送蠟燭過來，下一次送的便全是香了。」

「妳有木粉？」張師婆脫口問道。

「張師婆，妳也懂製香的，妳說這製香的人會沒有木粉嗎？」九月似笑非笑地睨了張師婆一眼，朝外婆的牌位拜了三拜，這才轉身。「若沒有原料，我總不能憑空變出來吧？」

「呃……」張師婆尷尬地頓了頓，笑道：「我這不是替妳擔心嗎？妳說說，妳一生下就沒了娘，當爹的又不管，如今連唯一照管的外婆也沒了，妳一個小姑娘家可怎麼過活唷。」

「謝張師婆關心，我不是小孩子了，日子怎麼過自然心裡有數。」九月朝她微微頷首，從袋子裡分了三十文錢出來遞給守在偏殿的小沙彌，看著他投進化緣箱，便挑起門後的筐。

「張師婆，我還有事，先走一步了。」

說罷，也不等張師婆回覆，便大步出了門，直接從落雲廟角門去了後山。

「好了？」遊春扮成香客在前殿轉了一圈，添了些許香油錢後，便來到後山——九月雖沒有告訴他行蹤，不過瞧她收拾的供品，便猜測九月是想到後山拜祭。

「嚇我一跳。」九月拍了拍胸口，嗔怪地看著他。「你怎麼知道我會來這兒？」

「這叫心有靈犀。」遊春微微一笑，看了看她身後。「走吧。」

「嗯。」九月點頭，率先走在前面，遊春沒見過她外婆的墳塋，並不識路。

周師婆的墳就在廟後不遠處，兩邊種了冬青樹，前面平平整整的沒有任何遮蔽物，九月領著遊春很快就到了，卻意外看到墳前站著兩個人。

這兩個人，正是如今那屋子裡住著的兩位老人。

「郭老？」九月微愣，快步上前招呼。「大娘，你們怎麼在這兒？」

「九月。」老婦人一回頭，高興地招呼道。

郭老回首，目光中綻現一抹欣喜。

「見過郭老。」遊春向郭老抱拳行禮，他早已懷疑這位老者的身分，所以已經吩咐隨從查線索，只不過現在還沒有結果。

「你們來了。」郭老含笑頷首。

九月還是疑惑他們為何在這兒，放下筐，目光一直徘徊在兩位老人身上。

老婦人注意到了，笑著上前挽住九月的手臂，柔聲解釋道：「我們閒來無事，就在山裡轉轉，便來到這邊，看到這座墳塋的墓碑，我家老爺正和我說起九月妳呢，妳可有些日子沒來廟裡了。」

「是，家中事忙，便來得少了。」九月點點頭。

「九月，妳這碑文上為何沒有刻上名字呀？」老婦人笑咪咪地點頭，隨即指著那墓碑好奇地問道。

碑上，是九月央人刻的「外婆周氏之墓」，邊上一行小字「外孫女九月敬立」。

周氏的碑上沒有名，是因為被祈家人唾棄。

而周師婆在世時，從不曾向九月提起自己以前的事，九月也不曾過問，所以立碑時她不知道外公姓什麼，也不知外婆的閨名，而外人看到外婆也都是客客氣氣地喚一聲周師婆。

「這……」九月有些不好意思地看了看老婦人。「不瞞兩位，我並不知道外婆的名諱，外婆從不曾提過，我也無從得知。」

郭老的眼中有著明顯失望，他回頭瞧了瞧墓碑，垂了眸。

遊春若有所思地看了看郭老和老婦人。

「原來是這樣。」老婦人也有些意外，不過並沒有糾纏不放，目光投向郭老。

「我們先回去吧，莫擾了他們祭拜。」郭老沈默一會兒，朝老婦人擺擺手，淡淡說道。

「是。」老婦人點頭，朝九月和遊春微微頷首，扶著郭老緩步離開。

九月有些羨慕地看著兩人，世間最幸福的事，莫過於有這樣一個人與你相攜白首吧。

「我們也會如此。」遊春順著她的目光，察覺到她的心思，他微微一笑，伸手握住她的手，看著遠去的二老低聲說道。

「什麼也會如此！」九月抽回手，嬌嗔地橫了他一眼，不理會他的柔情，逕自轉身拿出筐裡的祭品一一擺在墓前，點上香燭、斟上酒，跪在碑前正要叩拜，遊春卻一閃身，挨著她跪下來。

九月一愣，側頭看他，驚訝地問道：「你幹什麼？」

「自然是給外婆磕頭啊。」遊春反倒以奇怪的眼神看著九月，理所當然地說道。

「又不用你跪。」九月眼中閃過一絲笑意，故意挑眉說道。
「身為外孫女婿，磕頭理所當然，還用得著誰說嗎？」遊春一本正經地看著她說教道。
「妳忘記了，外婆可是同意了我們的事的。」
「又混說。」九月啞然，給了他一記拐子，倒也沒有趕他離開，從筐裡又抽了三枝香點燃遞到他手裡。「喏，給你。」
遊春滿意地笑了，接過香，學著她鄭重地面向周師婆的墓。
兩人手拎線香，認認真真地朝著墳墓齊齊磕了三個頭，把香插到裝了米的碗裡，才一起取出筐中的經文和紙錢，在碑前慢慢燒著。
燒完紙錢、祭完酒，九月正收拾東西時，遊春忽然認真地對著墳墓說道：「外婆，您放心，我會好好照顧九兒，一生一世，不離不棄。」
九月頓時停住，側頭靜靜地看著他，心頭說不出是什麼感覺，有甜蜜、有感動，也有淡淡的不安。
「走吧。」遊春說罷，朝九月揚起暖暖的笑容，起身朝她伸出手。
「嗯。」九月看了他一眼，微笑著把筐遞給他。陽光下，兩人相攜離開。
回家的路上，九月說起與張師婆的相遇，遊春聽罷，笑道：「她能收木粉，妳難道不能嗎？改日我與樵伯說說，讓他多多留意一番也就罷了，何必受張師婆掣肘？」
「我知道你的能耐，可是你讓樵伯他們留在康鎮，本就是隱匿的，若因為這樁小事露了痕跡，被人順藤摸瓜尋到你，就得不償失了。」九月搖頭，她不同意讓他的人出面，一個成衣鋪子收木粉，未免太奇怪了。

「可單單就妳姊夫一人供應，確實不夠，不如讓阿安他們在收底蠟時也看看哪兒有木匠，問問他們有沒有木粉，跑的地方多了，積少成多，到時看她還有何法子來占妳便宜。」

遊春無奈，只好又出了個主意，明明一句話便能辦到的事，偏偏她又要顧及他的安危，又要堅持自己做些事情，無奈之下，也只好依著她。

「有道理。」九月眼睛一亮，她怎麼就把阿安他們給忘記了。「我一會兒就去找他們說。」

「嗯。」遊春點頭，這會兒他倒是不排斥阿安了，只要他們能解決她的煩惱，他對他們的存在還是能睜一隻眼閉一隻眼的。

經過土地廟時，九月讓遊春先回家，自己順勢拐進廟裡，卻意外得知阿安他們即將搬往新良村落腳。

「真的？你們要搬哪兒去啊？」九月驚訝地問，目光看向老人。

「就在新良村邊上，阿安在那兒租了一個小院子，說是挺好的一個地方，也便宜，我們打算搬到那邊去。這廟，到底不是家。」老人滿面笑容。「妳放心，我們會按時送編簍去鎮上的，那村子裡的人善種蠟樹，阿安還打算去那邊開一地，也種蠟樹，這樣妳就不用愁供不上蠟了。」

九月驚訝地看著他。「離這裡遠嗎？」

「不遠，也就幾里地。」老人心情極好。

「若需要我幫忙的，儘管直言。」九月笑道。

「妳已經幫了我們大忙了。」老人連連擺手，感激地說道：「是妳給我們這麼好的機會，還有那天的事，阿月回來就和我們說了，那孩子一向不會說好話，可我聽得出來，她對妳有些服了。」

「服？」九月失笑，不置可否。

「月姊姊說，九月姊姊很厲害。」阿茹湊在邊上插了一句，眉眼間盡是崇拜。

九月低頭朝她笑了笑，向老人說起這次的來意。「大爺，我這次來是找阿安的，麻煩您轉告一聲，收底蠟的時候，讓他留意一下杉木粉和松木粉，若誰家有，就收回來，一文錢或是兩文錢一斤都可。」

「杉木粉？松木粉？」老人驚訝地問。「這如何分辨得出來啊？」

「每種樹都有不同的香味，若是知道單獨存留這兩種木粉的，想來都知道其中用途，不知道的只怕也不會把木粉細分開。所以收的時候還得考校他們的見識，我那兒倒是還有些木粉，明天您讓阿安來取一些回來，好好辨別一番。」

老人點點頭，欣然應下。「妳放心，等他們回來，我就讓他們去取。」

九月沒有多坐，邀請了阿茹明天和阿安一起去她家玩，便告辭出來。

第四十八章

臘八這一日，暖陽早早地爬上山頭，為寒冬的清晨貢獻著自己的熱力。

大祈村的村民們也早早起來，灑掃庭院，開灶熬製臘八粥，一時之間，整個大祈村上空炊煙裊裊，伴著此起彼伏的雞鳴狗吠聲，祥和得宛如仙境。

九月和遊春默契地分了工。

遊春去熬臘八粥準備早飯，九月抱了被子到屋外晾曬，曬完被子又拿了鋤頭和木桶到菜園裡拾掇，忙完菜園，灶間的熱水便已準備好了，她又拿了衣服去洗。

直忙了一個時辰後，吃過早飯，她才真正清閒下來。

「九兒，妳在外面轉來轉去的做什麼呢？」遊春今天充分盡到身為家庭煮夫的責任，從早上起來就在灶間忙活，現在吃了飯，他還在灶間洗洗刷刷。堂堂一位少主，卻甘之如飴待在九月的灶間打轉。

「我沒事做呀。」九月聽到，才轉身踱了回來，邊踱步邊甩著胳膊。「今天天氣真好，忽然想活動活動筋骨。」

「想學功夫？我教妳。」遊春開玩笑似的問。

「不想。」九月卻回得乾脆。「我都這麼大了，哪裡還學得成呀，還是算了，我可不要自找苦吃。」

遊春看著她的模樣，咧嘴笑了。「妳來，我要個小把戲給妳看。」

「好呀，要耍個我沒見過的。」九月這幾日可沒少被他逮著練，他會的一些小把戲，她倒也學得有模有樣，這會兒更是挑釁地走到他面前。

「這可難了，我學的本就不多，已經讓妳看得差不多了。」遊春苦著臉，待九月走近，忽地伸手攬住她，緊緊摟在懷裡湊到她耳邊道：「我給妳變個風度翩翩、貌似潘安、無所不能的夫婿可好？」

「羞不羞你？」九月樂了，伸手摸著他的臉頰笑道：「這臉皮堪比城牆了，有你這樣誇自己的嗎？」

「嗯？」遊春眼中笑意盎然，卻故意蹭著她的臉說道：「妳終於肯承認我是妳的夫婿了？」

「我有嗎？」九月立即斂起笑，一本正經地否認。

「有。」

「沒有。」

「有。」

於是，一輪有與沒有的無聊對話展開。

「噓！有人來了。」直到遊春忽然伸出手指按住她的唇，這無聊的對話才停下來。

九月眨眨眼，側耳聽了聽。

「我先進去。」遊春鬆開一直緊摟著她的鐵臂。

「好。」九月點點頭，很自然地抬頭看他。

就在這時，遊春突然低下頭，在她唇上香了一口，還沒等九月回神，他便跳開了，笑呵呵地對她指了指外面，小聲說道：「前面有人來了，後面也有人來了。」

九月原本要嗔怪的話頓時被他堵了回來，只好瞪著他進了隔間，才啞然失笑地搖搖頭，理了理髮髻和衣襟，走出灶間。

沒一會兒，後面的人先到了，果然是阿安和阿茹，後面跟著阿月。

「九月姊姊。」阿茹今天又換上祈巧送的衣衫，打扮得粉嫩嫩的，再沒有之前小乞兒的半分影子。

阿安和阿月也是那身澡堂換上的布衣，收拾得整整齊齊，兩人朝九月微微點頭，跟在阿茹後面走過來。

「阿茹，你們總算來了。」九月接住飛奔而來的阿茹，笑著摸摸她的頭，對阿安和阿月說道：「我還以為你們一早便來呢，不過來得早不如來得巧，你們先等會兒，我去給你們端粥。」

「我們吃過了。」阿安語氣淡淡，不過，比起之前已經沒了那疏離的感覺。

「那是你們的，又不是我家的。」九月笑著搖頭，輕拍了拍阿茹的頭，逕自進去端了幾張竹凳子出來。「今天天氣好，坐著曬曬太陽吧。」

說罷，也不待三人說什麼，又回到屋裡，端了幾張矮凳子。

阿月原本想拒絕，可看到九月編的竹凳子後，她便立即閉上嘴，站在那兒打量起凳子來。

九月再次出來，手裡的托盤上盛了三碗熱騰騰的臘八粥，另外還有三個小碟子，分別放著白糖、紅糖、冰糖。「來，你們喜歡什麼糖，自己放吧。」

「九月姊姊，這是什麼呀？」阿茹指著冰糖好奇地問道。

「這是糖，妳嚐嚐。」九月心裡泛起憐惜，放下托盤後，捏起一顆冰糖塞到阿茹口中。

「真的好甜。」阿茹只抿了一口，眼睛都亮了，只是她接著便吐出來，小心翼翼地捧著看。

「怎麼了？」九月一愣，有些費解。

「我想帶回去給爺爺也嚐嚐。」阿茹有些不好意思地看著九月。

「這個是給妳吃的，姊姊這兒還有，一會兒我包些給妳帶回去，給爺爺還有哥哥姊姊們一起吃，好不好？」九月的心更軟了，笑著蹲到阿茹身邊，撫了撫她的頭，捏起她手裡的冰糖又塞回她嘴裡。

「可以嗎？」阿茹嘴裡含著冰糖，一臉希冀地看著九月。

「不可以。」阿月拉了拉阿茹，板著臉搶著說道。

「可以。」九月微微一笑，把托盤裡的粥擺在阿安、阿月以及阿茹面前。「你們先吃，我去拿東西出來。」

阿茹看看阿月，有些委屈，又有些畏懼，接著她又可憐兮兮地看向阿安，不說話，卻一切盡在這一眼中。

「吃吧。」阿安淡淡地看了看阿月，伸手拿起勺子，從容地舀了些紅糖到阿茹面前的碗裡，然後是阿月的，最後才舀了一點白糖到自己的碗裡。

阿月瞪著他，阿安卻理都沒理，幫阿茹拌好糖，先舀了一勺遞到阿茹嘴邊。「啊——」

阿茹頓時歡喜起來，眼裡眉間盡是笑意，她一口便吞下粥，卻捨不得馬上嚥下去，而是含在嘴裡細細品著。

阿安把勺子放在阿茹碗中，換了她面前的勺子回去，端著碗低頭坦然吃了起來。

九月看到這一幕，不由莞爾，她也沒有打擾他們，逕自轉身進了屋子，找了紙，把每種糖都包了些許，又去裡屋取了杉木粉和松木粉出來，細細交代阿安怎麼分辨。

阿安點點頭，一一記下後，把木粉扔回袋子裡，捆好了袋口，站起來。「走吧。」

阿茹不忘九月給的三小包糖，朝九月揮手說道：「謝謝九月姊姊。」

「路上小心些。」九月撫了撫她的頭，沒挽留他們。

「九月、九月！」阿安幾人正要走，河對岸的小路上便傳來祈喜喜悅的呼喊聲，幾人不由好奇地回頭看了看，只見那邊有十幾個人正往這邊走來。

阿安不由警惕地看了看九月，暗暗皺眉，腳步頓時一轉，手中的袋子也放在一邊。

阿月沒說話，只是拉著阿茹站在阿安身邊。

就在阿安和阿月的小心思急轉間，祈喜已經帶著來人過了橋，來到九月的院子前，看到九月，祈喜眉眼帶笑道：「快看看誰來了。」

跟在祈喜身後的，除了大姊祈祝、三姊祈夢、五姊祈望，還有三個九月認識的人，就是祈巧、楊進寶以及他們的女兒楊妮兒。

唯有中間衣著最華麗的美婦卻是沒見過，她身後跟著四個婆子、兩個丫鬟，其中兩個婆子各領著一個小公子。

不過，九月心裡卻早有了答案。

這一位必是當了陳府七姨太的二姊祈願。

「是妳！」祈巧和楊進寶看到九月，對視一眼，驚呼出聲，倒是楊進寶穩重許多，目光流轉間已明白其中原由，看著九月的眼神流露出一抹笑意。

「大姊、二姊、三姊、四姊、四姊夫、五姊、八姊。」九月淺淺一笑，朝幾人福了福身。

「妳就是九月？妳之前為何不說啊？」祈巧眼中滿是驚喜，又有些嗔怪地看著九月。

「九月本是不祥之人，出入店鋪本就有所不便，失禮之處，還請四姊、四姊夫見諒。」九月坦然解釋道。「小屋簡陋，便不請姊姊們進去了，若姊姊們不嫌棄，就在院子裡坐坐吧。」

「自家姊妹，哪來這麼多禮？」祈巧倒是不在意九月的名號，她快走幾步到了九月面前，握住她的手，滿眼皆是憐惜。

「祈姨娘。」這時，祈願身後的婆子上前一步，湊在祈願身邊低低喚了一聲，目光往九月身後轉了轉，明顯有些顧忌。

「多嘴。」祈願瞄了她一眼，那婆子才低眉斂目地退後了些。

「我去搬凳子。」祈喜見九月讓她們在院裡坐，便毫不猶豫地去灶間搬長凳，祈望見了，朝祈願和祈巧笑了笑，也跟著走過去。

「你們也在啊。」楊進寶看到阿安三人，笑著打了招呼。

「我讓他們來取些東西。」九月淺笑著接話，朝著有些侷促的阿安幾人點點頭。「你們先回去吧。」

阿安見來的是她的姊姊們，心裡稍稍安定了些，對楊進寶拱手，帶著阿月、阿茹快步離開。

「二姊，坐。」祈喜搬了凳子回來，手裡還捏著一塊抹布，擦了擦凳子後，才有些怯怯地招呼祈願落坐。祈望也搬來一張凳子，到了祈巧身邊，也靦覥地招呼一聲。「四姊、四姊夫，坐。」

「坐、坐。」祈祝雖是大姊，可她本性良善，平時少言，加上祈願如今的氣勢和作派，讓她不自覺便矮了一截。

「大姊，坐。」

祈願只小了祈祝三歲，可當年年幼時，周玲枝一胎接一胎地生，祈祝便擔起了長姊的責任，照顧妹妹們是她最重要的事。祈願出嫁前，便與大姊最是要好，這會兒見她拘束，便很親切地拉著祈祝的手，挨著坐下。

祈巧與祈夢、祈望要好，便一同坐下。

楊進寶則抱著楊妮兒坐在竹凳上。

祈願的兩個兒子由婆子牽著，分了另兩個竹凳，婆子、丫鬟們則一字排開站在祈願和兩個小公子身後。

這架勢……九月淡淡地掃了她們一眼，忽略不計。

「姊姊們先坐，我去沏茶。」九月朝眾人淡然一笑，招呼祈喜去幫忙。「八姊，幫我燒水。」

「好。」祈喜興高采烈地跑進灶間。

「姑娘，還是我們去吧。」九月正要往屋裡走，祈願身後一個年紀最大的婆子便笑著上前一步攔下她。

九月抬眼看了看她，笑著婉拒。「多謝這位大娘，只是我素來有些潔癖，這屋裡聞不得生人味兒，大娘遠道而來，一路辛苦，還是先歇著吧。」

婆子目光微閃，有些尷尬，不過還是滿臉帶笑地朝九月福了福身，退回祈願身後。

祈願掃了她一眼便收回目光，面帶微笑地和姊妹們閒聊起來。

楊進寶一個大男人夾在一群女人中間，多少有些尷尬，所幸楊妮兒瞧見一邊的菜園有些蠢蠢欲動，楊進寶便藉機抱著女兒起身去了菜園，摘了一片乾淨的菜葉逗著她。

九月回屋取了遊春買回來的整套白瓷茶具，又另外取了些乾果、糕點，配了兩盤一起端到灶間。

「八姊，他們來我這兒做什麼？」九月瞧了瞧外面，湊到祈喜面前打探消息。

「四姊和四姊夫來得早，本就打算過來瞧瞧妳的，我們剛要出來，就遇到二姊的車，二姊知道還有一位九月，門都沒進，就直接跟著來了。」祈喜回頭瞄了瞄外面的祈願，撇了撇嘴。「說真的，我不喜歡二姊帶來的那些人，嘴上沒說什麼，可那眼神分明就是瞧不起人。」

「都是二姊家的人，沒必要與她們一般見識。」九月不由莞爾，勸了一句。

「我知道，二姊難得回來一趟。」祈喜又回頭，壓低了聲音。「九月，妳會占卜嗎？妳幫二姊算算，我瞧她好像不開心呢。」

「八姊，我又不是算命先生。」九月啞然失笑，橫了祈喜一眼。「大戶人家瞧著風光，可背地裡的辛酸……唉，只怕不是我們能想像的，妳呀，二姊不說，妳可千萬別胡猜，免得讓二姊在那些人面前落了口實。」

「我知道，我誰也沒說，只和妳這樣說呢。」祈喜連連點頭。

「先把這兩盤端出去吧，這兒我來。」九月說話間已經把兩盤乾果糕點重新排列一番。

祈喜當下拍了拍手，高高興興地端了東西出去，沒一會兒，她又跑回來，端了兩條長凳出去當桌子。

九月等到水燒開，慢條斯理地沖了茶，把第一遍的茶水倒在陶罐裡，重新沖了第二壺，才徐步走了出去。

外面，幾位姊姊已經在敘舊了，九月只聽到兩句，便知道這番敘舊明顯就是祈願問話，另幾位姊姊答話，唯有祈巧還能和祈願說上兩句俏皮話。

「大姊，喝茶。」九月不由暗嘆一聲，將第一杯茶端到祈祝面前。

「先給妳二姊吧。」祈祝有些侷促，看了看祈願推託道。

祈願微微一笑，接過茶塞到祈祝手裡。「妳是大姊，九月知禮得很。」

九月淡淡一笑，把第二杯給了祈願——她沒有忽略祈願身後那個老婆子皺起又鬆開的眉心。「二姊請。」

祈願笑得很得體，溫婉中帶著親切。「謝謝九月。」

九月頷首，接下她的謝意，依著長幼順序遞茶給祈夢、祈巧、楊進寶、祈望、祈喜，最後才是祈願的兩個兒子。

「阿文、阿武，這是你們九姨，九姨是長輩，長者賜，可知如何做？」祈願見兩個兒子身後的婆子伸手接了茶再端給他們，不由沈下臉問道。

兩個少年已八、九歲左右，這會兒聽到母親問話，忙站了起來，恭恭敬敬朝九月作揖行禮，齊聲道：「孝文（孝武）謝九姨賜茶。」

九月點點頭，笑著問道：「孝文、孝武，今年多大了？」

「我是孝文，十歲了。」孝文個子高些，也瘦些，眉宇間帶著一絲鬱色，雙唇略顯蒼白。

「我是孝武，九歲了。」孝武胖實些，眼皮微微有些浮腫，吐字含糊。

九月看著兩人，心裡浮現一種很怪異的感覺。這兩個外甥似乎都有些……不對勁？

第四十九章

九月又問了幾句功課的事，孝文一一作答，幾句話便顯得有些氣喘，孝武每每跟在孝文之後，神情間頗見木訥。

九月不動聲色地結束與兩位小外甥的對話，卻不知，幾個簡簡單單的問題，已經讓祈願頻頻側目了。

祈願以前不識字，可她聰明，嫁入陳府後，便刻意去學去練，這些年下來，還真讓她學了不少字。

加上她為陳府生了兩個兒子，地位已牢不可破，日子倒也過得安逸，見識也早不是當年那個山野丫頭能比擬的了。所以看到九月談吐斯文，提的問題又都是針對功課，心裡對這九妹又多了幾分喜愛。

「九月識字？」她笑盈盈地打量著九月。

「學過一些。」九月點頭。

祈喜生怕二姊、四姊剛回來不知道九月的本事，忙補充道：「九月不僅識字，還會畫畫呢，奶奶過世的時候，那畫像就是九月畫的。」

九月好笑地看了祈喜一眼，微搖了搖頭。

祈喜朝她吐舌，不在意地笑了笑。

「真的？」祈願一臉驚訝。「說起奶奶，我們也該回去了，方才我還沒去拜見爺爺呢，也不曾給奶奶上炷香。」

說著便站起來，笑著對九月說道：「九月一起來吧。」

「不了。」九月搖頭。「兩位姊姊回來是好事，我去未免掃興。」

「那好，我明天再來看妳。」祈願點點頭，祈祝等人也不耽擱，紛紛起身。

「九月，晚些我再來看妳。」祈巧與祈願又有所不同，她近鄉情怯，卻意外遇到九月，所以對九月便先有了親近之心，再加上九月之前無意中的建議，讓楊進寶立了大功，眼見夫婿晉升掌櫃有望，祈巧對九月的親近中便又多了一分感激。

九月卻是一視同仁，笑著把他們送過了橋。

見他們走遠，九月才回來收拾東西，乾果糕點倒是被楊妮兒吃了些，茶水麼……除了祈願那一杯不曾動過，其他倒都挺給面子。

九月當然不會在意，她只是隨意瞧了瞧，便把餘下的茶水倒進菜園裡，端了東西進屋。

遊春已出來了，笑看著她說道：「妳的兩位姊姊如今都回來了，妳怎地還不高興呢？」

「我沒不高興，只是覺得有些奇怪。」九月把東西放到桌上，說起她的疑惑。

「她是陳府七姨娘？」遊春聽罷，點點頭，幫著分析起來。「陳府夫人可有子女？其他姨太是否有所出？」

「不知道。」九月搖頭，被遊春一點撥，她便明白過來了，不由倒吸一口涼氣。「你懷疑……不會吧？」

「妳去打聽打聽，這陳家是哪個陳家，我讓人查查不就好了？」遊春寵溺地點點她的額。「各人有各人的命，妳二姊的事，妳又何必操心？」

「我就是覺得這兩個孩子怪怪的。」九月搖頭。「再說了，我要是去打聽……我怕唐突，沒事也變有事了。」

遊春無奈地撫了撫她的髮髻，嘆了口氣。「妳呀，總顧慮這些有的沒的做什麼……好了，我現在去一趟鎮上，讓樵伯好好查一查這陳府，想來幾天便會有消息了。」

「能查得到嗎？」九月驚訝地問。

「鄰縣，大祈村嫁過去的七姨娘，能有多難？」遊春壓根兒就不覺得這是什麼難事，只不過他不想看到九月費神罷了，說完當即拉起她的手，笑道：「我餓了，這一鍋臘八粥我還不曾嚐上一口呢。」

飯後，遊春從後山去了鎮上，九月獨坐小院，一邊做蠟一邊琢磨著生意，興致一來，就把想法一一列下來。

這一坐，便是一下午。

屋子裡的光線已然暗下，九月看得費勁，才擱了筆，拿著寫的東西細瞧了瞧，自覺能想到的都記了下來，才整理紙張妥妥收好。決定等遊春回來，再找他好好請教請教。

收好東西，九月起身去了屋外，把晾曬的衣物都收回來，一一疊好，又去後山撿了些細柴禾，回來時，卻看到祈願帶著一個丫鬟站在院子裡。

「二姊？」九月愣了一下，快步走過去。「這麼晚了，妳怎麼還來這邊？」

「我來看看妳。」祈願微微一笑，看了一眼那丫鬟。

那丫鬟似乎很緊張，目光一直打量九月的草屋。

「能進去坐坐嗎？」祈願似乎沒看到九月手裡的柴禾，逕自問道。

「妳不怕？」九月若有所指地看著那丫鬟，顯然她們是聽說過她的事的，不然又何至於這樣緊張？

「有什麼好怕的，他們說的周師婆是妳的外婆，何嘗不是我的外婆？難不成她還只偏心妳？」祈願輕笑，眉宇間卻隱隱有股愁緒揮之不散。

丫鬟一聽祈願還要進去，神情有些驚慌，看了看祈願，卻不敢作聲。

「妳倒是不怕。」九月嘴角上揚，直言道：「既然這樣，就進來吧，不過她就不必了。」

祈願回頭看了丫鬟一眼，見丫鬟一臉害怕，也有些不高興，便淡淡說道：「綠合，妳先回去吧。」

「姨娘，我……」綠合有些猶豫，看了看九月，又看了看草屋，最終敵不過心裡的恐懼，點點頭，朝祈願和九月福了福身，轉身飛快地走了。

「妳不怕，不代表別人不怕。」九月好笑地看著遠去的丫鬟。「二姊，妳這次回來，根本不該來我這兒。」

「他們愛說什麼由他們去。」祈願清冷地看著綠合消失的方向，抿著嘴撫了撫自己的髮髻，優雅地轉身。「我只是來瞧瞧我的九月被人打發到什麼風水寶地了。」

九月點點頭，順手把柴禾扔在灶間的門口，拍了拍手跟著祈願進了屋。

「妳畫得……果真像。」祈願進了屋，目光一掃，便發現牆上的畫像，她走上前，深深地看了一會兒，才輕聲說道：「是我印象中的外婆，卻老了許多……」

九月點亮油燈，靜靜地陪在一旁，順手從櫃上抽出三枝香點燃遞了過去。

祈願接過，恭恭敬敬地拜了三拜，把香插上香爐，合掌對著畫像看了好一會兒，才幽幽地嘆口氣。「看來，我這次是白走這一趟了。」

「白走這一趟？」九月問道。「二姊這次為何而來？」

「我遇到了些麻煩事，本是來尋外婆幫我解……到了才知道，外婆竟然不在了。」祈願也沒有隱瞞，看著畫像雙目隱現淚花。「或許是天要亡我……」

「怎地這般嚴重？出了什麼事？」九月吃驚地問。

「沒什麼，那些齷齪事，說了妳也不會明白的。」祈願從袖中取出一條繡帕擦了擦眼角，看著九月溫和一笑，她不認為九月能幫上忙，所以也不願多說。

「二姊煩心的事，可是與孝文、孝武有關？」九月皺了皺眉，直截了當地問。

「妳……」祈願猛地盯住她，目光中流露一絲緊張。

九月一瞧便明白自己猜對了。「二姊，我猜對了是嗎？」

祈願直直盯著她看，好一會兒才抓住九月的雙肩，急急說道：「九月，妳從小跟著外婆，可是學到了外婆的本事？所以妳才會看出……能不能告訴我，妳都看到了什麼？」

「二姊，我哪裡能看到什麼呢。」九月苦笑，肩膀被祈願抓得微痛，略一猶豫，最終沒按捺下心頭的一絲關懷，輕聲問道：「二姊，可是遇到難處？」

祈願揚起一抹無奈的笑，垂了垂眸，再抬起時，已平靜如什麼也不曾發生過，她淺笑著，目光暖暖地看著九月，軟軟地說道：「九月，妳還小，有些事……不適合讓妳知道。」

九月聞言不由啞然。

「我該回去了。」祈願撫平九月肩上的皺褶，靜靜地看著這張最似她們娘親的臉，好一會兒，才朝九月笑了笑。「妳一個人在這兒，早些關好門窗，早些歇息。」

「我沒事，如今誰敢來找我麻煩。」九月失笑，看了看外面的天色。「二姊稍等，我去取個火把送妳。」

九月這兒沒有燈籠。

祈願才發現自己有些莽撞了，方才支走丫鬟，也沒讓她們過來接，自己又沒有帶燈籠，這樣黑燈瞎火的讓她一個人回去，確實也是件嚇人的事。

當下也不拒絕九月的好意，點了點頭站在一邊等著，趁九月去取火把的空檔，她抬眼打量起這小小的竹屋來。

看來九月很能幹，小小的屋子被她收拾得別有一番竹情雅意，充滿溫馨的暖意，一點也沒有破敗草屋的寒酸氣。

沒一會兒，九月手執一根頗粗的木棍過來了，木棍頂端纏著殘破抹布，抹布濕濕的，顯然浸了油。

「走吧。」九月把木棍湊到小油燈上，浸了油的抹布隨即著了火。滅了桌上的小油燈，兩人到了門外，關上門，九月一手舉著火把，一手扶著祈願，兩人並肩過了橋，沿著小路慢慢往祈家走去。

「九月，妳一個人住這兒不怕嗎？」走了一小段路，祈願覺得氣氛沈默，有些尷尬，便找了話題。

「不怕。」九月的聲音清脆中帶著平和，讓祈願自然而然平靜下來。「畢竟頂著那樣一個名頭，誰敢來觸這霉頭呢？只是二姊今晚這一趟……回去之後，還不知會被人如何編排呢。」

「諒他們不敢嚼舌根。」祈願漫不經心地應道。

九月淡淡一笑，沒再說下去，於是姊妹倆又陷入沈默中。

所幸這路並不長，沒一會兒便到了祈家前的坡道下，九月停下來，鬆開手。「二姊，我就送到這兒了，早些歇息。」

祈願看看沒剩多遠的路，又看了看九月，忽地認真問道：「九月，妳恨他嗎？」

「他？」九月納悶地看著祈願，不確定這個「他」是誰。

「他。」祈願指著家的方向。「他沒保住娘，還讓妳受了十五年的苦，妳恨嗎？」

原來是指祈豐年。

九月恍然，淺笑著搖搖頭。「這十五年我並沒有受過多少苦，我不恨他，卻也不願與他有牽扯，如今這般，挺好。」

「妳的心比我寬。」祈願露出一絲無奈，目光有些迷茫，幽幽說道：「我恨他，可如今我卻不得不回來，要不是他，我就不會經歷這麼多，我或許會和大姊、三妹、五妹那樣，嫁給村裡或鄰村的平凡人，過平平淡淡卻安寧的日子，我的孩子會受窮，卻不會像現在這樣提心弔膽。這些都是我恨他的理由，可偏偏好笑的是，沒有他，我便是那無根的浮萍……」

「二姊，人生在世，不如意之事十有八九，妳又何必執著於過去之事？」九月心有所觸，便輕聲勸道。「妳如今已有一雙兒子，日子也不拮据，我觀孝文、孝武也不是那等不知孝義的孩子，待妳將他二人培養成材，將來自有妳享清福的時候。」

祈願聽得入神，見九月說罷，她才笑道：「也是，比起那些生不出孩子的人來說，我確實很幸運了。」

九月目光微訝，卻沒有追問。

「夜了，快回去吧。」

這麼久以來，祈願獨自在陳府，這次回來，姊妹之間也疏離許多，與她一向要好的大姊祈祝又只是個尋常村婦，見到她便侷促不已，哪裡會與她說這些知心的話？

此時聽罷九月一番話，祈願心理倍感窩心，對九月也添了幾分親切，說話越發的溫柔。

九月想起之前的不安，略一猶豫，還是開口問道：「二姊在家住幾天？」

「也就三天吧，我剛出門一日，便得了下人傳信，說是夫人抱恙，讓我回去侍疾。」祈願眼底浮現一絲無奈。

「二姊這幾天若有空，不妨去落雲廟為陳夫人辦一場祈福法會吧。」九月想了想，淡然說道。

「落雲廟？」祈願不解地看著她。

「嗯，我和外婆這十五年一直住在落雲廟後，此廟香火頗盛，據說求籤占卜也是極靈驗的。」九月說完，眼角餘光看到中間院門開了些許，便對祈願笑了笑。「我先回去了，二姊快去歇著，莫著了涼。」

說罷，舉著火把逕自轉身回去，走沒幾步，她便聽到身後響起余四娘誇張的笑聲，以及祈願淡淡的卻不失禮節的應答聲。

第五十章

九月沒有回頭，腳步不停地回到家，點燃小油燈，直接把火把塞到灶裡，把兩個鍋都倒上了水，便坐在灶後添火燒水。

燒開了水，洗了個澡，又就著熱水洗了衣服，遊春才披著月色回來。

「回來了？快洗洗。」九月把另一鍋熱水盛出來。

「吃飯了嗎？」有了那天晚歸的教訓，遊春一回來便問九月可用過飯。

「當然吃了。」九月撇嘴，睨了他一眼。「你呢？」

「吃過了。」遊春點頭，一邊洗臉，一邊笑著說道：「一個好消息、一個壞消息，想先聽哪個？」

「什麼好消息、壞消息的？和誰有關的？」九月沒興趣，他不過是去了趟鎮上找韓樵，能有什麼好消息？就算有，與她也沒有關係吧？更何況，他的好消息，未必就是她的好消息。

「妳不是想知道陳府的事嗎？」遊春失笑，伸手捏了捏她的鼻子。「好消息就是我已經知道陳府的底細，壞消息就是妳二姊的麻煩似乎不小。」

「怎麼說？」九月一愣，頓時拉住他的手追問起來。

這陣子下來，姊姊這兩個字已經占據她心底重要的位置之一，無論是祈喜，還是剛剛回來的祈願、祈巧，她都難以漠視。

「陳府老爺叫陳喜財，今年五十九歲了，祖上四代單傳，到了他這一代，正房夫人只得了一女，後來就不曾再添子女。陳夫人賢慧，便作主給陳老爺納了妾。豈知，連娶了六房妾，也只有六姨娘生下一女便又沒了動靜，再後來便是妳二姊了，她一過門便生下庶長子，接著又是庶次子，這兩個孩子都記在夫人名下，陳夫人對令姊照顧有加，這些年倒是相安無事。」

遊春也不逗她，直接說起打聽來的消息。

九月聽到遊春說的第一句，便啞口無言了。

怪不得祈願心中有恨，祈豐年今年也不過五十三歲，而那個陳老爺卻已五十九歲，嫁的人比爹年紀還大，祈願心裡能願意？可當年，為了家人能活下去，祈願只能無可奈何地接受。

九月心裡對祈願多了一分欽佩，能為家人做到這一步，不易。要是換了她，肯定做不到。

「那陳老爺對經商頗有手段，陳家那些家產到了他手裡，已擴充數倍，我們門下大半的綢緞生意倒都是出自他的手，這些年他有了兒子後，生意上的事大多交與手下掌櫃去辦。若不是我這次去問，還真不知曉他與我有這層緣分。」

遊春去問了韓樵，才知道九月這個二姊夫居然就是那個與他們來往頗密切的綢緞商，此時說起不免覺得好笑。

「這就是你說的好消息？」九月也感嘆這世界真小。

「嗯。」遊春點頭，含笑說道：「妳二姊在陳府的地位，無人能撼動，陳老爺待她如珍寶，她又聰明，對陳老爺、陳夫人甚是敬重，為人謙和好學，這些年倒是頗受陳夫人看重，這自然是好消息了。」

「那倒是。」九月點點頭，深以為然。

「只不過……」遊春看了看她，話鋒一轉。

「不過什麼？」九月瞪大眼，有些急切地想知道這壞消息是什麼。

「半年前，陳老爺數年來頭一次出遠門，帶回一個落難女子，此女相貌平平，卻楚楚動人，陳老爺便收為八姨娘，此後便獨寵此女。沒多久，陳夫人抱恙，兩位公子以及家中姨太們都有各種不順，相傳種種跡象，全因有人爭寵而為，而所有矛頭都直指令姊。」

遊春似笑非笑地看著九月。

「妳那位姊姊，也不是省油的燈，她這次來除了省親，也是為尋周師婆的幫助。」

九月聽到這兒，有些不舒服。「也就是你們這些所謂的大戶人家才這麼多麻煩事。」

「九兒，妳可不能冤枉我，我遊家可從來沒有這些事。」遊春忙為自己辯解。「不過，九兒，這種事妳幫不上忙，還是少摻和為妙。」

「我知道。」九月點頭。

兩人閒聊一番，便各自洗漱歇下。

次日，忙完了瑣事，九月正準備騰出精力考慮開香燭鋪子的事，祈喜提著一個大籃子抱著兩疋布上門。

「九月，快來接手。」

「八姊，妳怎麼又拿這麼多東西呢？」九月快步上前，接過祈喜手中的大籃子，這籃子入手頗沈，也虧得祈喜拿得動。

「這些都是二姊和四姊帶來的，姊妹們都有呢，這是妳的份。」祈喜高興地朝九月展示了手中的布，一疋粉藍、一疋青底粉花，都頗為亮眼。

九月瞧了瞧，想起遊春說的話，自己那個比她爹還大的二姊夫可是個極大的綢緞商呢，想來家裡最不缺的就是布疋了吧，想到這兒，她微微一笑。「挺好看的。」

「姊姊們都說這兩種顏色給妳一定好看，我就給妳留了。妳都不知道，三嫂眼饞著呢，只不過她沒女兒，這布呀，她用不上。」祈喜想起余四娘的神情，不屑地撇嘴，接著說起昨晚余四娘的種種糗事。「九月，妳都不知道，二姊的那些丫鬟、婆子們用什麼眼光看她呢，我都替她丟臉，真是臊死人了。」

「又不是妳如此，用得著妳臊啊？」九月聽罷，也是無語了。

祈喜把東西放到九月屋裡，接著便坐到桌邊，嘰嘰喳喳地說起祈願的事。

無非就是這二姊夫家裡做什麼的、二姊在陳家如何、陳家人待二姊如何，說的都是些好消息。

九月一聽就知道祈願報喜不報憂，沒有把自己在陳府的為難說出來。

「爹也真是的，二姊、四姊都回來了，他倒好，連個笑臉也沒有，只管悶頭和四姊夫喝酒，今天姊姊們都去落雲廟了，讓他一起去拜祭外婆，他也不去。」祈喜話鋒一轉，說起對祈豐年的不滿。「真不知道他是怎麼想的。」

「妳怎麼沒一起去呢？」九月沒有一起說祈豐年的不是，只是轉移話題。「他們能找到嗎？」

「大姊、大姊夫、三姊、三姊夫、五姊、五姊夫都去了，還有個三嬸呢，這麼多人帶著，我去不去又沒關係。再說了，二姊說晚上要請自家人吃飯，明天還要請鄉親們吃席面，幾位堂哥已經帶人去置辦東西了，我就留下看家，免得下午有人送東西來沒有接應。」祈喜說著便站起來。「九月，妳這兒可忙？下午去幫幫我吧。」

「讓我去？」九月笑道。「還是別了吧，二姊和四姊又不是一個人來的，我去了，難免給她們添麻煩。」

「可是……」祈喜聽她這樣說，有些不高興。「二姊說了後天一早就回去了。」

「八姊，陳府姨太眾多，二姊在陳府未必就這麼自在，我們幫不了她什麼，可有些麻煩，還是能免則免吧。」九月搖頭笑道：「等明兒，我做幾個福袋送她們，自家姊妹，心裡記著就行了，不講那些虛的。」

祈喜聽罷，只好無奈地嘆氣，她就知道會是這個結果。

祈喜走後，九月想到祈願的無奈，心裡多少有些記掛，便回房做了幾個福袋，想藉此安撫一下祈願的焦躁。

「妳這福袋未必能解得了妳二姊的麻煩。」遊春看著她細心縫製，便提醒了一句。

「我又不是神仙，當然解不了她的麻煩，這只是我的一點心意。」九月很有自知之明，她身無長物，沒有可回贈的東西，這才縫幾個福袋罷了。

「妳這袋裡放了香，若被有心人利用，只怕還會給妳二姊添禍。」遊春又道。

「嗯？」九月挑眉，驚訝地看著他。「這香有什麼問題嗎？」

「有心人若想利用，沒問題也會變成有問題。」遊春搖了搖頭。

「那怎麼辦？」九月遲疑了一下，細想想之後，心裡也不由一凜。

「平安符是妳的心意，至於這香還是算了吧。」

遊春可不想她的好意被人利用了，便提議道：「妳若擔心妳二姊，我讓樵伯通知下去，讓人向陳老爺點撥一、兩句就是了。」

「這樣能行嗎？」九月懷疑。

「雖幫不上她什麼，可有人若想動她，陳老爺也得掂量掂量了。」遊春說得輕描淡寫。

九月猶豫了好一會兒，才點點頭，朝遊春歉意一笑。「又給你添麻煩了。」

「又說這話……」遊春瞇了瞇眼，威脅地看著她。

「不說了。」九月忙抿緊嘴，抱著針線簍子退開。

遊春倒沒有糾纏，笑看了她幾眼，腳步一轉去了灶間。

九月還是聽從了遊春的意見，沒有往福袋中添香，只把平安符裝進去。

當夜，祈家大院裡一片歡騰，祈祝姊妹幾家都來齊了，加上祈稻等堂兄弟們，個個拖家帶口的，足足坐了六桌，而那些分到祈願糖果的鄰里孩子們，更是高興得如同過年般，在祈家院子外跑來跑去，分享著每種糖果的品嚐心得。

相較之下，九月這邊便冷清許多，瞧在別人眼裡，她獨自一人吃過了飯，就孤伶伶地關門休息了。

一時，憐惜的、嘆氣的、幸災樂禍的，各種閒話悄然流傳。

沒一會兒，眾人關注的祈家院子門開了，祈巧和楊進寶一個拎著籃子、一個提著燈籠緩緩下了坡，逕自去了河對岸的草屋。

於是，又有人感嘆這祈巧如何懂事，小小年紀就知道自賣自身救一家人性命，如今總算熬出頭，嫁了個有出息的夫婿，算是修成正果。

也有人悄然指責祈巧不懂事，怎麼可以帶夫婿去尋那個災星，萬一讓夫家沾了那災星的晦氣，以後的日子還怎麼過？

對這些情況，聚會中的祈家人不知道，獨居的九月一樣也不知曉。

祈巧和楊進寶到的時候，九月正坐在遊春身邊聽他講合香的一些小細節。

如今，遊春會的幾乎都教給她了，剩下的就靠自己的領悟，以及怎麼運用小把戲的問題了。

遊春聽到有人靠近，自然是避到了隔間，九月倒是不急，坐著收拾那些讓人看了會奇怪的道具後，敲門聲便響起來。

「來了。」九月緩步過去開了門，看到門外的兩人，不由驚訝地問道：「四姊、四姊夫，這麼晚了可有事？」

「我們見妳沒過來，便給妳送了些菜來。」祈巧提著燈籠，笑著指了指楊進寶手裡的大籃子。

「我都吃過了。」九月開了門，把兩人讓進來。

祈巧退後一步，讓楊進寶先進門，自己提著燈籠進來，細心地吹滅燈籠中的燭火，把燈籠掛到牆上，一邊打量屋子一邊笑道：「昨兒還不曾進來過，沒想到九月這屋子還這般雅致。」

「哪敢稱一個雅字。」九月把兩人請到桌邊，倒上兩杯熱茶。「只不過是草屋簡陋，我又圖個省事，才用了這竹簾。」

「九月就是手巧。」楊進寶把籃子放到桌上，接過熱茶飲了一口，目光落在牆上的畫像上。「我們來了兩日，八喜可是對妳讚不絕口，說妳又識字又會畫畫，又會製香製燭、編竹簍，還會法術。」

「八姊慣會誇張，姊夫莫聽她胡說。」九月微微一笑，袖手靜立在一邊。

「九月，八喜給我看過她的小冊子，說是妳畫的，妳能不能也給我畫一張外婆的畫像？」祈巧站在畫像前拜了三拜，轉身拉著九月問道，眉宇間帶著淡淡的遺憾。「我記得小時候，娘沒空照顧我們姊妹，都是外婆抽空幫忙，一年到頭，倒是有大半工夫是外婆與我們一起，反倒奶奶在我記憶裡好模糊。這次回來，我還與妳姊夫言道，要接外婆與我們過一段日子，誰想……」

「當然可以。」九月點頭，不過一張畫像而已，而且眾姊妹中，除了祈喜，祈巧是頭一個想要外婆畫像回去供著的人。

「我們後天一早就回去，妳畫好了，下次進鎮的時候給我捎帶來。」祈巧高興地拉著她的手。「等妳來了，我們姊妹倆好好聊聊，這兒人多，也不便多留，妳自己千萬當心些。」

「四姊。」九月點點頭，從桌子下方取出那三個福袋。

「這是我做給孝文、孝武和妮兒的，裡面裝的是我自己畫的平安符，我也沒別的可送，就這一點小心意。」

「謝謝九月。」祈巧接過，笑著收好。「妳這番心意，比那些黃白之物珍重多了。」

「小玩意兒罷了。」九月謙和地說道，這確實只是小玩意兒，不過是動動筆、費些朱砂罷了，圖的只是個吉利。

「哪裡是小玩意兒了。」祈巧卻駁道。「妳的事，我們都聽說了，趙家兄弟那樣子了，妳幾道符就把人給救回來。還有之前妳出的主意，可幫了妳姊夫大忙呢，等妳來了，我得好好設宴謝謝妳。」

「幫了姊夫大忙？」九月微訝地看著兩人。

「就是妳之前想的臘八食材盒，這次臘八節，不僅庫存的盒子全用了，東家還讓人製了各種材質的盒子，用同樣的方法賣，可著實賺了不少。東家高興，把功勞記在妳姊夫頭上，想來年後，他就能升任康鎮的掌櫃了呢。」

祈巧三言兩語把事情說了一遍。「妳姊夫來時就說了要好好謝謝妳，誰知道妳居然就是我們家九月，一家人。」

「一家人又何來的兩家話？」九月欣慰地看著祈巧，她當時也不過是無心之舉，哪需要他們謝。

「九月說得是，倒是我們倆拘泥了。」楊進寶朗聲笑道，看著祈巧說道：「我們先回去吧，莫讓他們等急了，妳有什麼話，等九月去了鎮上可盡情地說，不急在這一時。」

「那倒是。」祈巧忍不住莞爾，拉著九月的手再三叮囑。「到了鎮上，一定要來喔，自家姊妹本來就該多走動才是，妳可不能再用不方便的藉口不與我們往來。」

「九月，妳也不必顧忌我家人會說什麼。不瞞妳說，我自幼進了楊家，三爺慈善，我才得以有今日，後又得老夫人憐憫將妳四姊許給我，又讓我們倆都脫了奴籍，如今雖是為楊家做事，可平日裡，卻是獨門獨院與他們無關了。妳到了鎮上，只管來家裡小住，不會有人說什麼的。」

楊進寶七竅玲瓏，早明白九月的顧忌，當下直截了當地說破。

「四姊、四姊夫，快回去吧，我都記得了，你們再不回去，他們該過來請了。」九月心裡暖暖的。「待我得了空，我就去陪四姊住幾天。」

第五十一章

祈願在大祈村開了三十桌流水席，熱鬧風光了一把後，她帶著人登車而去，祈巧和楊進寶也接著告辭回了康鎮。

九月沒有赴宴，只在他們離開的時候去送了送。

人群散去，九月回到草屋，到了屋門前，目光無意間落到屋後竹林，她想起這次無論是祈願還是祈巧，都沒有去後山祭拜周氏。

她微微皺眉，一時之間不免有些唏噓，當下回屋取了香燭紙錢和經文，告知了遊春一聲，又帶上些供品，獨自一人去了後山。

對於周氏，九月心裡總有種說不清的複雜感覺。

興許是所謂的血脈親情，又或許是周師婆對她的百般愛護，九月的心裡，對這位陰陽兩隔的母親滿是憐惜同情。

「妳來了。」九月剛出竹林，便聽到一個女人的聲音，她抬起頭，只見葛玉娥端坐在周氏的墓碑旁，看到她時，葛玉娥的雙眼閃閃發光，讓她無端覺得背上一寒。

九月微微蹙眉，腳步停了停，又繼續走了過去，她看了看好端端立著的墓碑，這才看向葛玉娥，淡淡問道：「妳在這兒做什麼？」

「我來瞧熱鬧的。」葛玉娥仰視著九月，雙目奇亮。「我想看看她那兩個賣出去十幾年的女兒會不會來看她，我在這兒等了好幾天，一個人都沒有。呵呵，現在看來，她生了這麼多女兒，還不如我兒子一個。不對，還是妳這個災星有點良心。可是，要不是妳這個災星，她也不會孤伶伶地在這兒了。」

九月皺眉，對她顛三倒四的話有些反感。「她們不來自有她們的道理，與妳何干？」

「誰說和我沒關係？」葛玉娥眼睛睜得大大的，嗤嗤地笑起來，不過她卻沒有說下去，而是把目光投向九月挎著的籃子上，隨後忽地站起來，一把搶過籃子，胡亂地翻起來。「有什麼吃的，給我。」

九月沒防備到她會突然來搶，反應過來時已經來不及了。

葛玉娥把供品都翻出來，兜起衣服前襬都倒了進去，然後把其他東西往九月手裡一塞，自個兒退回墓碑旁盤腿而坐，慌亂地撿了一塊糕塞進嘴裡，這才嘀咕道：「妳燒妳的紙錢，這點心我替妳娘吃了。」

九月啞口無言，可瞧著葛玉娥這狼吞虎嚥的樣子，她也不忍心阻止。

算了，一點糕點而已。

九月嘆了口氣，緩步上前，拿出籃子裡餘下的香燭點起來，她原就不是多話的人，這會兒又有葛玉娥這麼一個人在這兒，所以點了香也沒有過多言語，直接拿起紙錢慢慢燒起來。

於是，一個只管沈默燒紙錢、一個只管囫圇吞東西，兩個人就這樣安靜又詭異地相對著。

「咳咳咳！」直到葛玉娥一陣驚天動地的咳嗽聲響起，氣氛才被打破。

九月的紙錢也燒得差不多了，她一抬頭，只見葛玉娥滿臉脹紅，雙手不斷撫著前胸，咳得整個人都佝僂起來，滿嘴的糕點渣也往外噴出來。

糟！九月一驚，忙起身來到葛玉娥身邊，重重拍著她的背。

她這次來帶的多是乾果糕點，這些東西細嚼慢嚥的還好，可吃得急了未免乾澀，葛玉娥又是那樣一番亂塞海嚥，不噎著才怪。

「又沒人和妳搶，妳慌什麼？」九月皺眉，不敢耽擱地拍打著葛玉娥的背。「快吐出來，吐出來就好了。」

「咳！咳……咳……」葛玉娥不斷撫著前胸，一隻手不斷朝九月比劃著，可是她卻死活不願意把東西吐掉，任九月如何使勁捶打，葛玉娥仍是一個勁兒地想把東西嚥下去。

這樣一來，她咳得更厲害，連糕點渣也濺了一片。

「妳幹什麼！」

就在這時，一聲大吼，一個人影竄了過來，把九月推倒在地。

「喂！」九月跌在墳堆上，雖沒有受傷，卻是心頭火起，回頭怒瞪著來人。

她剛剛已經聽出這聲音了，來的正是葛玉娥的兒子，那個謠傳有可能是她哥哥的葛石娃。

葛石娃已經衝到葛玉娥身邊，驚慌地拍著葛玉娥的背，一迭連聲喊道：「娘，您怎麼了？怎麼了？」

「咳咳……咳……咳！」葛玉娥又是搖頭又是擺手，脹紅著臉一陣劇咳之後，口中那點東西總算全吐出，她才緩過氣來。

「娘，您怎麼了？她把您怎麼了？」葛石娃怒瞪九月一眼，拉著葛玉娥上上下下打量起來。

葛玉娥皺眉搖了搖手，有氣無力地應道：「我沒事、我沒事。」

「妳這女人，怎麼這般歹毒！」葛石娃確認他娘沒事，才放下心來，目光轉到一邊站起來的九月身上，罵道：「我娘這次對妳怎麼了，妳就這樣對她下手？妳這人心簡直比蛇蠍還毒！」

九月正拍著身上的泥土，便聽到這劈頭蓋臉的指責，她不由無言，心頭著惱，抬頭冷冷地看著葛石娃。「飯可以亂吃，話卻不能亂講，你哪隻眼睛看到我對她下手了？」

「我兩隻眼睛都看到了！」

葛石娃虎目圓睜，把葛玉娥拉到身後，瞪著九月說道：「我警告妳，下次別再讓我看到妳對我娘動手，不然的話，休怪我打女人！」

「我也警告你，下次別讓我在這兒再看到她，否則我也不會客氣！」九月被葛石娃這是非不分的話激怒了，不客氣地擋回去。

「哼！」葛石娃冷哼一聲，拉著葛玉娥便走。「娘，我們走。」

九月皺眉，也沒有繼續待下去的心情，走到墓碑前，撿起歪倒在一邊的籃子，把那快燃盡的香燭拔出來，和餘下的紙錢一起燒掉，空出的盆子都被她胡亂疊在籃子裡，略一收拾，便提著籃子看也不看葛家母子，轉身往自家方向走去。

來。

「娘，以後別再來這兒了，別再惹人嫌了，知道嗎？」葛石娃不高興的聲音遠遠地傳過來。

九月聽到，忍不住抿嘴皺了皺眉，心裡暗道——最好永遠別再讓她看到。

「娃，你幹麼這麼凶啊？她是你妹妹、你妹妹。」葛玉娥卻委屈地反駁道。

「娘，說了多少遍，我們和他們家沒關係！」葛石娃的聲音再次拔高，對葛玉娥的話顯然很厭惡。

「這麼凶幹麼……人家……她的糕點可好吃了，這麼好吃的東西，我不吃，那死人還能吃？」葛玉娥縮縮脖子，嘀咕道。「下次我得帶上水，不不不，帶回家配水吃，這樣就不會噎著了。」

「娘，您說什麼呢？」葛石娃對她顛三倒四的話很是不解，不過還是聽出了些門道，遂問道：「那東西……是您拿人家的供品？」

「是啊，娃，告訴你啊，你下次可不能凶她，不然娘都不好意思跟她要東西吃了。」葛玉娥想到這兒，忽地停下腳步拉住葛石娃的耳朵，瞪著眼就要拖他往回走。「你剛才凶她了，你還推她了，你跟我去道歉、道歉。」

「娘……」葛石娃皺著眉捣著耳朵，心中深深無奈。

「我告訴你啊，那是你妹妹、妹妹，她的命是我給的，不不不，是我讓她生下來的！要不是我，她早就死在死人肚子裡了！」葛玉娥鬆了手，衝著葛石娃比手畫腳起來。「所以她是我生的，是你妹妹，你不能凶她，你要對她好。」

「娘，您別胡說了。」葛石娃仰天長嘆，雙手再次錮住葛玉娥的手臂。「您不是要吃好吃的嗎？我們回家，我給您做好吃的，好不好？」

「好吃的……好好好好好。」葛玉娥一聽，連連點頭，瞬間就忘記她剛剛說的話了。

葛玉娥這番顛三倒四卻接近真相的話，九月不曾聽見。這會兒，她已經出了竹林，回到自家院子裡。

她已放下因葛家母子升騰起的惱意，年關越來越近，遊春離開的日子也越來越近，她不想因為這些小事影響兩人越來越少的相處時光。

祈願和祈巧回去後，祈家再次平靜下來，各家各戶都在忙著準備年貨，遂也沒空討論祈家的是是非非。

倒是余四娘，這幾天卻是異樣的忙，一早起來就到祈喜這邊串門子，一雙眼珠子骨碌碌地朝祈願、祈巧兩姊妹帶回來的東西打轉，累得祈喜不敢掉以輕心，只好留在家裡收拾整理，也沒空過來九月這邊閒坐。

九月也樂得清靜，整日裡守在屋中與遊春甜甜蜜蜜。

除了那最後一步，兩人倒像極新婚的小夫妻，九月有心、遊春有情，兩人的感情很快升騰到如膠似漆的地步。

過了幾日，已是臘月十七，九月決定去一趟鎮上，便和遊春鎖了門相攜從後山離開，再從竹林來到土地廟前通往鎮上的路。

阿安等人已經搬去新的住處，如今這土地廟裡已人去廟空。

九月沒有進門，和遊春兩人兀自趕路，出了山，來到大祈村附近，遊春才緩了腳步遠遠跟在後面。

這時節，進鎮辦年貨或是賣年貨的人不少，九月畢竟是個姑娘家，遊春又不能現身人前，兩人自然也不好再繼續並肩行走。

果然，剛剛過了大祈村，九月便遇到幾個有些眼熟的村民，他們都挑著自家產的菘菜。

在大祈村，各家各戶種最多的就是菘菜，雖然挑到鎮上也值不了幾個錢，可好歹也是錢，畢竟在大祈村，像祈家這樣的家境還是不多的。

看到九月，幾人要麼訕訕一笑、要麼乾脆低頭趕路裝作沒看見，九月也沒在意，只管揹個竹簍緩步而行。

很快，康鎮就在眼前，幾個鄉親加快腳步匆匆往市集趕去，九月站在豎著康鎮界碑的路口停下來，回頭瞧了瞧後面的遊春。

遊春微微一笑，衝她點點頭。

九月會意，兩人分頭行動，她去市集添購東西，他直接去成衣鋪找韓樵。

九月到了市集上，只見賣東西和買東西的人熙熙攘攘，比平日市集更熱鬧擁擠，她想要加快腳步穿行過去。

「咦？妹子。」九月正走到豬肉攤子附近，便聽到有個熟悉的聲音響起，緊接著，她的肩膀被人拍了一下。

九月立即轉身，只見前幾次與她一起擺過攤的那位婦人正笑盈盈地站在她面前，這次，婦人身邊還站著一個高高壯壯的漢子，漢子肩上還騎著一個三、四歲的男娃，男娃有些緊張地抱著漢子的頭，一雙眼睛卻滴溜溜地看著四周。

「原來是嫂子。」九月笑著打招呼。

「是我，好幾次沒見到妳了，方才我還以為我認錯人了呢。」婦人看起來很高興，她手上的籃子裡已放了一小塊肥肥的豬肉以及一大塊豆腐。「咦？今兒怎麼只有妳一個人？妳男人呢？」

九月正要說話，眼角餘光瞥見邊上的小攤居然有兩個是方才遇到的村民，這會兒他們顯然也注意到她，雖然集上人聲沸騰，他們未必能聽到她們的對話，可九月心裡卻莫名一虛，朝婦人尷尬地笑了笑，輕聲應道：「他有事去前面鋪子了，嫂子今天一家人來逛集？」

「是啊，今兒他歇工，眼見快過年了，孩子還沒來過鎮上瞧這熱鬧呢，就帶他一起來了。」婦人見她問到自家男人和孩子，笑得更歡，頗有些炫耀地說了起來。

九月不明白她說的有何炫耀之處，不過她也沒有冒昧打斷婦人的話，只是笑而不語。

「妹子，妳來買什麼？」婦人說了好一會兒，沒得到九月的回應，也沒在意，只是轉了話鋒好奇問道。

「我來看看，順便帶些菜回去。」九月依然溫和應著。

「妹子，這菜還用買嗎？我家多著呢，妳住哪兒，明兒我給妳送些過去，保證比集上賣得便宜。」婦人立即說道。

「謝謝嫂子。」九月道謝，卻沒有說自己住哪兒。

婦人還欲再說，她身邊的漢子倒是瞧出九月的興致不高，而他肩上的男娃也有些躁動，便開口攔住婦人的話。「孩子他娘，這位妹子來鎮上肯定還有事要辦，妳別瞎嘮叨耽擱人家的工夫。」

「知道了。」婦人嬌嗔地橫了他一眼，對九月笑道：「他就會嫌我嘮叨，可哪天我不嘮叨，他又不自在地到處尋我了，妹子妳忙，我們先走了。」

「好。」九月暗暗鬆了口氣，要不是她怕這婦人口無遮攔，一口一個她男人，她倒是不反感聽這婦人說上幾句。

含笑目送他們一家三口離開後，她又瞧了瞧那邊的兩個村民，他們的菘菜這會兒依然同來時一樣，擺得滿滿的無人問津。

看到九月注意他們，兩個村民忙又低下頭。

九月撇撇嘴，走向豬肉攤子，買了豬肉。

「姑娘走好。」賣豬肉的屠夫見九月爽快地掏錢，樂得嘴都笑歪了，幫著把豬肉包好放進背簍裡，還熱情地送出幾步。

九月點點頭，順著人潮繼續前行，沒一會兒，買了兩尾活蹦亂跳的草魚、十幾斤兩指寬的小魚，另加一些時鮮小菜，才從市集出來，往糧鋪方向走去。

剛剛拐出市場，迎面就遇到一個人，險些撞上，九月收住腳步後退一步，目光落在那人的臉上，令她不由脫口喊道：「五子哥？」

那人正是五子，他看到九月，眼中閃現一抹驚喜，隨即心頭便泛起一絲苦澀與尷尬。

「是……九月妹子來趕集啊。」

「五子哥也是來買東西的嗎？」九月對他也有些許歉意，一時之間笑容有些不自在。

「欸，是。」五子愣了愣，好一會兒總算找回些自然，點點頭，隨即又搖搖頭。「我是幫管事的送東西，不是買東西。」

「五子哥現在在鎮上做事嗎？」九月打量了他一下，他拿著刨木頭的工具，身上穿的也是短衣短襖，看著頗像個學徒。

「是，在一家木匠鋪做學徒。」五子侷促地應了一句，匆匆說道：「九月妹子，我還有事，去晚了管事的要訓。」

「五子哥只管去忙吧。」九月忙應道。

「妳……」五子點點頭，邁出一步，隨即又停下來，吞吞吐吐地對九月說道：「一個人小心些。」說罷，才低頭飛快地走了。

九月無奈地嘆口氣，揹著東西往糧鋪走，一邊感慨著康鎮太小，果然，她眼睛一掃，便又看到幾個熟悉的人——趙家三兄弟以及他們的媳婦。

本著不願惹麻煩的心思，九月退後一步，拐進邊上的小巷子，進了一家鋪子。

「這位姑娘，小店已經沒有東西可賣了，妳是不是走錯了？」鋪子裡只有一位老人，他正拿著掃把在清理東西，看到九月進來，不由驚訝地問道。

九月回過神，才注意到自己進了一家空鋪子。

鋪子裡除了那長長的櫃檯和櫃檯後的木架外，空無一物，就這樣瞧，連這家是賣什麼的也瞧不出來。

「不好意思，我好像走錯門了。」九月不好意思地朝老人笑笑，轉身退了出來。

出於好奇，她回頭打量一下鋪面，這一眼，恰恰落在鋪子門邊上貼著的一張紙上。

第五十二章

那紙上寫的只有四個字——鋪子出租。
九月的眼睛頓時亮了起來。
這間鋪子就在市集前主要街道的小巷子口，雖然沒有主街的店鋪好，可也算得上極好的位置了。
九月當即又轉回來，站在門口敲了敲門板。「老人家，這鋪子要出租嗎？」
「是啊，姑娘想租？」老人有些驚訝，仔細地打量九月一番。
九月穿著布衣，從頭到腳也沒有過多裝飾，看著實在不像個有錢的主兒，這讓老人有些疑惑，不過他開了十幾年的鋪子，迎來送往的，自然不會因為一個人的穿著便輕看了誰，當下溫和地笑道：「不知道姑娘想做什麼營生？我這鋪子，煙燻油污的營生可不行。」
「您放心，煙燻油污的營生我也不會。」九月聽明白了，忙保證道。「您是這鋪子的主人嗎？不知這鋪子如何租？」
「姑娘也瞧見了，我這鋪子位置可著實不錯，出了門右拐就是主街，平時來來往往的人多著呢，要不是我老了，身體不好，這鋪子我還真不捨得關門。」
老人先是走到門口指著街上讚了自己鋪子的位置一番，才說道：「姑娘要是誠心要租，我也不提多高的價，就……一年三十兩銀子吧。」

「一年三十兩？」九月驚訝道。

「姑娘，這價已經很公道了，要不是我實在無人相幫，不然無論如何也捨不得租出去。」老人見她遲疑，忙真摯地說道。

「老人家平日是賣什麼的？一年可有三十兩的盈利？」九月一臉天真地問，當然，她也是真不知道這行情，才問出這有些冒昧的問題。

「這……」老人頓時為難了，略一思索，便說道：「姑娘要是真要，自然可以再少些的，不過，少太多卻也是不可能了。」

「我既然來問，自然是真心想要的。」九月靦覥地笑著。「不過，這價有些高，我一個人也作不了主，老人家，等我回去和家人商量一下，下午就給您答覆，可好？」

「成。」老人見她這樣說，心裡的疑惑才消散了。

九月從鋪子裡出來，到了外面街上細細打量一番，記住了這小巷子的位置，才快步往糧鋪走去。至於趙家那幾人，這會兒已消失在人潮中了。

那鋪子到糧鋪也就隔了兩、三個路口，倒是不遠，九月很快就到了。

鋪子裡的夥計已認得她，見她進去，便笑著上前招呼。

九月打聽了一下楊進寶，夥計說楊進寶今天出門辦事去了，於是她也打消今天去拜訪祈巧的主意，在鋪子裡買齊了米麵，接著去了成衣鋪。

韓樵正站在櫃檯後，看到九月進來，立即把她領到後院二樓的一間屋子前。

「少夫人，少主就在裡面。」韓樵客氣地對她笑了笑，退了下去。

面對韓樵等人一口一個少夫人，九月仍有些尷尬，站在門前看著韓樵下了樓，深深吸了幾口氣，才抬手敲門。

「進來。」遊春醇厚的聲音在裡面響起來。

九月推開門，笑盈盈地走進去。「子端，我剛剛看到……不好意思，我不知道還有客人。」

屋裡除了遊春，還有一男一女，那男子一臉大鬍子，個子只比遊春矮些，穿著青色錦袍，大馬金刀的坐在那兒，猶顯其威嚴。

而那女子個子嬌小，身材卻是玲瓏有致，穿著一身紅衫紅裙，只一眼，便覺得一股嗆人的火辣味道襲來，反讓人忽略了她明眸皓齒的相貌。

隨著九月進門，兩道目光便掃向她。

九月整個人一僵，之前在醫館遭遇的感覺瞬間籠罩了她，她不由朝那女子多看了一眼。

「九兒。」遊春看到她，溫柔地笑了笑，為她介紹道：「這是喬漢和喬喬，是大師兄派來協助我的。」

「兩位好。」九月客氣地點點頭。

「見過九姑娘。」喬漢和喬喬也不知是不是早知道她，這時齊齊起身向九月拱手，目光卻把九月從頭到腳掃了一番，尤其是喬喬，那目光就像能透視般，讓九月很不自在。

「九兒，妳方才說剛剛怎麼了？」遊春似乎也有些不自在，對九月也不如平時那般親暱，他走到九月面前三步遠處，便停住腳步，以歉意的目光看著九月。

「沒什麼，只是遇到幾位熟人罷了。」九月心裡突地一下。

「喔。」遊春點點頭。「我還有些事沒處理，晚上只怕回不去了，要不，妳也留在鎮上吧，等明兒我們一起回去。」

「不了。」九月搖搖頭，心裡有些鬱鬱。「你有事便去忙吧，我可以自己回去。」

「明兒……」遊春盯著九月細看了看，欲言又止，轉而說道：「路上小心。」

「我會的。」九月淡淡一笑，叮囑道：「萬事當心。」

遊春無奈地瞥了喬家兄妹一眼，把九月送出了門。「九兒……」

「怎麼了？」九月含笑回頭，安靜地看著他。

「沒事，等我回去再和妳細說。」遊春低聲說了一句，抬手撫了撫她的髮。「路上小心。」

「知道。」九月點點頭，連回答都變得簡短。「你進去吧，我先走了。」

遊春心裡陡然湧現一股不安，看到九月揹著那沈沈的背簍下樓，他上意識往前走了兩步，這時，身後傳來軟軟的呼喚聲留住他的腳步。「春哥，我們該走了。」

「知道了。」遊春深深地看了一眼樓梯口，垂眸回頭時，神情已然波瀾不興。

九月下了樓，就看到韓樵迎過來。「少夫人，可有什麼吩咐？」

「樵伯，你別看到我就這樣客氣。」九月笑道。「我又不是你們真的少夫人，我還有事，先走一步了，你忙。」

「少夫人，少主說了您是，您就是我們的少夫人，哪來真的假的。」

韓樵有些意外地看著九月，他覺得她有些不對，可見她依然言笑晏晏的，不由若有所思地瞧了瞧樓梯口，笑道：「少夫人，少主忙，不能陪您回去，您別介意，我派小夥計送您回去吧，等這邊事了，少主一定會儘快趕回去的。」

「我知道。」九月點點頭，也懶得解釋。「這邊的路我熟，不用派人了，我自己回去就是。」

說罷，朝韓樵笑了笑，就出了成衣鋪，邊走邊思考著那間鋪子租下來可不可行。

沒一會兒，九月便想到要做什麼，有了新目標，腳步便輕快起來，她直接去了糧鋪，找了糧鋪裡的夥計小順打聽楊進寶的家在何處。

小順有些驚訝地看著九月。「姑娘，妳找我們寶哥做什麼？」

「我並不是找楊掌櫃，我找楊掌櫃的夫人。」九月微微一笑。「楊夫人的娘家就在我們村，我這次來，也是受人之託。」

「原來如此。」小順恍然，馬上告訴九月。

「謝謝。」九月道了謝，按著小順說的，去了鎮南邊的小和巷找祈巧。

鎮南邊住的雖不是大富大貴人家，不過也不是那等貧寒人家住得起的。

祈巧的家就在小和巷中間。

進了門，前院裡有棵茂盛的丹桂樹，正屋和東西廂房都是二層磚瓦房，廚房、茅房在後院，後院門的角落還有一口井，上面裝了木軲轆，不用的時候便用木條堵住井口，避免小孩子失足掉落。

祈巧看到九月很高興，把楊妮兒打發給家中唯一的僕婦，領著九月前前後後地參觀了一番，便熱情地邀她住下。「九月，妳總算來了，我還以為妳又是哄我的呢。」

「四姊。」九月無奈地看著祈巧。「我這不是來了嘛。」

「來了就好，來了就在家陪我幾天，妳四姊夫這幾天出遠門了，家裡就我們幾個，怪冷清的呢。」祈巧拉著她不放，轉了一圈後，兩人回到正廳落坐，那僕婦送上熱茶，又拉著楊妮兒去了後面屋子裡玩。

「姊夫出遠門了？」九月驚訝地問，她還想向他打聽一下店鋪行情呢。

「是呀，去了縣裡，快過年了，鋪子各項事也忙。」祈巧解釋道，看了九月一眼，笑著問道：「九月，妳是不是找妳姊夫有事？」

「四姊好眼力。」九月微笑地看著她。「我都沒說妳就猜出來了。」

「什麼事？說來聽聽。」祈巧失笑。「妳這張臉，有什麼都寫在臉上了，妳四姊我這些年，別的沒學會，這雙眼睛倒是練出來了，一般人想什麼，我還真能猜到一二。」

「是有點事。」九月輕笑，也不隱瞞。「我想在鎮上開間香燭鋪子，只是不知道這什麼地段是什麼價位，又無人可問，便想著找姊夫討個主意，取取經。」

「妳要開鋪子？」祈巧大為驚訝，一雙妙目上上下下打量著九月。

「是啊，我雖然只是一個人，花用不了多少，可總也得過日子。」九月點頭。「旁的我也不會，這些年也就跟著外婆學了些製香製燭的竅門，開間鋪子混混日子想來也是行的。」

「這開鋪子可需要不少銀子呢，妳確定？」

「我手上倒是有三十兩銀子，都是外婆留下來的，也不知道租間鋪面夠不夠？」九月隱瞞了真實數字，倒不是擔心祈巧打她銀子的主意，而是這筆錢她原本也沒想動，現在挪用三十兩，也是想等鋪子開起來後有了盈利，再把這些給填回去。

「不講究地段的話，三十兩銀子租個鋪面足夠了。」祈巧有些吃驚，不過她沒有多問，而是給九月分析起來，她雖然來康鎮沒多久，但對鎮上的情況卻已了然於心。

「市集邊上的鋪子租金這麼貴？」九月咋舌，她還以為那老人家故意報高價呢。

「康鎮也算得上大鎮了，鎮上又只有那麼一個大市集，邊上的鋪子自然是水漲船高。」祈巧笑道。「妳這是有相中的了？」

「什麼都瞞不過四姊妳。」九月啞然，無奈地笑了笑，和盤托出那鋪子的事。「那處就在市集邊上，那主人家開價三十兩一年，我還以為貴了呢，沒想到……」

「哦？」祈巧聞言，略一沈吟，便說道：「正巧我也沒事，我們一起去看看吧，要是好，就直接拿下。」

「啊？直接拿下？」九月被祈巧的豪氣嚇到，這四姊，做事居然比她還要不拘小節。

「自然，要是合適，當然直接拿下了。」祈巧笑道，不覺得這點小事有什麼。

「可是我今天來是買東西的，根本沒帶這麼多銀子呀。」九月還是猶豫。

「九月——」祈巧伸手戳了她的額一下。「不就是三十兩銀子嗎？妳來四姊這兒，四姊還能不幫妳墊上？妳在這兒等我一下，我去取了銀子就陪妳走這一遭。」

說罷，根本不理會九月有沒有答應，直接進了廳後的樓梯間上了樓。

廳中，只剩下九月獨自啞然。

好一會兒，九月才笑著搖頭，她自忖自己行事自在，卻不料連四姊都比不過，事實上，真要說的話，她比祈喜都不如，祈喜還能無拘於世俗，敢愛敢說，而她，反倒顧忌重重。

「九月，走吧。」正想著，祈巧又風風火火地回來了，她的動作居然這般快，這會兒工夫，已換了一身衣衫。

「好。」九月點頭。

於是，九月的背簍留下來，祈巧帶上楊妮兒，叮囑僕婦在家守著，便和九月一起出了門，直往九月說的那家鋪子走去。

很快，兩人便來到那鋪子前，鋪子裡仍是那個老人，看到九月去而復返，老人也是面上一喜，迎了出來。「這位姑娘，可想好了？」

「老人家，這是家姊，她想先看看您這鋪子，可好？」九月微笑著介紹了祈巧。

老人打量了祈巧幾眼，立即便確定這祈巧才是租鋪子的正經主人，至於根據，瞧兩人的穿著就知道了，九月穿的是布衣，而祈巧穿的雖不是綢緞，卻也是上好的棉布衣了。

「請。」老人很爽快地讓開路請兩人進門，親自陪著屋前屋後地參觀。

「我這鋪子原是做乾貨的，兩間門面，樓上可以住人，後面還帶著一個小院，一共有六間屋子，有兩間已經作了廚房和雜物房，那邊角落另開了茅房，這後院門出去，便是西街巷，拐出去就是鎮中最大的酒樓了。」

「老伯，您這鋪子是不錯，可是我若沒記錯的話，這巷尾似乎有兩家生意不大光彩啊，平日從這兒經過的人只怕不會多吧。」

一圈參觀下來，祈巧心裡便有數了，回到前廳後，她便笑著來到門口，往巷尾張望一番。

「那邊有什麼生意？」九月跟在祈巧身後看了看。

「那邊過來第二家是棺材鋪，棺材鋪對門雖不是鋪子，不過……平日進進出出的人卻是不少，據說那家住的是個師婆，給人跳大神解厄為生，烏煙瘴氣得很。」祈巧指了指那邊，隨口道來。

「那依夫人說，能給多少價？」老人見她是真的知道，臉上也有些訕然，暗暗嘆了口氣。

「二十兩。」祈巧伸出兩根手指，笑盈盈地說道。「老伯，您也該知道，這條巷子放在以前，興許能值個五、六十兩的租金，可現在，只怕無人敢觸這霉頭，換一個知情又不怕事的，只怕還給不了我這個價，您說是不？」

「這……」老人遲疑了，手撫著稀疏的鬍子沈吟了一番，才痛惜地擊了擊掌，說道：

「好吧，我虧就虧些，妳們什麼時候來接手？」

第五十三章

雙方都是爽快的人，談定了生意，當下便由九月執筆，老人口述寫就兩份契約，雙方簽了字按了手印，又一起拿到亭長處蓋了章，祈巧付了銀子，這份契約便算生效了。

約好明日辰時前來鋪子交接，祈巧便和九月兩人帶著楊妮兒告辭回去。

直到此時，九月還有些不踏實，她之前還考慮鋪子的事，沒想到今天就真的租下鋪子了，只要收拾布置一番，就能開門營業了。

「九月，反正明兒辰時還得過來，不如妳今晚不要回去了，在這兒住一晚，省得跑來跑去的麻煩。」回到家中，祈巧好哄著楊妮兒睡下後，讓僕婦去看顧著，自己才回到前廳來陪九月說話。

「這……」九月猶豫了一下。

「什麼這個那個的，自家姊妹，用得著這樣婆婆媽媽嗎？」祈巧一雙妙目圓圓地瞪著她，彷彿在說——妳敢找藉口試試？

「那就打擾四姊了。」九月失笑，點了點頭。

「這才對嘛，先吃飯，一會兒我帶妳去房間。」祈巧雙手一拍，高興地站起來。

她們出門的時候，那僕婦已經備下了午飯，這會兒只消擺上便能動筷。祈巧也沒去喊人伺候，和九月兩人一起端了飯菜出來，兩人相對而坐，也沒在意「食不言寢不語」的規矩，一邊吃飯一邊閒聊起來。

祈巧說得最多的還是這剛剛租下來的鋪子，聽到九月想開香燭鋪子時，她一下子來了興趣。「九月，這開鋪子，全靠自己可不行呢，妳又是個姑娘家，總不能自己製香製燭又站櫃前招呼生意吧？無論如何，鋪子裡還是需要一個掌櫃的，一、兩個夥計也是不可缺的，那樣妳也不用事事自己出面了。」

「四姊說得有道理，只是，我如今哪裡請得起人呢？再說了，這請來的人是否可靠也是個大問題。」九月無奈地搖頭。

「按我說，妳乾脆請一位掌櫃的替妳管著就好了，再給他配上兩個夥計，每個月的月銀也不過是十幾兩罷了。」祈巧大剌剌地說道。

「十幾兩？」九月咋舌，看著祈巧苦笑道：「四姊，我一年的租金也不過二十兩，這人我可請不起，再說了，這生意還不知道成不成呢。」

「瞧我，竟糊塗了，妳的小鋪子自然不能和楊家的管事們比。」祈巧這會兒也反應過來自己誇張了，不由失笑道：「那妳就雇個可靠的僕婦，兩個人總有個照應。」

「再說吧，一時半會兒的，鋪子也開張不了，要收拾東西、布置鋪面，還要準備各種貨物，起碼也要年後才能開了，暫時……先不考慮雇人的事了。」九月卻是想到了遊春，雇了人，他該怎麼安排？

「有什麼需要，儘管來與我說，要是妳想雇掌櫃的，我讓妳姊夫幫妳把把關。」祈巧點頭。「一個好掌櫃可重要著呢。」

「好的。」九月輕笑，點點頭。

用過飯，祈巧又領著九月去了東廂房，年關在即，家裡所有房間都收拾過，所有被褥也都是新的，並且晾曬過，取出來便能直接用。

「歇著吧，妳那些年貨，我一會兒讓人給妳先處理好，等妳回家再帶回去。」祈巧把九月安頓在屋子裡，坐著又聊了一會兒，那僕婦抱著已經醒來的楊妮兒尋過來，便笑著叮囑一番，接過楊妮兒，出去給她餵飯去了。

屋子裡布置得極簡單，外屋擺著一張圓桌、幾張圓凳，用布幃隔出來的裡屋除了一張拔步床，角落用屏風隔了一個小間，裡面擺了恭桶和浴桶，靠窗處放著一張梳妝檯，邊上連著衣櫃。

簡簡單單，倒是挺入九月的眼。

在屋裡轉了一圈，她也沒想真歇著，便起身出門下了樓。

那僕婦正把九月買來的年貨往廚房拿，看到她下來，便笑道：「姑娘，這些要怎麼處理？」

「五花肉醬製，精肉用鹽，這些小魚也用鹽，這幾尾大的，今晚給妮兒熬了魚湯吧。」九月也不在意，隨口應道。「這幾種只需醃上一、兩個時辰便可甩去鹽粒掛曬。」

「一會兒還得請姑娘來指點一番，省得我不知這做法，糟蹋了東西。」僕婦謙虛地向九月躬身，提著東西進去了。

九月笑著點頭，轉身順著祈巧的說話聲進了前廳。

祈巧正端著一碗蛋羹哄楊妮兒吃，看到九月進來，便笑道：「妮兒，這是妳九姨，叫九姨。」

「妮兒，叫九姨。」九月走過去，笑盈盈地哄道。楊妮兒穿著粉色衣衫，粉妝玉琢的，煞是可愛，這會兒嘴裡含了一大口蛋羹，小嘴巴鼓鼓的，看到九月進來，一雙眼睛骨碌碌地看著她，一下子就吸引了九月的目光。

「九……九……姨。」楊妮兒含含糊糊地喊了一聲。

九九姨？九月忍不住輕笑出聲，目光落在楊妮兒頸間掛著的福袋上，正是她送的那個，便問道：「四姊，妮兒多大了？」

「兩歲了，她呀，也是九月生辰，九月十六。」祈巧溫柔地看著楊妮兒，說話間又哄著楊妮兒吃了一勺蛋羹。

「原來妮兒也是九月的呀。」九月笑著撫了撫楊妮兒的臉蛋，粉嘟嘟、滑溜溜的。

「九月，有件事我心裡一直記著，不知能不能問？」祈巧笑看著她和楊妮兒嬉玩，好一會兒才輕聲問道。

「什麼事呀？」九月看著她。

「那天，妳是不是瞧出孝文、孝武有異樣？」祈巧看著她，鄭重地問。

九月眨了眨眼，搖頭。「沒有。」

「真的沒有？」祈巧不信，盯著她看。

「四姊，我又不是神仙，哪能看得到什麼呢？」九月失笑，那天她只是覺得有些不對勁罷了。

「那天二姊去妳那兒後，回來便告訴我了，妳既然看得出她因何煩心，後又送了福袋給他們，想來必是看出不對，可是妳為何不明白告訴她呢？反讓她去落雲廟作法事。」祈巧疑惑地問。

「四姊，不是那樣的。」九月連連搖頭，笑道：「我是覺得孝文、孝武有些不對勁，原本這個年紀的孩子最好動，可我瞧孝文雙唇蒼白，眉間還有鬱色；而孝武眼皮有些浮腫，說話吐字不清，這些可都不是健康孩子的特徵，我才會說二姊是因他們煩心。讓她去落雲廟，也是想安她的心，送他們福袋，只是我的一點小心意，絕對不是姊姊們想的那樣。」

祈巧訝然，好一會兒才笑道：「原來如此，看來我們都想多了。」

「二姊說什麼了？」九月好奇地問。

「還能有什麼，不就是孝文、孝武的事嗎？原本這兩個孩子也是健健康康的，也就這半年才……」祈巧說到這兒卻停下來，看了看九月轉了話題。「妳二姊這些年也不容易。」

「大戶人家是非多。」九月贊同地點頭，她已經從遊春那兒知曉了陳家的事，對祈願的處境也極同情，只不過她一個局外人，也沒有那個能力去幫忙罷了。「四姊，說說妳的事唄，妳和姊夫怎麼認識的？」

祈巧與楊進寶都是楊家的奴僕，祈巧聰慧，從一個三等丫鬟一直到後來的貼身丫鬟，深得老夫人賞識；而楊進寶則是楊家三爺的隨從，他做事穩妥，一直跟隨三爺東奔西走，頗受器重。

三年前，楊家三爺帶著他們去西北配貨，路上遇到匪盜，是楊進寶拚死救下三爺，為此，他還深受重傷，險些喪命。

楊進寶忠義，老夫人自然感激，便時常派祈巧送些滋補的藥膳，關心楊進寶的傷勢以及生活起居，一來二去，兩人便有了些意思。

楊家三爺瞧出端倪，便求了老夫人，將祈巧配給楊進寶，並讓兩人都脫去奴籍，如今，楊進寶還在為楊家做事，兩人的身分卻是自由身。

「要不是他，只怕我還在楊家為奴為婢，雖然是在老夫人身邊做事，平日也沒受什麼苦，可怎麼說也是奴，總是低人一等的。」祈巧說到這兒，眼眶中微有潤色。「當年我以為賣了自己，那點銀子就能救下幾個妹妹的命，可誰知道，六妹、七妹還有娘，還是去了……」

「四姊，逝者已矣，妳為了她們受了這麼多苦，如今也算苦盡甘來，以前的傷心事就不提了。」九月見狀，輕聲寬慰道：「如今我們家也算是一家團圓了，說不定就是娘和六姊、七姊泉下保佑妳呢。」

「九月，妳恨嗎？」祈巧笑笑，就著袖子印了印眼角，見楊妮兒張嘴朝她「啊啊」，忙舀了一勺蛋羹進去，才抬頭看著九月問道。

「四姊，怎麼妳也這麼問？」九月啞然失笑。

「二姊也和妳說過是吧？」祈巧嫣然一笑，接著又幽然一嘆。「二姊是被賣出去的，為了這個家，她放棄的比我多得多，要不是父親，二姊說不定會和大姊、三姊一樣，有一個雖然窮卻很幸福的家，不會像現在這樣，每日裡都要勾心鬥角，睡夢中還要提防誰的暗箭。我在楊家時，也是見識過這些東西的。唉，說真的，這次二姊回去後，我真替她擔心，不知道她現在怎麼樣了。」

「四姊，二姊和妳提過誰要害她？」九月表現得極吃驚，遊春幫她查的那些，她不方便與任何人說，只好裝作一無所知。

「那倒沒有。」祈巧搖搖頭，又嘆了口氣。「二姊是個好強的人，她豈會輕易說與我們聽呢？再說了，她便是說了，以我們這些姊妹，誰又能幫得上她？」

「四姊，放心吧，二姊吉人自有天相，她不會有事，孝文、孝武也不會有事的。」九月只好安慰道。

祈巧聽罷，對她笑了笑，暫時撂開了這些話不提。

楊妮兒極乖巧，吃過了蛋羹，祈巧拿了空碗去廚房，讓她和九月一起在前廳玩耍，她也不鬧，只牽著九月的手，和九月奶聲奶氣地說話。

九月不由想到阿茹，比楊妮兒大兩歲，卻是一樣乖巧。

一下午，陪著楊妮兒玩了一會兒，等祈巧過來帶著楊妮兒，九月便去了廚房，和那僕婦一起處理年貨，醃製一個時辰後，她把這些都曬在祈巧這兒。

那僕婦四十多歲，是個寡婦，是祈巧從楊家帶回來的，做事極索利，說話也和氣，一下午下來，兩人互相交換醃菜醬肉的心得，倒像是多年不見的朋友般，相處得極親近。

晚飯後，楊妮兒習慣早睡，九月和祈巧也不好聊得太晚，戌時一到，九月便回到東廂房，洗漱歇下。

一夜好夢。

次日一早，九月便收拾妥當到了前廳，祈巧已經抱著楊妮兒出來了，那僕婦在準備早餐，九月閒著無事，便向祈巧要了掃帚，幫著打掃院子。

「九九姨姨……」楊妮兒見九月在院子裡，拱著身要出來，祈巧無奈，只好抱著她站在門口廊下。

「妮兒乖，外面冷，快進去。」九月一邊掃地，一邊和楊妮兒說話。

「妮兒要。」楊妮兒卻拍著手非要往九月這邊來。

「這孩子，與妳倒是投緣。」祈巧只好又抱著走到九月身後，一邊笑道。

「妮兒懂事嘛。」九月伸手刮了楊妮兒的鼻子一下，逗得楊妮兒咯咯直笑。

「那日去大祈村，她見著別人可沒這樣，一直扒著她爹不放，誰和她說話就躲，哪像這會兒，都主動找妳了。」祈巧搖頭。

「妮兒喜歡九姨，對不對？」九月驚訝地看著楊妮兒，微笑著逗她。

「嗯。」誰料，楊妮兒卻煞有介事地點點頭，小手揪著九月的衣服。「九九姨姨香香。」

九月忍俊不禁，摸著楊妮兒的頭說道：「鬼精靈一個。」

到最後，祈巧只好把楊妮兒遞給九月，自己接過掃帚打掃起來。

楊妮兒也不黏著祈巧，只蹣跚地跟在九月身後，連吃飯時，都要九月餵她，逗得九月心花怒放。

卯時二刻，九月準備去接手鋪子，祈巧本想把楊妮兒留在家中讓僕婦看顧，誰知楊妮兒見她們要出門，一雙大眼睛水汪汪地看著兩人，不哭不鬧，卻讓祈巧和九月軟了心腸，只好又帶著她一起同去。

到了鋪子裡，老人已經準備好了，看到兩人過來，便把一串鑰匙交給九月，並領著她告知了一些細節。

等交接好，九月和祈巧兩人又幫著把老人送到鎮上驛館，看著老人登上早就說好的大車出鎮，兩人才回到祈巧家。

「九月，妳準備何時動手布置？有什麼需要幫忙的，只管與四姊說。」對於這間鋪子，祈巧也是興致勃勃。

「我回去好好想想，等確定細節就動手。」九月微微一笑。

「只妳一個，夠妳忙的了。」祈巧也為她犯愁。「等妳姊夫回來，我讓他也給妳出出主意，他畢竟跟三爺做生意久了，對這些事比我們熟，要注意什麼，他也懂。」

「好。」九月點頭。「四姊，我先回去了，這些肉和魚就曬在妳這兒吧，你們想吃只管自己取。」

「知道嘞，我不會跟妳客氣的。」祈巧笑道。

九月收拾了行囊，揹著背簍告辭，離開時，少不了又要哄楊妮兒幾句。

到家後，九月檢查一遍屋前屋後，見沒有動過的痕跡，才去開門，小心地避開門內的機關，放下東西後，才一一去解了機關，這才進了屋。

桌上多了六個鼓鼓的布袋子，這可是他們出門前沒有的。

九月驚喜地看向衣櫃，低低地喚了一聲。「子端？」

只是屋裡靜靜的，沒有回應。

九月疑惑地皺了眉，還是開了衣櫃的暗門，進去瞧了瞧，裡面果然沒有遊春的身影。

九月又退了出來，關好暗門，走到那布袋旁，解開袋口，只見袋子裡滿滿的都是木粉，六個袋子中，有四袋松木粉、一袋杉木粉，還有一袋是榆木粉。

就在這時，九月看到桌上鎮紙下壓著一張摺疊好的紙，目光不由一凝，忙伸手拿起來。

第五十四章

打開那張紙，遊春的字跡躍然紙上。

九兒，今收到飛鴿傳書，驚聞家中有所變故，不得不歸，未能履諾伴妳過年，望妳諒解。草屋簡陋，妳獨居在此，安全堪憂，若有可能，還望儘快搬回家中。阿安良善忠義，香燭經文等事，不妨放手託於此子，或去成衣鋪尋樵伯，任何事都可託付。我不在時，孟冬所開方子要按時按量服用，衣食起居切不可懈懶，以免傷身，凡事以珍重身體為上，等我回來。

子端

寥寥數語寫盡遊春的為難和歉意。

九月的心一下子沈了下去，心底有種莫名的刺痛伴著擔心慢慢蔓延。

她咬著下唇，定了定心神，再次注目於紙上，那邊上還有一段小字顯然是後來添上的。

「歸來時已是深夜，屋外放著六袋木粉，估計是阿安所放。」

九月反反覆覆看了幾遍，確認自己沒有看錯，才珍寶般地把信收起來貼身藏好，接著開始收拾屋子，直到一切妥當，她才把遊春留給她的那些銀票都貼身藏了起來，鎖了門去找祈喜。

到了祈家，敲開了大門，來迎門的卻是祈豐年。

九月正面對上，多少有些不自在，只是此時退開卻有些過分了，當下硬著頭皮問道：「八姊在家嗎？」

「出去了。」祈豐年板著一張臉，看都不屑看她一眼，扔下一句轉身就走，走了幾步，忽又側了側頭，淡淡說道：「既然來了，進來看看爺爺吧。」

「喔。」九月點頭，她剛剛還在猶豫，這會兒卻是不能就這樣離開了。

九月慢騰騰地進了院子，剛走兩步，就聽祈豐年站在屋簷下說道：「把門關上。」

沒辦法，她又只好轉身去關上院門，再回身時，祈豐年已經進了屋，不見了身影。

「爺爺。」九月直接進了正屋，拐進祈老頭的屋子，祈老頭正坐在桌邊，抱著枴杖、捧著茶杯慢吞吞地喝熱水，九月在門口敲了敲，笑著走進去。「我來看您了。」

祈老頭眼力極好，一抬頭便看到九月，滿是皺紋的臉頓時笑成一朵花。「九囡來了，快，過來坐。」

「爺爺，您這幾天可好？」九月坐在他對面，笑盈盈地問。

「好、好。」祈老頭連連點頭，放下茶杯，右手抖了抖袖子，指著自己身上全新的衣衫說道：「二囡買的新衣衫、四囡給的新鞋，還買了好多東西，我這牙啊，都快嚼瘆了。」

九月微微一笑，正要說話，祈老頭就逕自說道：「妳這孩子也真是，一家人十幾年沒在一起了，難得能團聚，妳卻不來，這一家子獨獨少了妳，唉。」

「爺爺，那不重要，一家子團不團圓的，又不是看那頓飯。」九月應道。

「誰說不重要？」祈老頭卻不高興地朝她噘嘴。「連四鄰八舍都請了，偏妳不在，妳這孩子，心思咋那麼重呢？難不成妳還記著妳奶奶當年那句『災星』？」

「爺爺，不是因為這個。」九月忙搖頭。

「九囡啊，當年的事是當年的事，如今妳滿十五了，廟裡的高僧都說妳在菩薩座下住滿十五載就能下山，怎麼別人都沒在意那話了，妳自己倒放不開呢？」祈老頭沒理會她的辯白。「要我老頭子說，我們家九囡是個有福的，要不然，怎麼九囡剛回來，二囡、四囡就回來了？」

「爺爺，那是姊姊們碰巧有空回來，我便是沒回來，她們也會回來的。」九月啞然失笑，並不攬這個功勞。

「九囡，妳今天來是找八囡的吧？」祈老頭笑呵呵地看了她一會兒，轉了話題。他老則老矣，可心裡跟明鏡似的，這個孫女與她爹不和，平日沒事不會往這邊湊，今天來肯定不只是看他的。

「我今天閒，找八姊聊天。」九月沒有把自己的計劃告訴他，開鋪子做生意總有風險，她如今也只是籌備中，還不知以後如何，沒必要這時說出來讓老人徒添擔心。

「八囡去妳五姊家了，這幾天妳五姊夫比較忙，妳五姊就把她喊去幫忙了。」祈老頭解釋了祈喜的去處。「不到天黑，她回不來的。」

「那我……」九月有些意外。

「要不，妳也去妳五姊家，她正缺人手呢。」祈老頭提議道。
「好。」九月點點頭，沒有說她並不知道祈望家在哪兒。
「不知道妳五姊家住哪兒吧？」誰知祈老頭跟人精似的，一語就道破她的心思，說罷直接拄著枴杖站起來。「走，我陪妳去。」
「爺爺。」九月無奈地起身。
「妳這丫頭，從妳第一天出現在我面前，我就看出來了，妳看著什麼都不在意，可這心重著呢，妳是不想讓妳的姊姊們不好做是不是？」祈老頭連連搖頭，伸了伸手。「來，扶我一把。」
「什麼都瞞不過爺爺的火眼金睛。」九月不由莞爾，上前扶住祈老頭的胳膊肘。
其實，祈老頭雖然佝僂著腰，走路也需要拄著枴杖緩緩而行，可他還沒有到需要人扶著走的地步，他這樣做，只是想有個藉口。
九月自然明白。
「爹，您幹麼去？」九月扶著祈老頭出了屋，到了正屋門口，就看到祈豐年拿著葫蘆從廚房走過來，看到他們，祈豐年不由皺眉，目光掃向九月。
「去五囡家。」祈老頭抬了抬下巴，示意九月不用理會祈豐年。
「您去幹麼啊？」祈豐年的眉心皺成了川字。
「我去找楊老頭閒聊不行啊？」祈老頭衝祈豐年翻了個白眼，腳步不停，九月只好寸步不離地扶著他。

祈豐年張了張嘴，總算沒再攔著，只是嘆了口氣，轉身進了正屋。

「甭理他。」出了院子，祈老頭還不忘安撫九月一句。

九月笑而不語，只是扶著祈老頭，配合著他的腳步。

下了坡，祈老頭領著她往村中走去，邊走邊向她介紹這屋子的主人是誰、那家又有什麼人、誰家的兒郎有什麼本事、哪戶又添了丁進了口，說得很詳細。

九月認真聽著，沒有一絲不耐，在她看來，此時的祈老頭不是嘮叨，而是向她這個分隔了十五年的孫女表達他的愛護關心。

「喏，到了。」這會兒他們已經到了村長家院子外面，老人才指著離村長家不遠處的一個小院子說道。

祈老頭走得慢，雖然一路說過來，卻也沒顯疲累。

比起村長家，這小院子便顯得寒磣許多，半人高的院牆是泥土夯製的，從這邊看去，能看到院子裡六、七間泥牆茅草屋，此時院子中間架著一根頗粗的木頭，一個年輕男子正拿著鋸子使力鋸著，邊上還有兩個年紀大些的男子在箍著木桶。祈望和祈喜在另一邊，看樣子似乎在上漆，而正屋門口，兩位老人相對坐著剝豆子，邊上還跟著幾個小孩子。

「老哥。」祈老頭示意九月扶他上前，走到院門口，他笑呵呵地高聲喊了一句。

「呀，親家來了。」老婦人先站起來，看到祈老頭身邊的九月，她明顯愣了一下，接著馬上抖了抖衣襬，繞過眾人到了院門前，打開院門。「這是九月吧？」

「是啊，這孩子愛靜，也不願意出來走動走動，回來都這麼久了，連她五姊住哪兒都不知道，這不，被我硬拉著才出來的。」祈老頭呵呵笑著。「老嫂子，妳不介意吧？」

至於介意什麼，卻是沒有明說。

「不介意、不介意。」老婦人倒是沒有敷衍的意思，笑容也頗真誠，說罷退到一邊對九月笑道：「續子他九姨，快進來坐。」

「這是妳五姊的婆家奶奶。」祈老頭側頭為九月介紹。

「見過奶奶。」九月鬆開祈老頭的手，朝楊奶奶福了福身。

「哎、哎。」楊奶奶忙搖搖頭，笑著打量九月。「那天我遠遠地瞧過一眼，今天這樣近看，真真了不得，這分明是哪家的小姐嘛。」

院子裡的人當然都看到了祈老頭和九月，紛紛停下手中的活兒，看向這邊，祈望、祈喜迎過來，後面跟著那個鋸木材的年輕男子，到了面前，先向祈老頭喊了一聲。「爺爺。」

「快進來、快進來。」楊奶奶衝兩人連連招手。「大洪，快扶你爺爺進來。」

話音剛落，祈望身後那男子便應了一句，快步出了門扶住祈老頭，一邊朝九月點點頭。

「九月。」

「這是五姊夫。」祈喜見九月遲遲沒向楊大洪打招呼，就知道她不認得人，忙笑嘻嘻地提點一句。「這是五姊夫的大哥、二哥，妳可以叫他們濤哥、河哥。」

九月在眾人好奇的目光中走進院子，在祈喜的提點下，向眾人一一打過招呼，與楊奶奶一起剝豆子的老人是楊大洪的爺爺，邊上兩個大些的孩子是楊大洪大哥、二哥的兒子，一個七歲、一個六歲，最小的男孩則是楊大洪的孩子，楊子續，今年四歲，一旁還有個女娃娃坐在大盤子裡自娛自樂，那是楊大洪的女兒楊子月，才一歲多。

祈老頭進了門便和楊老頭坐到一處聊起來，楊大洪三兄弟招呼完後就各自繼續做事，楊奶奶讓祈望去招呼九月，她也回到原來的位置，一邊照顧孩子一邊剝豆，一邊附和著祈老頭、楊老頭的閒聊。

「九月，妳怎麼來了？」祈喜高興地拉著她到了另一邊。

「我去家裡找妳，爺爺說妳在這兒，就陪我來了。」九月目光掃了一圈，見院子裡的牆腳下排了一排桶子，各種各樣，都刷上紅漆，瞧著很是喜慶，便好奇地問道：「這都是什麼？」

「這是人家訂的嫁妝桶，要得多，日子又緊，這不，只好把八喜也給拉過來忙了。」祈望看到九月過來挺高興的。「九月，妳坐，我去給妳和爺爺倒杯熱水。」

「五姊，不用麻煩了。」九月忙攔著。「我不渴。」

「讓她去，妳可是頭一次登門呢。」祈喜卻笑道，看著九月一番，眼睛一亮。「啊，五姊夫，你擔心的事有著落了。」

祈喜這一聲驚呼，吸引了在場所有人的注意力。

楊大洪停下手上的活兒，驚訝地回頭看著祈喜。「八喜，妳快說說，什麼法子？」

「是呀，有什麼法子？」那邊楊奶奶也站起來，顯然他們之前就在煩惱著什麼事。

「九月啊。」祈喜指著九月，笑盈盈地說道：「她會畫畫，而且畫得跟真的一樣。」

「是啊……」祈望還沒來得及進屋倒水便被祈喜吸引，這會兒聽罷，也是眼睛一亮，隨即有些顧慮地看向楊奶奶，她不確定楊奶奶會同意，畢竟這些是人家訂的嫁妝桶，可比不得自家用的不必忌諱。

「九月會畫畫？」楊奶奶頗為驚訝地看著九月，隱約記起誰說過祈老太的畫像是九月畫的，只是她沒有放在心上。

「略會一些。」九月謙遜地笑笑。「五姊夫可需要幫忙？」

「是……是有些麻煩事。」楊大洪眼中滿是驚喜，不過他還是看了看楊奶奶。

九月看在眼裡，只當作沒看到，含笑不語，她知道他們或許是怕嫁妝桶的主人忌諱，她能理解。

「是這樣的，這些桶都是鄰村楊老爺訂的，他家小小姐下個月出閣，我們家有親戚在他家做事，所以就託了關係拿到這生意，只是他們要求是每個桶上都要畫上花兒，我們家也就大洪他們哥兒幾個能認得幾個字，可說到畫畫，連個鞋樣也描不好，更別提畫了。」楊奶奶倒是爽朗，笑著把事情來龍去脈說了一遍。

九月立即明白了，他們不會畫畫，這桶上畫花兒的事自然成了老大難，當即笑道：「我倒是可以試試，只是我可以動手嗎？」她客氣地問了一句。

「這……」楊奶奶也猶豫了，轉頭看了看楊大洪，欲言又止。

第五十五章

就在這時，院子外來了一輛牛車，停在院門口，牛車上跳下一個人，楊奶奶見了忙迎出去。

「楊管事，今天怎麼有空來？這些桶我們正做著呢，還差五、六個就成了。」楊奶奶殷勤地開門把人迎進來。

來的這人四十多歲，瘦瘦高高的，穿著一身灰色衣衫，長相不難看，只是眼睛小得有些可憐。

他一進門，九月的左眼皮無來由跳了一下，心裡暗暗起了警惕，她想，她今天這趟只怕是來錯了。

「怎麼這麼多人？」楊管事手上還拿著鞭子，面對楊奶奶的殷勤，他還是那副誰欠了他錢的臭臉，這會兒目光掃過九月等人，更是皺了皺眉。

「喔，這兩個是我三兒媳婦的妹妹，這不，你催得緊，我們怕來不及，就請她們過來幫忙上漆。」楊奶奶忙解釋，說罷，熱情地走到門口，拖了張凳子出來請他入座，一邊招呼祈望道：「續子他娘，還愣著幹麼，快去倒杯茶來，記得多放些茶葉。」

「欸。。」祈望不安地看了看九月，咬著下唇快步進了屋。

祈喜不喜歡這人，便拉著九月到了一旁，和她說起這些桶該畫些什麼吉利花樣才好。

九月只是笑，側臉注意著那楊管事的動靜。

「大洪，你媳婦兒的妹妹不是只有一個嗎？怎麼出來兩個？」楊管事沒理會楊奶奶，直接看著楊大洪問道。

「原來……就不是一個的。」楊大洪有些尷尬，支支吾吾地回答。

「第六個、第七個沒了，除了老八，哪來的……嘶！難道是那個災星？」楊管事說到這兒，不由倒吸了口冷氣，猛地轉頭看向祈喜和九月，眼中滿是打量。「哪個是？」

楊大洪看了看九月，目光中流露滿滿的歉意，他這樣的反應，倒是讓九月心裡的不舒服散了不少。

「楊管事，這批桶明兒就能做好，你放心，我們絕不會誤事。」楊大濤見狀，忙打起了圓場。

「不會誤事?!」誰知，這楊管事就好像被踩到尾巴的貓，尖銳的聲音突然拔高，嚇了眾人一大跳。

楊子月更是哇哇大哭起來，其他幾個小孩也直往楊老頭背後躲。

祈望剛剛端了一杯熱茶出來，也被嚇得杯中熱茶灑了大半出來，疼得她直甩手。

「楊管事……」楊大洪微微皺眉，踩著木材的腿也放下來，轉身看著楊管事想要說些什麼。

楊管事卻不給他機會，皺著眉發作起來。「楊大洪，你接活的時候就說過不會誤事，可現在呢？你知道這些東西是幹什麼用的嗎？那是我們家小小姐的嫁妝，嫁妝！你懂不懂？」

「我知道……」楊大洪應道，想要解釋兩句。

「既然知道，你為何還這樣不小心？」楊管事憤道。「你接活的時候為什麼不告訴我們，這個災星和你們還有來往？現在人都到了你家，你們居然還跟我說不會誤事，你明知道這些是嫁妝，居然還讓這個災星進門，你是何居心？」

楊大洪頓時沈下臉，怒視著楊管事。

可這人正說得起勁，壓根兒不理會他。「今天要不是我來瞧一眼，你們是不是打算就這樣瞞著我，打算把這批嫁妝送到我們府裡要賞錢去？都被我親眼看到了，居然還敢和我說不會誤事，真真是天大的笑話！」

「我家九月不是災星！」祈望的臉蒼白中泛起可疑的紅，她手上紅了一片，楊子月一哭，她忙把茶放到桌上，過去把女兒抱在懷裡，悶頭聽著楊管事的話，憋了好一會兒，才憋出這麼一句。

「不是災星？哼哼！」楊管事睨向祈望，冷笑道：「不是災星，怎麼被扔到落雲山不聞不問？不是災星，為何沒降生就剋死了母親？不是災星，為何剋死了養她十五年的外祖母、剛回來又剋死了祖母？妳倒是拿出證據來證明她不是災星啊！」

「夠了！」祈老頭氣得直吹鬍子，重重地頓了頓枴杖。「我家孫女是不是災星，關你什麼事？要你胡說八道！」

「你就是祈老頭吧？」楊管事回頭看了他一眼，冷笑道：「你年紀也不小了，我勸你還是莫和她走得太近，免得提前尋你老伴去。」

「你！」祈老頭氣得脹紅了臉，呼呼地喘著粗氣。

「爺爺！」九月和祈喜吃了一驚，雙雙趕到祈老頭身邊替他順氣，祈喜更是白了楊管事一眼，對祈老頭說道：「爺爺，咱們不和這種人生氣，不值當。」

「老弟，來，喝口水、喝口水。」楊老頭也嚇了一跳，忙端起桌上那杯茶遞過去。

祈喜接過，餵祈老頭喝了幾口，祈老頭才算順氣許多，轉頭看著楊管事說道：「我不管你是什麼人，總之我明明白白告訴你，我家九囡不是災星，她是有福的，要不然怎麼會從娘親肚子裡死裡逃生？周師婆死了，我家老伴也死了，那是她們命數盡了，人老了總有一死，你也是人，遲早也有這麼一天，跟我家九囡沒關係！還有一樁事，她要是災星，怎麼可能她一回來，就能把失散十幾年的兩個姊姊都帶回來？我家九囡要是給你家小小姐添個畫，那是你們家小小姐的福氣，哼，你不樂意，我們還不願意費這力氣呢。」

「什麼？居然還要她給這些添畫？」楊管事聞言大驚，瞪著楊大洪說道：「楊大洪，沾了晦氣的東西，你自己留著吧，我們不要了，真倒楣！」

「楊管事，這添畫的事只是說說啊，這不，還沒動手呢，而且她今天也是第一次來，以前確實沒來往的，應該不會有事吧。」楊奶奶頓時急了，為了這些，一家人忙了好幾天，怎能說不要就不要呢？

「她進了這個門，就是帶了晦氣，剛才她不是離那幾個桶那麼近嗎？你們敢保證我們家小小姐用了不會出事？」楊管事卻不理會楊奶奶的這番話。

「奶奶，他不要就不要吧，不必求他。」楊大洪火了，沈聲攔下還要再勸的楊奶奶，看著楊管事說道：「我們小門小戶，接不了這樣的活兒，請回吧。」

「哼！真晦氣，要不是看在親戚一場的分上，定要你們賠償這幾日的工夫。」楊管事撂了一句話，鞭子一甩，頭也不回地走了。

「哎……哎……」楊奶奶快走幾步，看著那牛車揚長而去，不由著急地對楊大洪說道：「你這孩子，就不會說幾句軟話嗎？現在可好，這些東西全砸了。」

「奶奶，您都聽到了，他那說的是人話嗎？」楊大洪氣憤地捶了一下木材，硬著脖子說道：「這樣的活兒，我寧願不做。」

「那……這些東西怎麼辦？」楊大河囁嚅地問，他們三兄弟都是憨厚老實的，一見場面如此，不由沒了主意，目光直直地看向楊大洪。

「唉，好幾兩銀子啊……就這樣廢了。」楊奶奶嘆了口氣，搖著頭端起桌上的豆進了屋。

「五姊夫，這單生意做成的話，能得多少銀子？」九月一直陪在祈老頭身邊安撫他，直到這會兒，她才站起來。

九月淡淡開口，依然沒有讓楊大洪掩飾住那尷尬。

這小姨子頭一次進他家的門作客，卻遇到這樣的事，不論那損人的是不是他家人，也讓他楊家大大的沒了臉面，對不起這小姨子了。

「也沒幾個錢，沒什麼的。」楊大洪看了看自家媳婦，搖了搖頭。

九月見他鬱鬱，以為他是為這單生意心疼，卻不知楊家的情況。

當年那一次大饑荒，餓死的人無數，九月的兩個姊姊和母親都因此喪命，而楊大洪的父母也沒能逃過一劫，楊家二老為了扶養三個孫子，吃盡苦頭，如今他們各自有家有室有兒女，對二老卻依然言聽計從。

楊大濤的妻子聞翠芳是鄰村聞屠夫之女，做姑娘時那潑辣勁可是聞名方圓百里，可偏偏楊大濤就喜歡她這辣性，苦求著二老結了這門親，所幸聞翠芳過門後待二老極好，深得楊奶奶歡心。

老二楊大河的媳婦張梨兒是聞翠芳作主尋來的，也是個不服輸的，不過她在外的名聲沒那麼響亮，過門後也是當得起家，楊奶奶也是極中意的。

而祈望，與楊大洪同歲，打小就少言寡語，沒少受同齡人欺負，楊大洪護了她幾次，也沒少受小夥伴們編排，可也就是那樣，楊大洪便對祈望留了心，一來二去的，情愫初開之後，兩人就有了那麼點意思。

後來，楊奶奶屬意讓聞翠芳為楊大洪尋一門親被他聽到，他立即提出要娶祈望。依那時祈家的名聲，楊奶奶本是不願意結這門親的，可架不住楊大洪苦求，最終還是應下來。

這一點，祈望倒是比祈喜要幸運得多。

祈望過了門後，依然少言寡語，不過她肯吃苦，又會做事，這些年下來，楊奶奶倒是也真心接受了她。

可比起上面兩位嫂嫂，祈望的地位還是較低，加上兩位嫂嫂都是炮仗般的性子，對她的慢性子不免有些看不慣，一些小小的為難自然也就少不了了。

這次楊大洪能接到楊家的這單生意，若做好了，他們家就能過個好年，所以今天說好去鎮上擺攤賣東西好換年貨，她們便讓祈望留在家裡，大濤、大河兩個也沒喊上，妯娌倆自己挑著擔子去了。

九月不知其中細節，祈喜卻是知道，當下也著急，頻頻看向祈望，一時沒了主意，這會兒聽到九月主動問，她心裡一定，忙應道：「我知道，他們家一共訂了十八個桶，要的還都是好料子，要是做好了，連木材帶工錢一共是五吊錢不到。」

「五吊錢？」九月心裡有了主意。

祈喜連連點頭。

「五姊夫，你看這樣可好？」九月朝祈喜笑笑。「這些嫁妝桶他們不要，我買了。」

「九月，妳買這些做什麼？」祈喜等人面面相覷，祈望更是訝異地看著九月。

「給八姊備著。」九月指了指祈喜，笑道：「八姊也不小了吧？」

祈喜臉一紅，低下頭，心裡想到水宏，難免有些失落。

其他人的注意力都在九月的話上，誰也沒注意到祈喜的反應有些不尋常。

「這怎麼行？」楊大洪看看九月，又看看祈望，有些不好意思。

「五姊夫，你不必不好意思，既然事情因我而起，我自然不能袖手旁觀。」九月似笑非笑地掃向楊大濤、楊大河兩人。「別人如何忌諱我，我不在乎，我也知道姊姊與姊夫對我的關心，只是這些東西，沒了買家，你總不能留上十幾年備給子月吧？」

「說得也是，子月才一歲多呢。」楊大濤和楊大河互相看了一眼，忍不住笑道。

「就這樣吧，還請姊夫按著辦嫁妝的數量來，我明後天就把錢送過來。」九月一語定音，回頭看了看祈喜，笑道：「八姊，妳喜歡什麼樣的吉祥花樣，我給妳畫。」

祈喜臉紅紅的，不過還是大大方方道：「妳畫的，我都喜歡。」

言下之意，便是同意了九月的提議。

「哈哈，沒錯，他們不要，我們要了，我們家八喜也早該備下嫁妝了。」祈老頭這時才轉怒為喜，看著九月連連點頭。

「這……多不好意思……」楊老頭拉了拉祈老頭，憨厚地說道：「大洪啊，既然八喜要，你少算幾個錢，可不能貴了。」

「爺爺，我曉得了。」楊大洪點點頭，看了看兩位哥哥，微不可察的嘆了口氣。

「九月。」祈望見事情解決，楊大洪三兄弟繼續做事，便把楊子月遞給祈喜哄著，自己到了九月身邊，低聲問道：「妳有這麼多錢嗎？我這兒還有幾文，一會兒妳走慢些，我給妳拿來。」

「五姊，我這兒夠的。」九月看著她，心裡一暖。「妳忘記了？上次趙家的事，可送了不少謝禮呢，我也沒什麼用，加上以前攢的一些，足夠了。」

「妳把續子他伯伯們的錢給了就行，我們的就算了，也當是我這個做姊姊的給八喜隨一份。」祈望猶豫了一下，說道。

「說了我給她買的，哪能要妳的，妳要給她添嫁妝，等她要出嫁了再置辦也不遲嘛。」九月搖搖頭，擋了回去。

「可是……」祈望還是擔心。

九月也不解釋，只笑道：「五姊放心，我明兒出去一趟，把家裡餘的那些香燭拿去賣了，就能湊足五吊錢了，還有我今天來，可不只是來找八姊的呢，我還想找姊夫幫個忙。」

「妳說，要幫什麼？」祈望忙問道。

「我在鎮上租了個鋪子，想在年後開張，這鋪子裡還需要些木架、木櫃子的，想請姊夫幫個忙，這工錢就按姊夫平日給人出工的價算，好嗎？」九月微笑著說道。「要不是今天剛付了租鋪子的錢，我這會兒就能把這五吊錢給足了，現在卻是得等明後日了。」

「鋪……鋪子?!」祈望倒吸了口冷氣，傻愣愣地看著九月，震驚不已。「租……鋪子，要多少錢？」

「那鋪子靠近市集，得二十兩一年租金。」九月如實相告。「五姊，這事我連爺爺也沒告訴，怕他擔心，妳可得替我保密，等晚上私下幫我問問姊夫可有空，要是沒空，我還得找別人。」

「我知道、知道。」祈望哪敢大意，連連點頭。

「那就這麼說定了，這幾日我就把圖紙畫出來，等哪天姊夫有空，我帶你們去看看，量量尺寸。」九月安撫地拍拍祈望的肩，回頭對祈老頭說道：「爺爺，我得回去了，下午還有點事，您是在這兒再坐會兒，還是我送您回家呢？」

「去吧去吧，我和楊老哥再聊會兒。」祈老頭揮揮手，他和楊老頭說得正歡，哪捨得離開。「我這兒有五囡、八囡呢，妳回去吧。」

「好。」九月點頭，朝楊老頭等人一一招呼一聲，告辭出門。

剛剛走出院門，祈望便在後面喊道：「九月，等等。」

九月停下腳步轉身，就看到祈望匆匆進了右邊一間屋子，沒一會兒，手裡便提了一個鼓鼓的袋子出來。「險些忘記了，這兒有袋木粉，是這些天攢的，還有些是從別人那兒收來的，沒有混上別的木粉，妳放心用。」

「謝謝五姊。」九月接過，掂了掂分量，這一袋起碼也有二十來斤。「這錢到時一起結算吧。」

祈望臉上一紅，回頭瞥了一眼，有些認真地看著她說道：「這一袋不用算。」

「五姊。」九月張了張嘴，看到祈望著急的目光，只好嘆口氣。「就這一次喔，下次還是要收的，不然我也不要。」

「行。」祈望這才笑了，爽快地點點頭。

第五十六章

次日，九月收拾一番，擺開屋裡的機關，鎖了門去鎮上。

到了祈巧家門外，敲開了門，卻是那僕婦開的門，原來祈巧帶著楊妮兒出門作客去了。

九月見祈巧不在，也沒進門，直接出來走往街上逛逛，這次她逛得比往常還要仔細。

糧鋪、雜貨鋪、小吃鋪、糕點鋪、當鋪、燈籠鋪、陶瓷鋪、胭脂水粉鋪、布莊、客棧、酒樓、茶樓、珠寶行、木器行、車行、書店、藥店、玉器店……

小小的一條街居然各種店鋪林立，九月逛了一遍，把各個鋪子的位置記了個大概，便先選了最近的木器行走去。

一進門，鋪子裡只有一個夥計在打掃櫃檯，看到有人進來，那人抬起頭招呼道：「客官需要點……九月妹子?!」

九月愣了一下。「五子哥？你怎麼在這兒？」

「我在這兒當學徒。」五子目光中掠過喜悅，他忙放下抹布走出櫃檯，熱情地招呼道：「妳需要什麼？怎麼不找妳五姊夫做呢？這兒……價有點兒高呢。」

說到這兒，他四下打量一下，語氣壓低了些。

九月忍不住莞爾，她知道他是為了她好才會這麼說。

「我想做些模子，我五姊夫只怕不會。」九月笑著解釋，目光掃過架子上放的那些小玩意兒，打磨光滑的小木馬、雕刻精緻的木釵，還有那上了彩繪的木娃娃，刻得栩栩如生，很是精緻。

「妳喜歡？」五子若有所思地看看架子上的木釵，目光飄向九月的髮髻。

「挺漂亮的。」九月笑笑，轉頭看著五子問道：「五子哥，做這些手藝的師傅在嗎？我想訂做些東西。」

「在，妳等會兒，我去請。」五子忙點頭，目光凝望了一下九月的髮髻，她只用簡簡單單的髮帶編成辮子，連一件首飾都沒有……

「謝謝五子哥。」九月點頭道謝，見五子進了裡屋，便站到那些盒子前細看起來。比起她編的盒子，這些便顯得精緻許多了。

沒一會兒，裡屋的門簾被掀開，五子引著一位年輕人走出來，那年輕人身穿藍色布衣，外袍前襬撩起塞在腰間，顯然是在做活的時候被喊出來。

「東家，就是這位客人。」五子恭敬地候在那人身後，為他介紹九月。「她也是大祈村的。」

「喔。」那年輕人點點頭，笑著朝九月拱手。「不知道姑娘要訂製什麼？」

「是一些蠟燭的模子。」九月還了禮，說明來意。

「既如此，那……裡面細談。」年輕人客氣地側身請九月入內。

九月瞧了瞧五子，他面帶笑意，心裡一定，點點頭跟著年輕人進了裡面，她相信，若是這年輕人品行不端，五子是不會袖手旁觀的。

進了那道布簾，九月才知道自己想多了，布簾後是個通道，往左是樓梯間，往前卻是一道門，出了門便到了後院，此時後院裡堆放無數木材，三個年紀與年輕人相仿的男子正努力做事，一旁還有四個中年婦人圍坐桌邊，手中拿著毛筆，正細細往手上的木偶添著色彩。

九月驚奇地看著這一切，心裡暗嘆不已，沒想到這後院居然還有這樣大的規模。

「我是這家鋪子的東家，叫魯繼源，不知道姑娘怎麼稱呼？」年輕人此時已放下衣襬，撫平衣衫上的皺褶，他略略側身領先九月半步在前引路，面帶微笑，倒是頗有幾分優雅公子的氣質。

「我叫祈九月。」九月的大名叫祈福，只是她不怎麼用，反而經常以祈九月的名字與人結交。

「祈姑娘想訂製的蠟燭模子是什麼樣的？」魯繼源點點頭，又問。

九月便把構想細說一遍。

「原來……」魯繼源聽罷，眼中流露一抹異色，他看了看九月，語氣也熱情許多。「祈姑娘，請這邊稍坐，我們細談如何？」

「請。」九月點頭。

魯繼源領著九月進了邊上一間敞著門的屋子，這屋子裡只擺著桌椅，想來是招待客人用的，一落坐，便有丫鬟送上熱茶，還不待人退下，魯繼源便躍躍欲試地問道：「祈姑娘想的這些，可有圖紙？」

「自然有。」九月點頭，圖紙就在她心裡，只是如今卻不能馬上拿出來。「魯公子，在這之前，我還是想問一下，訂製這些東西，這價錢如何算？」
「這得看姑娘訂的量多少了，若只有幾件，便按每件花費的工夫和木材算，我定的價不算高，十二個時辰只算兩百文工錢，至於這木材，就看姑娘妳的選擇了，要知道，上好紫檀和尋常松木可是雲泥之別。」魯繼源瞧了瞧九月，笑容滿面地介紹起來。
「那是自然。」九月點點頭表示理解。
「若姑娘要訂一批，數量在十件以上、百件以下，那麼我自然還會讓利半成。」魯繼源繼續說道。「若姑娘不是只做這一次生意，那自然另當別論了。」
九月有些不滿意。
「不知道祈姑娘要的是哪一種？」魯繼源說到這兒，笑咪咪地看了九月一眼，端起茶喝了一口，等她選擇。
「我自然不會只做一次買賣。」九月淡淡一笑，直視著魯繼源說道：「若是魯公子的東西物美價廉，我也不必另尋他處，我們可以長期合作。」
「恕魯某唐突，不知祈姑娘訂製這些是做什麼的？」魯繼源好奇地打探了一句。
「開鋪子，香燭鋪子。」九月也是想找個長久的供應點。
「香燭鋪子？那怎能用上這些東西？」魯繼源驚訝地挑了眉。
「自然是有用才來買的。」九月笑笑，卻不打算解釋。
「如此……」魯繼源沈吟片刻，遂笑道：「祈姑娘，妳看這樣可好？我們合作。」
「合作？怎麼合作？魯公子也對香燭有興趣嗎？」九月心中一動，笑著問道。

「妳所有需要的底座、用料都由我來提供，這價麼，除了買木材的本錢，工錢分文不收，我只需要妳鋪子的一成利，可好？」魯繼源伸出一個手指，雙眼發亮。

「只不過是小鋪子，魯公子不怕虧了嗎？」九月不動聲色地問。

「做買賣，總會有盈有虧，這點小虧，魯某還是吃得起的。」魯繼源不在乎地搖搖頭。「祈姑娘意下如何？」

「合作可以，所有底座、模子等新品製作，你得確保只供我一家，不能用於其他地方。」九月也端了茶水，慢條斯理地品了幾口。

「呃……行。」魯繼源心裡的小主意頓時化成泡泡，他看了看九月，雖略有些遺憾，不過還是爽快地點了頭。

於是，達成協定的兩人，費了近一個時辰，你爭我論地推敲出一份契約，雙方才算滿意地簽了字，拿到附近茶樓找茶博士作了見證人，合約便算是成立了。

「何時來提貨？」各自存了一張契約後，魯繼源摩拳擦掌躍躍欲試。

「先做模子，至於底座，每種都先做三個。」九月也頗滿意這次的收穫。「鋪子還需要布置，又逢年關在即，我準備初六再開張。」

「非也非也。」魯繼源搖頭晃腦地朝九月晃晃手指。「如今正近年關，每家每戶都在準備，有那些手上富裕些的，都會趁舊年新年交替時到各寺廟許願還願，妳不趁此機會開門推出自己的鋪子，還待何時？妳想年後開張，想必是衝著上元佳節吧？那時鎮上確實會張燈結綵、舉辦燈節，可是總歸不如現在時機妥當。」

九月立即聽進去了，不過她還是有些猶豫，年前開業，她所有的東西都沒準備好，如何來得及？

「怎麼？有難處？」魯繼源眼睛一瞟，便看出她的為難。

「確實有難處，我昨兒才臨時想到租下鋪子，今日才開始籌備，鋪子想開張，怎麼著也得配置好人手、準備好貨物、布置好店鋪吧？可我那兒，還是空空如也。」九月苦笑，巧婦難為無米之炊。

「這又有何難？」魯繼源卻笑道。「當初我開這鋪子，也就準備了一塊爛木頭、一大一小兩把刀，妳瞧我這兒如今怎樣？這天底下，只有想不到，沒有做不到的事，關鍵還是在妳自己。」

「多謝魯公子鼓勵。」九月笑著道謝。

「那先回我鋪子裡吧，中午就在我那兒吃飯，吃過飯，妳把要的東西都畫下來給我……是了，妳會畫畫吧？」魯繼源這時才想起五子說九月是他同村的，便改了口。「要不，妳把要求告訴我也可以，我畫出來給妳瞧，或是我那兒有我自己這些年畫的樣稿，妳瞧著選，到時再細改。」

「行。」九月聽罷，也不著急說自己會畫，直接點點頭。

於是，兩人回到魯繼源的鋪子，魯繼源一回到鋪子裡，就叮囑那丫鬟下去準備酒菜，中午招待九月一起吃飯。

丫鬟領命下去，魯繼源和九月又回到屋裡，院子裡做事的幾人紛紛側目，猜測著九月的來歷。九月不在意，魯繼源更不會注意這些，他讓九月在屋裡稍候，就去了樓上，沒一會兒便抱回一本厚厚的線裝畫稿，攤開在茶几上讓九月翻看。

「都是你畫的？」九月翻了兩張，便驚訝地抬頭看向他。

這上面畫的除了她在鋪子裡看過的小玩意兒，還有許多畫像，有各種常見動物、花卉等等厚厚一本，估算著足有上百張，被他整整齊齊地裝訂成冊。

「是啊，這本算是我比較滿意的畫稿了，妳瞧瞧，需要什麼樣的。」魯繼源點頭，給九月倒了一杯茶放在一旁，又取過紙筆放著，笑道：「妳慢慢看，我先去做事，妳看中哪樣，便按著這上面的頁數記著，一會兒好了叫我一聲。」

「好，你忙。」九月點頭，專心看起來，她只覺得每一張都不錯，都想把它做成香熏燭，一時之間，有些難以抉擇。

磨蹭了半個時辰，她選定十八個花樣記錄下來，又隨手畫了幾個模子的圖樣。

「祈姑娘，可選好了？」此時，午飯已經準備好了，院子裡的人已經停下手，略略收拾一下，往後院門邊的房子走去，魯繼源剛剛洗淨手，就這樣甩著手走了回來。

「好了。」九月在紙上添了幾畫才擱筆。「暫時就這些，每樣先備上三、五個，在這之前，這幾個模子還需先趕製出來。」

魯繼源隨意地拿起紙，看到那上面的畫，不由驚訝地看著九月。

「怎麼？」九月挑眉。

「沒什麼。」魯繼源不好意思地笑笑。

九月也沒在意，只是叮囑幾處細節，把要求重述了一遍。

兩人談得興起，直到丫鬟來請吃飯，魯繼源才意猶未盡地收起畫稿。

在魯繼源的鋪子裡吃了午飯，約定了取模子的日子，九月便要回去。魯繼源接了這生意，急於動手取材，便也不與九月客氣，招呼五子過來代為送客——在他看來，九月和五子同鄉，送一送也顯親近。

五子此時已經知道九月與魯繼源簽了契約，心下正暗自歡喜，聽到魯繼源派給他的任務，更是高興。

「五子哥，你忙吧，不用送了。」到了鋪子門口，五子還傻乎乎地跟著九月，九月啞然失笑，轉身請他留步。

「好。」五子站在門內，靦覥地看著九月，心裡又是歡喜又是失落。「不早了，妳一個人……當心些。」

「好。」九月笑著點頭，朝他揮揮手，轉身走入街上的人潮中。

她還要去陶瓷鋪、錢莊，還得去找一找香料。

陶瓷鋪在之前她便看到過，沒一會兒便到了，在鋪子裡逛了一圈，買到十幾個精緻的白陶杯子。夥計找了稻草繩，把這些白陶杯捆起來，倒是方便拎在手裡。

只是接下來一個時辰，九月卻再無收穫，她尋了一條街的鋪子，也沒有遇到專門賣香料的鋪子，既便是有，也不是她能用得上的香料。

第五十七章

開店的艱難，讓九月不可避免地想到了遊春。

想到遊春，九月腳步頓了頓，隨即果斷地轉身往回走，沒一會兒便出現在成衣鋪前。

鋪子裡沒有韓樵的身影，只有一位九月見過的夥計，看到九月，夥計客氣地迎過來。

「吳少夫人，您需要些什麼？」

九月一愣，隨即便笑了，遊春在他們面前自稱吳少，想來這夥計也是知道的，才會稱呼她吳少夫人，她也懶得解釋，目光掃了鋪子裡一眼，問道：「樵伯在嗎？」

「掌櫃的前日出門了，少夫人有什麼事可以吩咐我們去做就是。」夥計打起十二萬分精神招呼道：「鋪子裡的成衣有不少是新做的，若是少夫人想要訂製也可以，鋪子裡有裁縫在。」

「前日出門了？」九月驚訝地看著他，怎麼會這麼巧？遊春匆匆離去，韓樵等人也跟著去了，難道真的出了事？「他去哪兒了？何時能回來？」

「我們掌櫃的去縣上進布疋去了，一來一回的，最起碼還得五、六日吧。」夥計也不著急，耐心解釋道。

「喔……」九月點頭，心裡暗暗鬆了口氣，會回來就好，只要韓樵還在這邊，她就能從韓樵這兒得到遊春的消息。

「少夫人是要買衣服嗎？」夥計見她沈默，又問了一遍。

「不……不是。」九月回神，微微一笑。「我之前託樵伯幫我打聽一些事，今兒湊巧路過，才進來看看有沒有消息，既然他不在，那我改日再來好了。」

「等掌櫃的回來，我會告訴他您來過了。」這個確實不是他們能解決的事，夥計主動說道。

「多謝。」九月點頭道謝，從成衣鋪退出來。

既然今天這麼不湊巧，祈巧不在家，楊進寶還沒有回來，韓樵也出了門，九月也沒了再逛下去的興致，抬頭看了看天色，太陽已然西斜，當下不再耽擱，找到錢莊用碎銀子兌了五吊銅錢，匆匆出鎮回家。

出鎮門時，之前那種毛骨悚然的感覺突然從心裡竄起，她皺了皺眉，但回頭卻沒有任何收穫，那種感覺也像幻覺般消散。

怎麼回事……她想到喬喬和喬漢，但立即被自己推翻，那是遊春的人，怎麼可能對她起殺心？

好在，後來這一路上倒是平安無事，黃昏時分，九月披著晚霞回到了冷清簡陋的家。

做飯、吃飯、洗漱，九月做完瑣事，關好門窗便坐在裡屋，家裡還有些底蠟，可以做幾個試試。

這大半夜，九月就在這反覆試驗中度過，直到深夜，才收拾東西，吹滅燭火，褪衣休憩。

這一覺，她睡得極好。

第二天，她醒來時已是日上三竿。

九月懶懶地躺在被窩裡伸了伸腿腳、揉了揉眼，隱約間，她聽到外面有人在小聲說話，不由愣住了，側耳傾聽。

「九月姊姊怎麼還沒起來呀？不會是不在家吧？」阿茹的聲音在門外輕輕響起。「還是她去鎮上趕集了？」

「再等會兒。」阿安淡淡應了一句。

「這都什麼時辰了，她還真能睡。」阿月嘀咕了一句。

「都等這麼久了，不差這一會兒。」阿安又說了一句。

九月聽到這兒，微微一笑，提聲問道：「是阿安、阿月、阿茹嗎？」

「九月姊姊，妳醒了？」阿茹高興地喊道。「是我們，我們給妳送蠟塊和木粉來了。」

「等一會兒，我馬上起來。」九月一聽，立即掀被起來穿衣疊被，一邊用手當梳子梳理長髮，一邊往門邊走去。

開了門，只見阿茹站在門前，阿安和阿月則在幫她整理菜園，阿安清理菜畦間的雜草，阿月跟在後面澆水，看到九月開門，兩人都站起來，看向這邊。

「怎麼來了也不敲門呢？凍壞了吧？」九月伸手摸了摸阿茹的臉，冰涼冰涼的，她忙雙手捂住阿茹的小臉，看了阿安一眼，她聽出來了，是他堅持在外面等的，沒想到他居然這樣體貼。

「不冷。」阿茹連連搖頭，可小鼻子紅紅的，出賣了她的情況。

「快進來。」九月把阿茹推進屋裡，同時招呼阿安、阿月一起進來。「我去燒些水，都洗洗吧，這麼早來，可吃早飯了？」

「還沒有。」阿茹老實地搖頭。

「阿茹。」阿月微皺著眉，朝阿茹看了一眼。

阿茹吐吐小舌頭，看了看九月，偷偷地笑了。

「妳們進去坐，我把這兒拾掇完。」阿安把放在門外的袋子提進來，看著九月問道：「鋤頭在哪兒？」

「在灶間。」九月也不與他客氣，指了指灶間，摸了摸阿茹的頭，讓她們在這邊歇著，自己率先往灶間走，從角落取了鋤頭遞給阿安，任由阿安去外面忙，自己則掀了鍋蓋，準備做雞蛋餅，再熬些小米粥、炒幾道小菜。

阿月和阿茹也跟過來，自動地動手幫忙，阿茹坐到灶後燒火，阿月拿了九月拿出來的小米去淘。

九月笑著看了看她們，沒有阻止。

「這次怎麼這麼快？不是前天晚上才送木粉來嗎？」九月想起那天的六袋木粉，笑著問道。

「前天？」阿月奇怪地看了看她。「我們從搬家以後就沒來過呀，而且單單杉木粉和松木粉不好收，這些天他們一直在鋸木才攢了兩袋過來。」

「前天不是你們？」九月吃驚地停了手。

不是他們，那是誰送來的？

「怎麼了？」說話間，阿安提著鋤頭回到灶間，看到幾人一臉奇怪，不由多看了九月幾眼。

「安哥哥，九月姊姊問前天有沒有送木粉過來呢。」阿茹解釋道。

「前天？」阿安也有些意外。

「前天我不在家，有人送了木粉過來，也不曾留名，我還以為是你們呢。」九月笑了笑，暫時擱下這事。「你們來得正好，我正要去尋你們呢。」

「何事？」阿安把鋤頭放回角落，舀了一勺水淨手，便坐到灶後。

「我在鎮上租了間鋪子，過幾日便要開張，需要人手，你們可有空來幫我？」九月直接問道。

「開鋪子？」阿安愣住了，他抬頭看著九月，看到她清澈如水的眸便信了。「需要我們做什麼？」

「我需要人幫我尋找原料的管道，還有這次要製的蠟燭種類比較多，需要幫手。再來就是鋪子開張後，總需要人撐門面，鋪子夠大，如果你們願意，可以全搬過去，若是你們另有想法，我也不勉強，到時我另外尋人就是了。」九月說得輕描淡寫。

「我去。」阿安沒有猶豫，說罷看了看阿月。「家裡有他們。」

「那我也要去。」阿月見他這樣說，有些著急地瞪了他一眼。
「我也去，我也要去。」阿茹見他們倆都去，連忙跳起來，生怕把她給落下了。
「我們是去做事，妳去做什麼？」阿安拉過她，拍了拍她的頭。「妳在家陪爺爺。」
「對，等得空了，可以帶妳去鎮上玩。」阿月也附和道。
「那好。」九月點頭。「稍後我們再細談，事出緊急，只怕今兒就要行動了。」
「好。」阿安點頭，沒再說話。
早飯做好，四人圍坐灶間的桌邊，高興地吃起來。
阿安三人不是第一次在九月這兒吃東西，這次也比之前放得開，這一頓下來，倒也其樂融融。
吃過飯，阿月攬了收拾灶間的活兒，讓阿安與九月細談，只是，她還支了阿茹跟在九月身邊。
九月壓根兒不知道阿月已經把她當情敵看待了，見阿月這樣乖巧，她也頗欣賞，便拉著阿茹領著阿安到了屋裡，拿了些乾果讓阿茹坐在一旁吃，自己則坐在桌邊，對阿安說起開鋪事宜。
阿安領悟力極好，聽她說完就知道該怎麼做了，只是他沒接觸過香料，不知道什麼香料才能用，九月少不得要把她的香料拿出來一一指點。
「這些，我能每樣取一點當樣本嗎？」阿安記別的都行，可偏偏這香料種類繁多，沒一會兒，他便被繞得暈乎乎的。

「可以。」九月點頭，取了張紙過來，裁成十幾片，再把香料每樣挑了一些出來用方紙一一包好，在外面寫上名稱，一一教給阿安後，這才另取了一張紙包作一包。「你去收的時候，只要是香料，不論認得不認得，只要不貴便全收下，還有，製燭的香料最好是各種鮮花，我好提取香精油，做出的蠟燭也好看些。」

「我這就回去讓他們去別的鎮上尋找。」阿安點頭，小心地把這包東西揣在懷裡。

「我這兒還有八兩碎銀子，你拿著，要是尋到鋪子，數量少的就買下來，數量多的大鋪子，你找人通知我。出門在外，最好不要落單，路上萬事小心，以免招禍。」九月也不避諱，從桌底下掏出碎銀子以及一些散碎銅錢。「這些是給你們路上用的，我這事有些緊急，你們也別苦了自己，到時候該住客棧就住客棧，該吃就吃。」

「嗯。」阿安看到她遞出的銀子，眼中閃現一絲驚訝，不過很快就淡然了，貼身藏好錢，他猶豫了一下，看了看已經進來許久卻一直安靜著的阿月。「那……阿月要做些什麼？」

「阿月就來我家幫忙吧，我接了落雲廟的香燭生意，加上鋪子開張在即，需要不少貨物，我一個人忙不過來。」九月是想讓阿月幫她製香燭，這小姑娘對她雖有種莫名的疏離，可做事挺穩妥，也不是那種不可靠的人。

「我……該怎麼做？」阿月見九月也不是找藉口接近阿安，心裡稍安，這會兒見阿安的事情安排妥了，心下也有些著急，湊到一邊忐忑地問道。

「事情很簡單，我一說妳就會了。」九月笑笑，拿起昨天晚上連夜做的香熏燭。「就是這個，很簡單的，不過我教了妳之後，妳得保證不能洩漏出去。」
「既不信我，妳找別人就是了。」阿月一聽，心裡頓時不舒服了。
「這是應當的。」阿安卻不贊同地看了阿月一眼。「既然要替人做事，收人工錢，當然要替人保密。」
阿月瞪了他一眼，不情不願地嘀咕道：「就你事多。」
「妳要不願意，我也不勉強，等我回去與阿……」阿安瞥了她一眼，低低地說道。
「誰說我不去了？」阿月立即搶白，說罷，她有些忿忿地對九月說道：「妳放心，我阿月雖然沒錢，也沒讀過書，可也知道什麼是信義，絕不會誤了妳的事。」
九月瞧瞧阿安，又瞧瞧阿月，不由莞爾。
阿安注意到九月的笑，不由愣了一下，回頭看了阿月一眼，心裡莫名一虛，藉著低頭的空檔掩飾自己的不自在。「我們該回去了，晚飯前我們就動身，最快四、五天就回。」
「最好找個腳力快的，不然等你們回來就怕來不及了。」九月再三叮囑。
「我曉得了。」阿安點頭，牽著阿茹的手走出去。
「我……後天一早來。」阿月朝阿安的背影嘟了嘟嘴，一抬頭就看到九月在看她，不由臉上一紅，不自在地扔下一句話，追著跑了出去。
九月踱到門邊，看著他們鑽入後山竹林，這才回到桌邊，取了那五吊錢，鎖了門窗，向祈望家走去。

第五十八章

九月來到祈望家院門前時，還沒抬手敲門，一道黑影就從裡面襲了過來，她忙往邊上一閃，那黑影砸在牆上，「嘩」地撞個粉碎。

九月嚇了一跳，仔細一瞧，卻是個粗瓷盤子。

這時，屋裡響起楊大洪的咆哮聲。「大嫂！如果這些東西都賣不出去，這錢我出行了嗎？」

「說什麼笑話，你的錢？這一大家子住一起過日子，你的錢就不是這個家裡的錢嗎？」清脆的聲音卻帶著刻意的尖銳，嘲諷地響了起來。

「你家小姨子攬混了這筆生意，她出錢買下這些是她對我們家的賠償，我也就不提了，可現在大半日過去了，她人呢？我不過說兩句，值當你們夫妻倆這樣大吼大叫的嗎？楊大洪啊楊大洪，別以為你做的木工活比你大哥、二哥好，你就跩了，敢當著爺爺、奶奶的面衝我們發威了？居然還砸盤子？好啊，要砸大家一起砸，砸完了，大家一起都甭過了！」

說罷，便又是砰的一聲，聽著倒像是碗被重重砸在桌上的聲音。

「哎呀，妳這是幹什麼啊，這碗不是花錢買的？」楊大濤心疼的聲音響起來，話中雖有埋怨，卻也是細聲細語地陪著小心，生怕又觸怒了聞翠芳。

九月站在院門口，原本她還以為五姊家有家事要處理，正想著晚上再過來，可聽到這兒，這事的起因分明就是她，她自然就不能袖手旁觀了，略一沈吟，她理了理衣衫，微笑著邁步進去。「五姊、五姊夫可在家？」

隨著她這一聲喊，屋裡一陣靜默，一眨眼的工夫，正屋裡的人都湧了出來，走在最前面的是滿臉驚喜的楊奶奶。「哎呀，九月來了，快，快裡面請。」

「楊奶奶，不好意思，今早有事耽擱了，到這會兒才來。」九月微微一笑，說罷，目光一掃，掠過楊奶奶後面的兩個年輕婦人，笑著招呼。「這兩位可是姻嫂，前天來聽說妳們進鎮去了，今天才算見著，九月有禮了。」

說罷，她還正兒八經地福了福身。

「年關了，進鎮換些年貨。」聞翠芳和張梨兒對視一眼，尷尬地點點頭。

九月含笑點頭，轉向祈望。祈望的眼眶還微微發紅，雖然這會兒眉眼帶笑，卻掩不住之前哭過的痕跡。九月閉口不提那只險些砸到她的盤子，故作驚訝地問道：「五姊，怎麼了？出什麼事了嗎？」

「沒……沒事，方才做事，眼睛有些疼了，揉的。」祈望柔柔一笑，上前拉住九月的手。

「妳有事只管先忙著，不用趕的。」

「我是有事，可這事還得煩勞五姊夫呢。」九月笑著反握住祈望的手。

這是她和祈望相認後，頭一次見祈望這樣與她親近，心裡湧現淡淡的喜悅，同時也為祈望受的委屈感到心疼，這一世，她們可是流著相同的血呢。

「什麼要緊的事啊？」祈望擔心地看著她。

「續子他娘，先讓九月進去坐，進去坐。」楊奶奶看到九月，微微有些心虛，暗暗瞅了九月一眼，見九月沒有不高興，才略略鬆了口氣。

「不了，楊奶奶，今兒太陽挺好的，我就在這兒和五姊、五姊夫說兩句。」九月看了看那兩位婦人，婉拒楊奶奶的邀請，含笑看向楊大洪。「五姊夫，我準備在年前開張，你明兒可有空，能不能去鋪子裡看看，量量尺寸？」

「九月，不是說年後嗎？」祈望驚訝地問。

聞翠芳和張梨兒聽罷，互相看了一眼，目露驚訝，沒想到這災星居然真的要開鋪子，她們還當她是為祈望撐腰吹牛的呢。

「年前人多，便想著早些開業。」九月笑道，她沒忽略那兩個婦人的目光，也懶得理會她們，逕自把袋子打開，拿出裡面的五吊錢交給楊大洪。「五姊夫，這是五吊錢。」

「這……」楊大洪臉上微紅，看了看門前站著的一家子人，嘆了口氣接下。「九月，明早幾時去？」

「卯時後吧，我明兒領你們過去瞧瞧，之後就靠五姊和五姊夫幫忙了，我得準備貨物，這些天只怕抽不出空。」九月拉著祈望笑道。「這幾日的吃用我會安排，若晚間住在那兒，一應用具我都會備好，五姊只管放心。」

「好。」祈望看了看楊大洪，楊大洪拎著九月給的那五吊錢，毫不猶豫地點點頭。

事情託付好，九月也不願在這兒多待，便向楊家眾人告辭。

祈望和楊大洪兩人送她到門口，九月才看了看門邊那堆粗瓷盤碎片輕聲說道：「五姊、五姊夫，讓你們受委屈了。」

「妳都聽到了……」楊大洪訕訕地一笑，低頭看了一眼，憨憨地撓了撓頭。「對不住，她們……」

「五姊、五姊夫，我知道大夥兒對我的忌諱，姊姊、姊夫能不見外，我已經很高興了，你們若有不便，只管與我說。」九月這時才說道。「我絕不會為了自己的事，讓姊姊、姊夫受委屈。」

「九月，別這麼說。」祈望眼睛一紅，想起妹妹回來後村民們的種種流言，不禁為九月難過，然而她是不擅言詞的人，這會兒有心想表白一番姊妹情，偏偏說不出口。

「九月，這種話以後可不能再說了，妳和阿望是姊妹，一筆寫不出兩個祈字，姊夫無能，別的幫不上忙，只有這木工活還能做一做。再說了，妳也是付了工錢的，別人愛怎麼說怎麼說，我們不聽就是了。」楊大洪鄭重道：「妳放心，妳的事姊夫包了，等明兒一早，我和妳五姊就一起去，我大哥、二哥要是願意去，就去；不願意去，我會另外找人，總之不會耽擱妳的事。」

「謝謝五姊夫。」九月心裡暖暖的，不過她又想起另一件事。「你們一去幾天，子續和子月怎麼辦？」

「沒關係，我一會兒就去找八喜，讓她帶兩天，兩個孩子都聽話，她行的。」祈望立即解釋。

九月見他們已經有安排，也就放心了，朝兩人笑了笑，轉身離開。

祈望和楊大洪目送她離開後，才雙雙回到院子裡，祈望打掃那堆碎片，楊大洪拿著五吊錢進門，楊奶奶和楊老頭等人還等在堂屋裡，看到他進門，目光齊齊看向楊大洪……手裡的五吊錢。

「拿去吧。」楊大洪冷著臉，看著聞翠芳和張梨兒，把五吊錢重重地丟在已經收拾乾淨的桌上，然後轉向楊奶奶道：「奶奶，明天我和阿望就去鎮上幫忙九月，子續和子月會送到八喜那兒。至於家裡的活兒，可能就幹不了了，您放心，九月說這幾天的吃用都算她的，工錢也不會虧了我們，大哥、二哥要是願意去，就跟我們一起去，不願意也就算了，不勉強。九月雖然不是什麼大富人家，可也不會短了人家的工錢。這做木工的，人多得是，不怕找不到。」

「去，我們沒說不去……」楊大濤一向做楊大洪的助手慣了，一聽這話，立即點頭接話，只是說了一半，便被聞翠芳白了一眼，後面的話也梗在喉嚨。

「還有多久就過年了？你們幾個大男人都去了，家裡的活兒怎麼辦？」聞翠芳目光一掃楊大洪，撇著嘴說道：「鋪子開張能有多少事？三弟、三弟妹一起去就夠了，還有這五吊錢都收了，那批嫁妝桶卻沒做齊全，你們總得留兩個人在家把事情了結了吧？難不成還拖過年去？」

「那就大洪和阿望去吧。」楊奶奶聽進去了，朝楊大洪點點頭，伸手拿起了桌上的五吊錢。

第二天一大早，九月便起來準備，卯時剛過，楊大洪便揹著工具和祈望一起過來了。

九月看到他們身後沒有楊大濤、楊大河的身影，也不以為意，把陪嫁略略做了布置，鎖上門便和祈望夫妻倆一起往鎮上走去。

路上，楊大洪不好意思地解釋了楊大濤和楊大河沒有來的理由——他們要留在家裡做完那套嫁妝桶。

九月自然沒有不滿，三言兩語便岔開話題，和楊大洪說起鋪子裡該用什麼樣的櫃子來，同時也說了自己與魯繼源合作的事。

楊大洪倒是沒不高興，他會木工，可那些精緻的雕刻功夫卻不夠細緻，聽說九月認識那樣一位師傅，他反倒挺有興致，一個勁兒地說等以後九月的鋪子開業後，讓她介紹他兩人好好琢磨琢磨。

九月隨和，楊大洪說起木工活也是極有興致，祈望關心鋪子，一路上倒是有說有笑，很快便到了康鎮口。

「洪哥。」水宏肩扛一個鼓鼓的袋子，右手拎著一籃子滿滿的魚肉大步出鎮，正好與他們迎面碰上，水宏有些驚訝，隨即滿臉堆笑地迎過來。「嫂子、九月妹子，你們來了？」

九月一看到水宏，便想到水家人對祈喜的態度，心裡不喜，臉上便淡淡的不想多說，只朝他點點頭當是打過招呼。

祈望的笑容也斂了不少，不過她不像九月那麼明顯罷了。

「宏子剛回來？」楊大洪卻與她們不同，他與水宏不算很要好，可一個村子長大，總有些交情。

「是啊，去了趟柳城，昨晚才到鎮上。」水宏看到祈望和九月的表現，哪能不知道是怎麼回事？只是他除了無奈嘆氣，也只能苦笑了。

「快過年了，還出去嗎？」楊大洪關心地問了一句。

「不出去了，總鏢頭發了話，准許我們早些回家團圓，這些都是總鏢頭賞的。」水宏笑容滿面。「洪哥、嫂子、九月妹子，你們忙，我就不打擾了，改日洪哥有空，咱們一塊兒喝幾杯。」

「好。」楊大洪點頭應下。

水宏大踏步地走了，九月看著他的背影，撇了撇嘴，還沒說什麼，便聽祈望嘆了口氣。「唉，他倒是個好的，只可惜……」

「妳操那麼多心幹麼？水家嬸子那性子，八喜就是過了門，也是吃虧的分兒，還不如不成呢。」楊大洪看了祈望一眼，輕搖了搖頭。「得了，我們快走吧，背後說人是非，總不大好。」

祈望抿抿嘴，無奈地和九月對視一眼。

九月笑笑，她倒是贊同楊大洪的話。

「九月，鋪子在哪兒呢？」祈望好奇地問了一句。

「就在集市邊上，往這邊走。」九月帶著兩人往集市走去，很快便到了那鋪子前，她取出鑰匙開門。

「是這兒？」祈望驚訝地打量四周，她雖然不懂做買賣，可她看到這兒離集市這麼近，也替九月高興。

可是，楊大洪卻與她不同，他站在門前，看著巷尾微微皺了皺眉。這附近他不陌生，他有個一起學做木工活的小師弟就在那巷尾棺材鋪裡做事，這條巷子的傳聞，他當然聽過。

「九月，妳租這鋪子的時候，逛過這條巷子嗎？」楊大洪擔心九月被人騙了，忙問道。

「嗯？」祈望轉過身看著楊大洪，忙問道：「相公，這巷子怎麼了？有什麼不好嗎？」

「五姊夫說的是這巷子的傳聞吧？」九月卻聽明白了，引兩人進門，一邊笑道：「多虧了四姊，我才因為那個傳聞少花了十兩銀子租下這鋪子呢。」

「妳知道還租？」楊大洪瞪大眼睛。

「五姊夫，那都是子虛烏有的傳言罷了，再說了，你覺得那些所謂的不祥擋得住我這災星嗎？」九月俏皮地朝祈望和楊大洪眨眨眼。

「九月……」祈望無奈地看著她嘆氣。

「放心吧，旁人都說我是災星，可爺爺還說我是有福的呢，說不定別人在這兒做不了生意，我一到這兒就發財了呢。」九月渾不在意地開著玩笑，一邊指著空空的鋪子說道：「五姊夫，我想在這靠牆的地方，左邊和這一排全擺上格子櫃，前面設一排櫃檯，櫃檯上方則是格子架，用來擺放貨物，不過櫃檯有一處要設暗門，方便我們自己人進出……」

楊大洪忙放下工具，跟在九月後面認真地聽起來，時不時穿插幾句他自己的見解。

鋪子裡原來也留有架子和櫃檯，只是這些不是九月想要的，所以全部都得做新的。

「相公，這麼多櫃子，你一個人也來不及做完呀。」祈望跟在後面聽，她嫁給楊大洪這麼些年，平日沒少幫忙，耳濡目染之下，對木工活也略有所知。

「沒事，我一會兒就去找人。」楊大洪看了看九月，笑道：「九月不會忌諱什麼吧？」

「忌諱什麼？」九月有些奇怪地問。

「我有幾個師弟，他們在……巷尾的……棺材鋪做事……」楊大洪很不好意思，吞吞吐吐地說道。

「相公，九月這是開鋪子，你怎麼能……」祈望聽罷便有意見了。

「沒關係。」九月卻笑道。「五姊夫只管請他們來，只要能讓我如期開業就好。」

「九月，可是他們是在……那種鋪子做事的。」祈望還是難以接受。

「五姊，真的沒事的。」九月安撫地朝她笑了笑。「棺材棺材，有棺有材，我是女子不能為官，但棺材也可稱壽材，這添壽添財的多吉利啊！五姊夫只管請人來，說不定我就沾了這吉利開門大吉呢。」

祈望不由啞然，九月這張嘴，她是沒法子說得過了。

楊大洪聽完，知道九月是真不介意，才放下心來，對祈望說道：「我這就去找他們，妳陪九月在這兒打掃打掃。」

「欸。」祈望點頭。

楊大洪把工具都放在這兒，隻身出了門往巷尾走去。

祈望當即挽起袖子便要去拖那些派不上用場的架子，九月忙阻止。「五姊，這些等他們來了再搬，怪重的，我們還是先去樓上收拾收拾，一會兒我還要去四姊家，順便看看缺些什麼好帶回來。」

「成。」祈望隨和地點頭，掩上門跟著九月身後上了樓。

這鋪子一共兩間門面，上了樓後，也只有兩間相通的屋子，是之前那位老人住的，樓梯上去是外屋，只擺著一張桌子、幾張圓凳子，再無其他。到了裡屋，也只有一張床、兩個衣櫃、兩個掉了漆皮的木箱，床尾擺了一張木製屏風，放著恭桶。

看到這樣簡單的屋子，九月倒沒什麼感想。在她看來，至少比她的草屋要好多了。推開窗便能見到陽光，又是二樓，已經很不錯了。

可祈望卻微微皺了皺眉。「這看著不像個姑娘家住的屋子。」

「原來的店主是位六、七十歲的老伯。」九月輕笑，伸手掀了掀掛著的深藍色布幃。

「啊？」祈望驚訝地看了看九月，進了裡屋，這邊看看、那邊瞧瞧的探查起來。「九月，這床鋪上的東西都得換了，還有那恭桶也換了吧。妳是個姑娘家，可不能用一個老頭子留下的東西，不乾淨，還有這帳、這幃……」

一向軟性子又不多言的祈望，此時此刻卻嘰嘰喳喳地說個不停。

九月邊聽邊看著她，不由啞然失笑，想起第一次見到祈喜的情形。

第五十九章

楊大洪很快就回來了，帶回來的自然是好消息。

他的兩個師弟就在棺材鋪裡做事，如今快到年關，棺材鋪的生意當然不會很忙，今日本就是他們最後一天上工，所以楊大洪一說，他們就答應了，還向店主請了一天假，當即跟著楊大洪過來。

看到這邊的店鋪換了店主，兩人很驚訝，卻也沒有多問。

在他們看來，所謂的傳言就只是傳言罷了，他們在棺材鋪也有兩年，他們的日子也沒什麼影響啊。

當下，九月把鋪子裡的事交給楊大洪，留下一把大門的鑰匙給了祈望，便獨自出來往祈巧家走去。

這次，祈巧在家，楊進寶也已經回家，此時正用了飯，準備去鋪子裡。

「四姊夫。」九月的手剛剛觸及門上的銅環，門便開了，她微微一愣，便看到楊進寶，忙笑著打招呼。

「九月！」楊進寶欣喜地看著她。「妳來得正好，我方才還聽妳四姊說起妳租鋪子的事，本想一會兒去過了鋪子就去妳那鋪子裡看看的，怎麼樣？一切可都有頭緒了？」

「我正想請教四姊夫呢，只是你出遠門了。」九月笑道。「瞧妳姊夫紅光滿面的，看來這次出去是極順利了。」

「說對了，何止是順利，簡直是大利啊。」楊進寶見她過來，也不急著出門了，順勢讓到一邊。「快別站在門外了，進來說話。」

「欸。」九月點頭，邁了進去，跟在楊進寶後面往正屋前廳走去。

楊進寶已經吩咐正在打掃的僕婦去喊祈巧。

那僕婦認得九月，朝九月微微一笑便去了後院。

「說說，都準備了些什麼？有什麼需要我效勞的？」一落坐，楊進寶便問了起來。

「我準備自己經營，只是我沒有人手也沒有門路，一時真不知該如何開展了。」九月苦笑道，也不掩飾，把自己的想法以及這兩天的準備細細說了出來。「這會兒五姊夫正幫我裝修鋪面，原料雖然也尋了人去找，可到底時日太緊，我這心裡真沒個底。」

楊進寶聽罷，點點頭。「妳的想法很不錯，但準備不足，於年前便要開業，只怕太倉促了。」

「九月來了。」這時，祈巧高興地掀了布簾走出來，楊妮兒卻不在身邊，想來是被僕婦抱走了。「前兒我回來便聽張嫂說妳來過了，正想著妳昨天可能會來，結果一整天也不見妳人影，怎麼樣？事情可安排妥了？」

九月失笑，她這問題和四姊夫方才問的真是大同小異，當下，只好把事情說了一遍。

「妳搬到鋪子裡住也好，省得在家受人閒氣。」祈巧得知她要自己經營，很高興。「我們姊妹也能多走動走動，放心，我一會兒就找張嫂問問，看她親戚還有沒有人想出來做事的。」

「四姊，妳找人的時候，可別忘了把我的情況說說，有些人……還是忌諱的。」九月提醒了一句。

「妳有什麼可忌諱的。」祈巧不滿地看她，不過還是點頭同意了。「妳放心，我曉得，一定把話說清楚，不然人家不情願留下做事，妳瞧著也糟心。」

「僕婦是僕婦，只能照顧妳的生活起居，鋪子裡的人卻還是得另外尋。」楊進寶接著說道。「正巧，我相熟的一位管事託我給他的姪子尋個差事，不如讓他來試試？」

「人可靠嗎？九月一個姑娘家住在鋪子裡，你可別介紹一些亂七八糟的人過去喔。」祈巧搶著問道。

「我知道的，一會兒我就去相看相看。」楊進寶笑著點頭。

「謝謝四姊夫。」九月含笑道謝，從袋子裡倒出事先準備好的二十兩碎銀子推到祈巧面前。「四姊，這個收好。」

「妳這丫頭，眼下正是用錢之際，何必急在一時呢？」祈巧瞧了瞧那些碎銀子，橫了九月一眼。「先留著用吧，這開鋪子，還不知道得花用多少呢。」

「夠的。」九月搖搖頭。「外婆留給我的足夠應付了，之前沒想到要開鋪子，那些便一直存著沒動，如今鋪子已經租下，斷沒有再讓那些銀子死存著發霉的道理。這些是還四姊的，等我以後要真周轉不過來了，少不得還要來麻煩四姊和四姊夫，到時候你們可別嫌我煩喔。」

「我巴不得妳天天來，那我就不用被妮兒時時煩了。這幾天，可是沒少問我要她的『九九姨』呢。」祈巧笑道。

「以後離得近了，妳時時帶妮兒去看九月不就好了。」楊進寶欣然起身。「我得去鋪子了，妳們聊著。」

「九月的事，你可得記著點，別一忙就忘記了。」祈巧跟著起來，再三叮囑。

「不會忘的。」楊進寶笑著搖頭，看了看九月。「九月，我還有個建議，妳想在年前開張，倒也不是難辦的事，只需去進些現成的香燭回來，便能把鋪面撐起來，等過了這段日子，再慢慢推出自己做的東西，不怕沒有生意。」

「可我不知道哪裡有貨源……」九月有些不好意思，她什麼也不知道，居然就租下鋪子說要開鋪子了，現在想想，確實自不量力了。

「妳若同意，我幫妳辦妥此事。」楊進寶自薦。

「謝謝四姊夫。」九月哪有不同意的道理，當下高興地站起來，朝楊進寶福身行禮。

「放心，過了晌午，我帶人去尋妳。」楊進寶擺擺手，笑著出門去了。

「好啦，有妳姊夫在，萬事不難。」祈巧拉著九月笑道。「妳就安心在這兒等消息吧。」

「四姊，五姊和五姊夫還在我那兒忙呢，我哪能在妳這兒躲懶啊？」九月好笑地搖頭。「這幾天得勞他們住在鋪子裡忙活，我要去買些新被褥，還要準備些吃食米麵，總不能讓他們自己吃自己的吧。」

「五妹也來了嗎？」祈巧驚訝地問道。「那妳等我，我和妳一起過去，這吃的麼，家裡便有，帶些過去就是了，被褥也不用買了，我這兒還有一床多的，也帶上。」

九月欲要推辭，卻被祈巧拉著進了裡屋，很快便到了樓上。

「妳之前留在這兒的肉和魚也曬得差不多了，也收拾些過去吧。」祈巧一瞧她那表情就知道她在想什麼，便直接開口堵上九月的話。

九月只好跟著她後面一起收拾。

祈巧喚來張嫂，讓九月帶著楊妮兒，自己和張嫂逕自去收拾東西。

沒一會兒，東西便準備好了，祈巧鎖了門，讓張嫂幫著一起送到九月那兒後，再去找合適的僕婦。

裝修的事有楊大洪，雇人的事又有楊進寶，便連裡裡外外的收拾，也有兩個姊姊幫忙，很快的，就把後院裡亂七八糟的東西全清了出來。

楊妮兒也極乖巧，看到祈巧等人收拾屋子，她也不哭不鬧，自得其樂地在屋子裡看著她們忙活。

後面小院共六間屋子，左邊四間屋，其中兩間是倉房，兩間屋子裡放了床榻，屋子再過去的角落用木板搭了兩個小棚，裡面各擺放一個恭桶。右邊是兩間屋，一為廚房一為雜物房，廚房過去是井臺，井臺邊還搭了個晾衣竿。

兩間下人房裡雖然也極簡單，不過床榻、桌椅、櫃子之類的該有的都有，也不用怎麼拾掇，倒是那倉房和雜物房著實讓九月三姊妹費了一番工夫。
一天下來，院子內外已經大變樣。
九月製燭離不開火，為了取薪方便，她決定把工作的作坊設在這雜物房裡。
「夫人、九姑娘。」這時張嫂回來了，滿臉堆笑地對祈巧和九月說道：「我把人帶來了。」
祈巧扔下手裡的東西，半舉著手站起來，笑著回道：「辛苦了。」
「不辛苦、不辛苦。」張嫂連連擺手，轉身朝後面招手。「阿莫，快些來。」
九月也站起來，看向張嫂身後。
只見一個小婦人一手挎著個包裹，一手牽著一個小女娃惴惴不安地走進來，小女娃看起來只有三、四歲，頭髮稀疏，面黃肌瘦，看起來還不如楊妮兒大。
婦人穿著素色對襟粗布衣裙，外邊罩著青色碎花及膝罩衣，大冬天的裡面應該穿著棉衣，可不知是因為衣裳剪裁得宜，還是天生麗質，繫著一條碎花布帶的腰肢偏就顯得嫋嫋娜娜，那一頭烏鴉鴉的青絲也用碎布方巾綰起。布衣釵裙，全無半點像樣飾品，可只是這樣一站，水靈靈的鮮氣便流露出來，讓人忽略了她臉上那淡淡的菜色。
「九姑娘，這是我的遠房表妹，叫舒莫。」張嫂知道是九月要雇人，便直接向九月介紹起來，說罷，忙又拉過舒莫到九月面前。「阿莫，這就是我與妳說的九姑娘，快見禮。」
接著又說起舒莫的情況。
舒莫家就在康鎮西邊的王家莊，是個寡婦，如今已有二十六歲。

嫁過去六年才生了一個女兒，結果丈夫就病沒了，婆家嫌她晦氣，把她們娘兒倆都趕出來了，平日裡靠著給人漿衣度日。

「九姑娘。」舒莫看向九月的目光有好奇和敬畏，卻不是九月一貫看到的害怕和疏離。

「我的事可都說了？」九月點頭，看了看張嫂。

「說了。」張嫂連連點頭，看了看舒莫，朝九月笑道：「九姑娘，其實您也別老是記在心上，那些事……都是假的，又沒有人提，您又何必在意呢？」

「畢竟要在一個屋簷下住著，說清了好些。」

九月微微一笑，清澈的目光落在舒莫身上，直接說道：「這兒除了我，還有個叫阿月的小姑娘，這兩天便會過來，人不多，事卻不少，妳若願意便留下吧，月錢……」說到這兒，她看了祈巧一眼。

祈巧會意，看著舒莫說道：「張嫂是每個月八百文，吃住都由主家負責，一年兩套冬衣、兩套夏衣，不過張嫂與妳情況不同，我家有個孩子，平日張嫂除了家中事務，還要帶孩子，月錢便高些。妳來此是帶了自家孩子的，平日做事自然便要分出一份心去照顧孩子……」

「夫人，阿莫做事很索利，不比我差。」張嫂以為祈巧嫌棄，忙幫著說道。

「我還沒說完，張嫂不必著急。」祈巧微笑著舉了舉黑乎乎的手，看著舒莫說道：「我這妹子也是良善之人，定做不出為難妳的事，妳帶了孩子過來，她也是同意的，只是如此一來，妳的月錢自然就不能與張嫂相提並論。這樣吧，我作主定個價，每個月五百文如何？兩人吃住都由主家負責，除此，冬衣夏衣也不會少了妳家孩子的。」

說罷，祈巧看了看九月。

九月自然沒意見。

「沒問題、沒問題，夫人和九姑娘怎麼說，就怎麼定，我們沒意見。」張嫂聞言不由大喜，一迭連聲幫舒莫下了決定。

「張嫂，妳這麼激動做什麼？」祈巧不由失笑。「成不成還得妳表妹自己說了算。」

張嫂不好意思地咧著嘴，看了舒莫一眼。

「一切聽憑九姑娘作主。」舒莫眼中也流露一抹激動，不過她比張嫂沈穩許多，輕聲細語地朝九月鞠了一躬。「落兒，快謝謝九姑娘。」

「謝謝九姑娘。」小女娃哪知道是怎麼回事，不過聽自家娘親說要道謝，她便怯怯地抬眼看了看九月，那小可憐的模樣頓時便擄獲祈巧和祈望的心。

「這孩子真乖。」祈望憐惜地看著小女娃，她也是當娘的人，最敵不住的就這樣乖巧的孩子。「多大了？叫什麼名字？」

「我四歲了，叫周落兒。」落兒抬頭看了看舒莫，在自家娘親鼓勵的目光中怯怯回答道。

「落兒啊，我們家這妹妹叫妮兒，比妳小呢，以後妳們倆就作個伴吧。」祈巧說罷，彎腰對楊妮兒說道：「妮兒，叫姊姊。」

楊妮兒睜著大大的眼睛瞧了瞧落兒，忽地露齒一笑，躲到九月身後，任憑祈巧怎麼說，她就是不出來。

「小姐認生了，等混熟就會喊了。」張嫂笑道，上前抱起楊妮兒，看到她們三姊妹同樣黑乎乎的手，忙說道：「這些東西都要整理吧？留著讓我們來就是了，怎麼還親自動手了？阿莫，快過來做事。」

說罷，便哄著楊妮兒去找九月，自己挽起袖子就要接手這堆沒理完的東西。

「欸。」舒莫脆脆地應了一聲，把包袱遞給女兒，跟著蹲身下去。

「先不忙做這些。」九月忙攔住，指了指左邊的兩間屋子。「那邊兩間屋子選一間吧，先去收拾一下，我們這手反正髒了，這兒還是由我們來，等弄完這些，隨我上街採辦些東西。」

「是。」舒莫忙站了起來，朝幾人鞠了一躬，才牽著落兒去了頭一間屋子。

第六十章

舒莫隨意選了頭一間作為她們母女的住房，把包裹放到房中，也顧不得收拾，帶著周落兒重新出來，挽起袖子加入收拾那推破爛的行列。

沒一會兒，便把該扔的和不該扔的全清了出來。

九月淨了手，見這兒有她們在，便也不多留，和祈巧說了一聲，帶著舒莫一起上了街。周落兒也乖巧，見舒莫要出去，也不鬧騰，乖乖地跟在張嫂身邊。

到了街上，九月才發現自己考慮得有多不周到，不過幸好有舒莫陪在身邊，兩人有商有量地一一添置，直到確定沒有遺漏，才推著東西回去。

九月沒注意的是，她們身後還跟著幾個好奇愛熱鬧的閒漢，看到她們進了原來的乾貨鋪，他們就在巷口駐足，對著正在重新裝修的鋪子指指點點，竊竊私語。

「我來、我來。」正跟著楊大洪做事的一個年輕人轉頭看到九月兩人，忙放下工具，走上前來，接下九月手中的東西。

「謝謝，麻煩你送到後院交給我姊姊。」九月乾脆停了手，讓人送進後院，自己和舒莫準備再去街上。

這時，楊進寶帶著兩個少年來到巷口，他注意到那幾個閒漢，不由眉心一皺，不過他什麼也沒說，逕自繞過那幾人，領著少年走過來。

「九月，我把人帶來了。」楊進寶在九月面前停下，指了指身後的兩人，一抬頭，便看到正在忙碌的楊大洪，笑著招呼一聲。

「寶哥。」楊大洪憨厚地笑了笑，沒有停下手中的活兒。

楊進寶知道鋪子裡的活兒比較緊，自然也不計較這些，他沒注意到自己帶來的其中一個少年看到九月的瞬間，眼中明顯的驚愕，不過他很快就掩飾住，低頭跟在另一個少年身後走上前來。

「這位，就是你們以後的東家姑娘。」楊進寶這時剛好轉過頭來，為兩人介紹一下，又向九月說道：「九月，這是張信，曾在雜貨鋪當過一年的小夥計。這是張義，他們是堂兄弟，妳瞧著如何？」

「姊夫覺得好，自然就是好的。」九月只覺得張義有些眼熟，不由多看了一眼。

張義有些緊張，接觸到九月的目光，情不自禁地退後一步。

「那就先讓他們做兩個月試試吧，若是做得好，就留下；若做不好，九月也不必客氣，儘管讓他們回家便是了。」楊進寶點頭，把兩人的情況簡單告訴了九月。

原來，這張信就是楊進寶之前說的那位管事的兒子，張義則是姪子。

當年那場大饑荒，張管事一家人失散，張管事則輾轉進了楊家。這次張管事與楊進寶一起被派回康鎮，他便一直在尋找親人的下落。卻不料，他唯一的弟弟全部餓死，而姪子張義也流落在外，以乞討為生，直到半個月前才重新尋了回來。張管事顧念親情，便想對這姪子好生照顧，為他找一份活兒好有個正經的生計。

今天楊進寶得了九月的話，過去與張管事一說，正巧張信原來做的那家鋪子倒閉，張信無事可做剛剛回到家裡，於是楊進寶乾脆人情做到底，帶了兩人一起來見九月了。

「這麼說，他們家都在康鎮了？」九月問道，以後她這後院住的不是姑娘家就是寡婦，讓兩個少年住進來，未免不妥。

「是，張管事與我一樣，也在鎮上置了小院，他們倆住鋪子裡也使得，住家裡也使得。」楊進寶點頭。「不過我已經和張管事說好了，工錢按著尋常小夥計的價，每日卯時初上工，過申時下工，月錢五百錢，包中餐，妳看可好？」

「成。」九月爽快地點頭。

「妳需要的貨物，三天後就會到，在這之前，讓他們幫著妳五姊夫做事吧，工錢從明天開始算。」楊進寶微微一笑，朝兩人揮揮手。

張信很機靈，立即進了鋪子幫忙去了，張義避開九月的目光，忸怩地跟在後面。

可事實上，九月沒有認出他是誰，只覺得有些眼熟，卻沒想到，這張義就是之前那幾個攔截阿安，反被她和阿月狠狠教訓一頓的少年之一。

她更不知道的是，那幾個後來不知去向的少年都已經被遊春收服，並納入他的手下，而張義，也恰是遊春挑選出來，讓其留在康鎮收集各種消息的人選。

只不過遊春壓根兒沒想到，九月會開鋪子，更不會算得到張管事為了讓姪子有個正經事做，安排張義進了九月的鋪子。

安頓好舒莫等人，九月抽空回了一趟大祈村，直接來到祈家院子——如今她來了幾次，走得也順了許多，敲門也不會再猶豫。

「九月，妳回來了。」開門的是祈喜，看到九月，她高興地撲出來。「怎麼樣？事情辦得差不多了吧？」

「哪那麼容易呢，今天可是頭一天，這幾天還有得忙。」九月好笑地說道。「子續和子月還好嗎？」

「挺好的，原本五姊忙不過來的時候，就是我帶他們，這會兒當然沒事啦。」祈喜略有些小小的得意，說罷又伸手拉她。「進來說話吧。」

「不了。」九月瞧了瞧院子裡，她已經看到堂屋裡坐著的祈豐年了。「我明天一早就得去鎮上了，一時半會兒的也回不來，那邊的菜都得麻煩妳了，不然扔在那兒，白白便宜了別人。」

「放心吧，有我呢。」祈喜連連點頭。

「明天早點過來，我把我屋裡還有屋外的一些小機關告訴妳，妳可得記好了，免得到時候誤傷妳。」九月想了想，又叮囑了一句。

「好。」祈喜高興地點頭。

九月又和祈喜閒聊了幾句，便要離開，剛走兩步，遇到從外面回來的祈稷，她忙停下來笑道：「十堂哥。」

「九月，在忙什麼呢？有些日子沒見到了。」祈稷肩上扛著一大捆樹根，腰間繫著一把柴刀，顯然是剛剛打柴歸來。

「那是十堂哥忙，我又不常出來。」九月微微一笑，沒有說開鋪子的事。

「妳該多出來走動，過年了，一家人也該一起熱鬧熱鬧。」祈稷笑著說道，看到自家院門打開，余四娘走出來，他忙朝九月笑了笑。「改天過來玩。」

「好。」九月側頭瞧了瞧，朝祈稷點點頭，快步離開。

「真是的，看到我就走，我又不是會吃人的老虎。」余四娘見狀，很不高興地嘀咕一句，看著祈稷問道：「她都和你說了什麼？」

「沒說什麼，閒聊罷了。」祈稷知道自家娘親什麼德行，也不肯和她多說，扛著柴就要進院子。

「聽說她壞了五望家的生意，是不是真的？」余四娘卻拉著兒子問道，一臉好奇。「我還聽說，她一下子拿出五吊錢把那些嫁妝桶買下來，給八喜當嫁妝攢著，是不是真的？」

「我哪知道。」祈稷一臉無奈。「我又沒問她這些。」

「你真傻，就不會打聽打聽嗎？」余四娘伸出手指戳了他腦門一下。

「你也不想想，你媳婦快要生了，這請接生婆、坐月子、辦席面、招待客人不都要錢嗎？」

「娘，我們家缺錢嗎？」祈稷一聽，臉沈了下來。

「就算不缺，可誰會嫌錢多啊？」余四娘眼睛一翻，又戳了祈稷一下。「我們又不多要她的，她既然能拿五吊錢給八喜辦嫁妝，作為一個姑姑，就不能為她姪子盡點心嗎？」

「娘，之前妳還嫌人家是災星，不讓我和她多說話，現在知道人家手裡有錢了，就想起她是孩子的姑姑了？」祈稷翻了個白眼。「妳不難為情，我都臊得慌。」

說罷，扛著柴，腳下生風地逃進院子。

「這孩子……」余四娘反應慢了一步，等她回身，祈稷已經進了院子，她氣呼呼地瞪著半掩的院門。「我余四娘多聰明的人，怎麼就生了這麼一個笨到家的蠢孩子呢？」

「咳咳……」這時，祈康年家的院子裡傳來幾聲咳嗽聲，余四娘回頭瞧了瞧，見陳翠娘端著個木盆出來，她神情一怔，嘟囔了一句，飛快地進了自家的院子關上門。

陳翠娘把木盆裡的水往外面一潑，看了看九月那邊的方向，又看了看余四娘那院子，撇了撇嘴回去了。

九月不知道自己在楊大洪家花五吊錢買下嫁妝桶的事已經被村裡人傳開，也不知道余四娘惦記上她。她回到家，解了屋裡的小機關，燒水做飯、洗漱、收拾東西，忙到深夜才睡下。

第二天天還沒亮，她便起來一番忙碌，床下、桌下藏的東西都取出來，零零碎碎地裝了一簍，餘下的便是遊春幫她刻的木板，還有裡屋製香製燭的工具。

沒一會兒，祈喜便過來了。

「九月，都快過年了，非得這時候去鎮上嗎？」祈喜接了鑰匙，看到九月收拾出來的行囊，她還是有些不捨。

「就是快過年了，才急著開張嘛，機會難得。」九月微笑著安撫。

正說著，阿月從後山鑽了出來，她今天穿的衣衫，正是之前九月帶她去澡堂時，楊進寶所贈的。

十三歲的少女，身姿如初初抽條的柳枝，裹在略略臃腫的棉衣下仍掩不住青澀靈動的少女氣息。

「她是？」祈喜也瞧到了，側頭打量阿月一番，好奇地問道：「不是我們村的吧？」

「她叫阿月，是我找來的幫手。」九月微微一笑，看了看阿月身後，今天倒是只有她一個人來，想來阿茹已經被她安頓在家了。「吃過早飯了嗎？」

「吃了。」阿月有些不自在，臉上隱約的不情願。

「妳來得正好，我這就要搬去鎮上了……」九月也不在意，逕自說道。

「什麼？去鎮上？」阿月吃驚地看著她。「不是說在這兒嗎？」

「計劃有變。」九月微微一笑，沒有解釋太多，轉頭看向祈喜。「八姊，能不能幫我借車子？這些東西太沈，不好挑呢。」

她製香的工具多是石製的，光一個石臼就不是她和阿月能挑得動的。

「行。」祈喜朝阿月禮貌地笑了笑，轉身走了。

「搬到鎮上……什麼時候回來？」阿月有些猶豫地問。

「阿月，妳是不是不願意去？」九月注意到了，她略一沈吟，走到阿月面前看著她。

「沒有。」阿月彆扭地避開九月的目光。

「我請阿安為我做事，看中的是他的能力和人品。我希望妳來幫我，也是因為信任妳，看中妳與阿安的重情重義。妳不必覺得我曾幫過你們便委屈自己，我們之間只有合作，沒有施捨與接受。」九月斂起笑意，認真說道：「如果妳有什麼意見，只管說出來，我不希望以後我們朝夕相處卻彆彆扭扭，那樣的合作沒意思。」

「我……我沒不願意。」阿月有些吃驚，她沒想到九月會突然說這樣的話，令她臉上微微一紅。「我只是……有些意外，我以為在這兒做事，什麼都沒帶，而且爺爺他們也不知道我要去鎮上……」

不過，她一想到阿安的性子，便抬頭直視著九月，很認真地說道：「這是我自己的決定，說到自然做到。」

第六十一章

「嗯。」九月聽罷，卻只是淡淡一笑。「妳要是想回去收拾換洗衣服也行，順便和大爺說一聲，省得他們記掛，還有給阿安捎句話，等他們收回東西，直接送到鋪子裡就行。」

「那我到時候去哪兒找妳？」阿月聽罷，細細打量九月幾眼，知道她說的不是玩笑話，心裡稍稍安定些。

「集市邊有條巷子，巷口的鋪子原是賣乾貨的，巷尾有間棺材鋪，在鎮上有些名氣，妳可知道？」

「……妳……怎麼選那兒？」阿月錯愕地看著她，脫口問道：「妳不知道那條巷子是凶巷嗎？」

「凶巷？」九月驚訝地看著阿月。

「那兒原本一整條巷子都是鋪子，很熱鬧的，可後來……」阿月見她這樣問，便以為她是被人騙了，急急說道：「妳被人騙了多少錢？」

「沒有人騙我。」九月見阿月擔心，才輕笑著搖搖頭。「那兒的傳言，我聽說過，也正因如此，才能便宜租下鋪子。」

「妳知道還租？」阿月簡直把她當傻子看了，一臉不贊同。

「是啊，凶巷、災星，妳覺得哪個更厲害？」九月笑盈盈地開起玩笑。

這一下，阿月的目光又變了，九月就似成了怪物般，讓她很是費解，知道那是凶巷居然還敢租，真是……

「怎麼？妳不敢去了？」九月睨了她一眼，半真半假地問。

「誰不敢了。」阿月微微揚了揚下巴，不服氣地說道。「我先回去了，中午吃了飯就來。」

九月笑看著她，點點頭，目送阿月離去。

沒一會兒，祈喜快步回來，她還帶來祈稷和祈葳。

「九月，妳要去鎮上怎麼也不打聲招呼？要不是遇到八喜，妳是不是打算就這樣不聲不響地走了？」祈稷一看到九月就急急說道。

昨天見到她也沒見她提一句，方才遇到祈喜來喊他幫忙，他才知道九月要到鎮上開鋪子，今日便走。祈稷心裡頗不是滋味，好歹這麼多堂兄中，他也算是很照顧她的了，可如今她要離開卻半個字也沒和他提，難道她早已知道他娘親的打算？說罷，祈稷心裡彆扭至極。

倒是祈葳很淡然，打量九月幾眼後，也沒有說什麼。

「十堂哥，不是我不想告訴你們，只是鋪子剛剛租下，還有許多事要準備，而且我怕開不長久的話，徒惹笑話。」九月不好意思地笑了笑。「要是生意穩當，我肯定會告訴你們的。」

「自家人有什麼笑話不笑話的？妳一個小姑娘能有這個膽量租鋪子做營生，這點就比哥哥幾個強多了。」祈稷因為自家娘親昨天那一陣嘀咕，此時面對九月便有些心虛，也不敢多說什麼。「要搬什麼東西？今天我們倆都有空，我們去幫妳。」

「這邊小路狹窄，牛車進來調頭難，車子停在外面了呢。」祈喜道。

「別的不用搬，就是那些石臼、石磨之類的需要搬到鋪子裡使用，那些太沈了。」九月指指裡屋，讓開了路。

「沒問題，交給我們就是了。」祈稷拍了拍祈菽的手臂，兩人進了屋裡。

九月和祈喜便去提之前收拾好的兩個簍子，除此之外，祈喜還把九月屋裡所有能吃的都搬上車。

「九月，快看看，還有什麼用得著的沒？有落下的就帶上，到了鎮裡也不用重新置辦了。」最後一趟祈喜跟著九月來到屋裡，四下打量一番，提醒道。

他們費了一個時辰的工夫，製香製燭的工具都搬上車，吃的穿的也送上了車，周師婆的畫像也被九月請下來捲在手裡。

「還有……」九月目光四下一掃，忽地想起遊春為她買的衣物等物，略一猶豫，便決定也帶上，於是又收拾了一簍出來。

車子啟程的那一瞬，九月回頭瞧了一眼身後的草屋。

從落雲山搬來大祈村時，所有家具和零碎東西裝了滿滿一車，如今家具留在草屋，這一車仍是滿滿的，承載著九月的工具和所有家底，同時也承載了她的希冀和嚮往。

趕車的是同村的一位中年人，也是村裡除了村長家之外，擁有牛的三戶人家之一。

看到九月時，中年人咧咧嘴當是打了招呼。

「九月，我得回去了，妳當心些，有什麼需要幫忙的，就捎個信來。」

祈喜跟在後面，到了祈家門外的坡地，便停下腳步，楊子續和楊子月還在家裡讓爺爺看著，她也不能離開太久。

「好。」九月點點頭，輕拍了拍祈喜的肩。

「年三十要是能回來就回來吧，今年……可是妳回家的頭一個年呢。」祈喜猶豫一下，還是說了出來。

她還是想試試，只要九月能回來守歲，爹一定會很高興的。

「看情況吧。」九月沒有直接拒絕，笑了笑，一抬頭，便看到余四娘從院子裡出來，直往這邊看，她不想與余四娘對上——身後便是祈稷、祈菽，他們今天是來幫她的，要是對上了，不僅她尷尬，他們也難堪。

「財叔，趕緊走、趕緊走。」祈稷看到余四娘，忍不住縮了縮脖子，催促中年人趕緊趕著車子走。祈菽也抬眼瞧了瞧，快步趕上祈稷，兄弟倆頭湊頭說起了悄悄話。

被稱為財叔的中年人見狀，不由咧咧嘴，鞭子一揮，驅動牛車緩緩而行。

只是余四娘只站在上面注目著，看到祈稷和祈菽幫九月做事，卻沒有像以前那樣衝下來阻攔，反倒看到祈喜走上坡，還笑呵呵地攀談幾句。

九月奇怪地看了幾眼，便逕自加快腳步跟上前面的車子。

一路通途，車子進入集市時，已是中午時分，街上人潮減少，倒是很順利地便到了九月鋪子所在的巷口。

車子一停下，財叔的表情便有些「繽紛」，他的目光不斷在巷尾、九月的鋪子，還有九月身上流轉，就連祈稷、祈菽也愣愣地看著那巷子不說話了。

「怎麼了？」九月好笑地看著他們。

「九月，妳怎麼選這兒？」祈稷臉色凝重。

「這兒怎麼了？」九月眨眨眼問道。

「九月，妳不知道，這巷子……可是死過人的！」祈稷大急，拉著九月到了一邊。

「死過人？」九月微訝，這個她卻是不知道。「這有什麼？這世間哪兒沒死過人？」

「那兒還有棺材鋪，多不吉利。」祈稷皺眉指著巷尾。

「嗯，隔得挺遠的，有人買棺材自然不會從這邊出，再說了，棺材棺材，升官發財，說不定還能沾沾吉利。」九月點點頭，毫不在意。

「九月……」祈稷無奈地看著她，一臉不贊同。

「十堂哥，我知道你是關心我，可這事我自有主意，你別擔心了。」九月淺笑著安撫道。「再說了，它是凶巷，我還是災星呢，看誰凶得過誰。」

「九月，這壓根兒就是兩回事好嗎？更何況妳又不是災星。」祈稷被她說得哭笑不得，他有心想再勸，可又不知道從哪裡勸起，急得直撓頭。

「十堂哥，你就把心妥妥地放肚子裡吧。」九月笑道。「我有分寸的。」

祈稷見九月說得自信，心裡也半信半疑起來——難道她真的能降得住？

「三弟，快點來搬東西。」祈菽見祈稷婆婆媽媽說個沒完，等得有些煩躁，站在車旁高聲招呼起來。

這會兒工夫，楊大洪等人在鋪子裡也瞧見了他們，忙放下手頭上的活兒出來幫忙。看到楊大洪也在這兒，祈稷才算暫時收起憂慮，過去一起搬東西。

有這麼多人幫忙，很快就把一車的東西搬進後院。

「財叔，留下吃個便飯吧。」九月也不知要付多少錢，私下找楊大洪打聽了價錢，掏出十文錢送到中年人面前，並留他吃飯。

「不用了，家裡還有事呢。」財叔收了錢後，抬頭瞧了瞧九月身後那深深的巷子，婉拒了九月的邀請。「阿菽、阿稷要一起回去嗎？」

「不了，家裡已經做好了飯。」九月見他始終沒有踏進這巷子，知道他必是心有顧忌，也不勉強，替祈菽、祈稷回了他。

「那成，我先走了。」財叔點點頭，拉著牛繩緩緩調頭，走了。

九月送走了財叔，回到鋪子，楊大洪和他的五個幫手已經搬完東西回到鋪子前面忙活。

這五個人中，有兩個在棺材鋪做事，昨天便見過的，另外三個則是那兩人喊來的木匠，都是年紀相仿的年輕男子，粗布衣衫，幹勁十足，看到九月進來，幾人紛紛側目，不過倒是沒說什麼。

九月和楊大洪招呼一聲，便進了後院。

祈菽和祈稷正幫著張信、張義把東西搬到雜物房裡，祈望在一旁指點，昨天聽九月說起屋子的安排，正好她便幫著招呼了。

周落兒坐在廚房門口的簷下，腿上放著籮子，正乖巧地幫忙剝豆子，看到九月時，她靦覥地笑了笑。

舒莫從廚房裡探出頭，她腰間繫著青色碎花圍裙，瞧顏色與她昨日的衣衫倒是一塊料剪下的，雖在灶間忙碌，可瞧著卻仍是清清爽爽的。

「姑娘回來了。」看到九月，舒莫忙出來打了招呼。

「莫姊，我兩位哥哥幫我送東西過來，中午多備兩個人的飯。」九月叮囑了一句。

「是。」舒莫點點頭，看了看雜物房，回灶間去了。

九月來到雜物房，按著她的想法，祈稷和祈菽兩人幫忙，把石臼、石磨一一擺放妥當，而其他東西也都堆放在一邊。

沒一會兒，飯菜準備齊全了，舒莫出來請示開飯，眾人才停下活兒聚了過來。

灶間的桌子只有一張，不過切菜的案桌倒是挺長，便讓男人們一桌，她們三個女子帶著周落兒坐在角落。

九月沒有當主子的意識，舒莫也不怎麼懂身為僕婦的規矩，眾人倒像是一家人，沒有顧忌地坐了一屋。

「有人嗎？有人在家嗎？」吃完飯，九月在院子裡消食，這時有個誇張的聲音從外面響起。

九月愣了一下，聽這聲音似乎是張師婆，她怎麼尋到這兒來了？

這一瞬的工夫，張師婆的聲音又近了些，竟似往這後院靠近了。「有人在家嗎？」

九月皺眉，側身往院子裡看了看，正巧看到張信從廚房出來，便朝他招招手。

「東家。」張信有些驚訝，快步走過來，朝她拱手。

「去外面問問來人何事？」九月輕聲吩咐道。「若沒事，請人出去吧，告訴她，鋪子還未開張，不方便參觀。」

「是。」張信明白了，微微頷首，便往前走去，正巧把張師婆堵在通往後院的門口。「請問妳找誰？」

「呃，有人在家啊。」張師婆訕笑著。「我還以為沒人呢。」

「妳這大娘真奇怪，沒人就能胡亂進來嗎？」張信好笑道。「沒人不是更應該避嫌嗎？」

「我看你們門開著，才進來瞧瞧，你這小後生怎麼說話的。」張師婆不高興地說道。

「大娘有事嗎？我們東家說了，鋪子還沒開張，不方便讓人進來參觀，大娘還是出去吧。」

「我就是看看，沒什麼事。」張師婆卻不出去，反而好奇問道：「小後生，你們這鋪子是做什麼買賣的？是吃的、用的還是玩的？你們東家從那老頭手裡買的鋪子還是租的？花了多少錢？」

「這跟妳有什麼關係？」張信警惕地反問道。

「好奇啊。」張師婆笑道。「問清了等你們開張，我也好來光顧你們生意不是？」

「大娘，妳來光顧生意，我們自是歡迎的，只是光顧生意與妳問的這些並不相關不是？」張信卻不上當。「妳現在打聽了也沒用，等鋪子開張，妳來看看不就知道我們是做什麼的？至於妳問的花了多少錢，不好意思，那是東家的事，我們做夥計的不知道。」

「你這小後生，別這樣不講情面啊，我就在這巷子尾住著，大家都是鄰居，遠親還不如近鄰呢，以後說不定就有事要我幫忙，說說又怎麼了？」張師婆埋怨道，開始數落張信呆板不通情面。

九月站在樓梯口側耳傾聽，不由連連皺眉。

真夠倒楣的，她居然和這張師婆成了鄰居！

這時，楊大洪等人都吃完飯，也沒休息便緩步踱到前面，那兩個在棺材鋪裡做事的木工自然是認得張師婆的，見狀不由驚訝地問道：「張師婆，妳怎麼來了？」

「阿仁、阿貴？」張師婆沒想到還遇到熟人了，當下笑道：「你們怎麼在這兒？難道這鋪子也是你們東家盤下的？」

「不是不是，我們只是來幫忙的，我的好兄弟接了樁生意，人手不夠，就讓我們哥兒倆來幫幫忙，就這樣而已。」

那兩人倒是識趣，並不與張師婆多說什麼。「張師婆，這兒亂著呢，妳還是當心些，別讓木渣子扎了腳，我們可沒錢賠。」

言語間，隱約含著嘲諷。

「阿仁啊，這家東家是誰呀？這鋪子以後又是做什麼的？」張師婆遇到熟人，更加不放過追問的機會。

「我說妳這大娘怎麼回事？都說了鋪子沒有開張，不方便參觀，妳怎麼還沒完沒了的？」張信皺眉。

「張師婆，回去吧，甭打聽了，人家東家不喜。」那兩人中的一人開口勸道。「反正沒人能搶得了妳的生意，妳何必這樣操心呢？」

「問問又少不了幾兩肉，真是的，小氣！」張師婆見他們這樣說，心知問不出什麼，便暫時歇了心思，嘀嘀咕咕地走出去。

第六十二章

「這老婆子吃飽了閒著，整天愛管閒事。」阿仁啐了一口。

「謝了。」楊大洪笑著朝阿仁、阿貴道謝。「我們小姨子愛清靜，要是被張師婆纏上，她可就頭疼了，所以……」

「放心放心，阿信小兄弟剛剛說那話，我就明白了，你那小姨子不願和這樣的人打交道。不過同一條巷子住著，那婆子又是個不長眼的，你回頭也和你那小姨子說說，別和那婆子一般見識，她認識的渾人可不少呢。小姑娘家的，別在老婆子手上吃了虧。」阿仁好心提醒道。

「以後你們一條巷子住著，可得幫我多照顧著些，我們小姨子是個文雅人，做不來村頭街尾潑婦的行當，要真和那婆子對著，她肯定吃虧。我們在大祈村也照拂不到，你們多多費心了。」楊大洪順勢託付道。

「洪哥，嫂子的妹子就是我們的妹子，你就是不說，我們能幫忙的一定會幫忙的，你放心。」阿貴保證道。「我家隔壁養的大黃狗剛剛生了小狗，今晚我回去說說，跟他們討要兩隻過來，以後也好看家護院，給她們作個伴。」

「那最好、最好。」楊大洪欣喜應著，忽地又問道：「有沒有黑狗？也抱一隻來唄。」

「洪哥，你也信那傳言？我們可沒少在鋪子裡住，這別說鬼了，連個鬼影也沒見著。外面傳這兒是凶巷，可在我們看來，也就是冷清了些，乾淨著呢。」

阿仁哈哈大笑，接著幾個漢子邊做事邊嘻嘻哈哈聊起來，話題倒是圍著這凶巷打轉。

九月聽了一會兒，見他們說的無非就是這條街的鋪子逐漸敗落外，就是棺材鋪隔壁曾經上吊死過一個被丈夫拋棄的女人，其餘便沒有什麼奇異的事，她也懶得聽下去，抱著東西上樓去了。

樓上的兩間屋子經過祈望等人的巧手收拾，已經沒有之前的沈悶，窗幃床帳都換上淺藍粉紅雙層的棉布，桌上也鋪上相同的棉布，處處透露著潔淨和溫馨，倒有些像是女兒家的閨房了。

九月滿意地笑了笑，把東西放到桌上，開始歸置帶來的物品。

一忙便是半個時辰，九月才攏了攏頭髮，懷裡揣著五十兩銀票和一些碎銀子下樓——這兩天要用錢的地方還很多，她得隨身備著才方便。

到了樓下，九月又停下來聽了聽前面的動靜，她有些擔心張師婆去而復返，可這一聽，卻不想竟聽出別的動靜來……

「我說了我是來找人的，你攔著我做什麼？」清脆的女聲帶著一絲火氣。

九月一愣，這不是阿月嗎？

她忙往前面走去，顯然，阿月不知和誰發生誤會，被攔住了。

「妳找誰都不說，我們怎麼可能讓妳進去？」是張義的聲音，他倒是沒什麼情緒，語氣淡淡的。

「別以為你換了衣裳我就不認得你了，哼，這兒可不是鎮外的林子，我可不怕你。」阿月似乎認得張義，話中帶著敵意。

「妳不也換了身衣裳嗎？」張義被認出來，有些心虛，語氣也弱了些，他已經猜到她來找誰了。

「阿月，怎麼了？」九月掀開簾子走出去，只見阿月提著 個小包裹，氣呼呼地瞪著張義。張義倒是老實，看到九月出來，不自在地側了側身，斜睨了阿月一眼不說話。

「他怎麼在這兒？」阿月指著張義，忿忿地問著九月。

「你們認識？」九月驚訝地看著張義。

阿月微微一皺眉，臉上也不知是走路走急了熱的，還是被張義氣的，臉蛋很紅。「上次在林子裡，他們攔路，妳忘記了？」

「嗯？」九月吃驚地看著張義，被這樣一說，她倒有點印象了。

張義抹了抹鼻子，有些尷尬地看看九月。「那個……我不是有意隱瞞的，我確實叫張義，半個月前剛剛找到伯父認了親。」

九月雖有些意外，卻也不在意，抬頭看了看憤慨不已的阿月，笑著招呼道：「來了就進來吧。」

「不。」阿月卻倔強地揚著頭，死盯著張義不放。「我絕不和這種人一起做事。」說罷，頭也不回地走了。

見狀，九月忍不住惱怒。

「那個……」張義目瞪口呆地看著阿月離開的方向，好一會兒才不好意思地看著九月，想解釋幾句。

「做事吧，不必理她。」九月眉頭一挑，轉身進了後院。

一忙起來，九月很快便忘記阿月的事，她全心投入準備工作中。

傍晚時分，楊大洪和那幾個幫手還在秉燈趕工，九月讓張信、張義先回去。

張義思及中午時因他的緣故讓九月失去一個幫手，心裡愧疚，便多留了一會兒，張信自然也陪著他。

一直忙到酉時末，楊大洪等人才歇工，送走那幾位幫手，幾人一起上了門板鎖上門閂。

舒莫早已在廚房裡備下熱水，幾人回房洗漱，各自歇下。

九月新到一處地方，一時也沒有睡意，便乾脆整理起衣櫃。

等她把衣物歸置好，外面傳來三聲梆子聲，九月才關好櫃門，伸了伸懶腰準備歇息——

「啊！」

這時，院子裡傳來一聲短促的尖叫，接緊著便是「砰」的聲音。

九月嚇了一大跳，猛地打開房門跑向樓梯，下樓到了後院，祈望和楊大洪也披衣而起出了屋門。

這會兒已過十八，月亮已經漸漸殘缺，不過不影響銀輝滿院。

院子裡，不用掌燈也能看得清楚。

舒莫面向廚房方向，驚懼地抬頭看著什麼，她的衣衫前襟濕淋淋的，面前地上倒著一個木桶，腳旁放著一個裝了衣服的木盆。

「出什麼事了？」九月跑過去，站在舒莫身邊，抬頭看了看廚房上方，除了隔壁院子裡高高的樹梢，並沒有看到別的，她不由奇怪地側頭看向舒莫，擔心地問道：「莫姊，妳還好吧？」

「那兒……那兒有東西。」舒莫緊咬下唇片刻，才顫聲指了指樹梢。

「有什麼啊？」九月再次看去，除了樹梢還是樹梢，哪裡有什麼東西？

「沒有啊。」祈望看到舒莫這樣子，也被感染了，她縮了縮身子，緊緊拉著楊大洪的手臂，這才壯著膽子抬頭去看，見沒有什麼，才鬆了口氣。

「不是……剛剛……剛剛明明有個影子站在那兒。」

舒莫臉色煞白，她想往九月身後躲，可是一雙腿就像生了根般，移動不得半步，只好伸手挽住九月。

舒莫的手冰涼冰涼，手心卻汗涔涔的，說話間，整個人還在輕輕顫抖。

九月離她這麼近，完全感覺得到那種情不自禁的害怕，她不由疑惑地瞧了瞧那樹梢處，後頸感覺到一絲寒意。

難道，舒莫真的看到什麼嗎？

「興許是看錯了。」楊大洪是男人，到底比她們幾個膽大，細細打量一番後，他開口說道：「都回去睡吧，那兒什麼都沒有，大嫂子估計是今天聽阿仁他們混話說多了，一時眼花看錯了。」

「沒錯沒錯，一定是這樣的。」祈望膽小，聽到楊大洪這樣說，她忙連連附和。「莫姊，快回去歇著吧，落兒一個人在屋子裡，也不知道嚇到沒有。」

「啊……落兒。」舒莫這才想起女兒還一個人在屋裡，方才這麼大動靜，把大家都鬧騰起來了，落兒一定也聽到了，這會兒也不知道嚇成什麼樣，想到這兒，她顧不得害怕，轉身跑進自己的屋子。「落兒乖，娘來了。」

沒一會兒，傳來落兒怯怯的聲音。「娘，我害怕……」

「都回去睡吧。」

楊大洪皺眉盯著樹梢看了好幾眼，想起那些傳聞，心裡也有些毛毛的，只是他是大男人，身邊還有祈望和九月，他不想嚇著她們，便故作鎮定，摟著祈望的肩，寬慰地對九月笑了笑。「一定是大嫂子看錯了，沒事的。」

「嗯，五姊、五姊夫都去睡吧，我把這些衣服收拾一下就回房。」九月點點頭，瞟了那樹梢一眼，蹲身拾起那些衣服。

「九月，先放到灶間吧，明天再洗。」祈望實在害怕，也不敢說現在幫忙一起洗了再睡。

「好。」九月點頭，端著木盆去了灶間，待放好衣物，滅了灶間小燈，關上門出來，祈望和楊大洪還站在門邊等她。

九月笑了笑，朝他們倆揮揮手，往樓梯口走去，進到樓梯間時，她回頭再瞧了瞧廚房上方。

只見銀輝斜灑，樹影婆娑，哪來的什麼影子？

九月若有所思地瞧了那樹梢一眼，轉身上樓進了屋，安然睡去。

次日一早，九月被院子裡的動靜吵醒時，天還只微微亮，她側耳聽了聽，樓下已有人在開門了，外面還傳來張信、張義和阿仁幾人問候的聲音，後院也響起祈望和周落兒對話的聲音，她便知已是卯時了。

她沒有躲懶，起身穿上衣衫梳了辮子，疊了被子、拂了床鋪，神清氣爽地走下樓。

到了廚房，舒莫已經在準備早飯了，鍋中也煮了熱水。

看到九月進來，她忙放下手中的活兒，上前幫九月打了盆水，又取了剝皮的柳枝沾上鹽放到一邊。

九月細細打量舒莫一番，只見她臉色仍有些蒼白，眉間隱隱有些疲憊，便知她昨夜沒有睡好。「莫姊，昨晚是不是沒睡？」

「睡了，就是……有些怕，一直到五更天才迷糊過去。」舒莫苦笑著，有些不好意思地說道。

「妳要是怕，今晚帶落兒一起到我屋裡睡吧。」九月微微一笑，拿起柳枝到一旁刷牙洗臉。

「姑娘，您不怕嗎？」見九月神清氣爽的，舒莫驚訝道。

「向來只有鬼怕我，哪有我怕鬼的道理。」九月含含糊糊道。
卻不料，舒莫竟當真了，她想起九月身世，目光中多了一分敬畏。
「唔……莫姊，鍋裡是什麼？好像糊了。」九月抽了抽鼻子，好像聞到一股糊味，便指指灶臺，提醒道。
「啊，我的菜！」舒莫驚呼一聲，跑向灶臺，手忙腳亂地開了鍋蓋，搶救鍋裡的菜。
九月不由莞爾，洗漱完畢，順手把水端出去倒掉。
祈望也過來了，比起舒莫，她的氣色看起來好多了，不過神情間仍有些惶惶，看到九月，她湊過來低聲道：「九月，妳說昨天晚上莫姊是不是真看到什麼了？」
「五姊，莫姊眼花了，妳別自己嚇自己。」九月安撫道。
「不不，九月，我想她看到的是真的。」祈望卻緊張起來，目光往廚房上方瞟，一邊壓低聲音說道：「九月，我不是嚇唬妳，這幾天我們還在這兒，人多倒也沒什麼，可等我和妳姊夫回去以後，這院子裡就只有妳和莫姊、落兒三個人了，我是擔心妳啊。這巷子叫凶巷可不是單單說那些鋪子敗落的事，我昨晚上可從妳姊夫那兒問出事情來了，這是千真萬確的事。」
「五姊，」九月好奇地問道：「問出什麼事來了？」
「就是那……」
祈望剛剛張嘴，看到廚房裡忙碌的舒莫，她忙把九月往邊上拉了拉，小聲說道：「這條巷尾的棺材鋪隔壁，曾經住著一對夫妻，男的俊、女的俏，過得很是恩愛。可後來那男的上京趕考，得了個小官做，就一直沒回來，那女的一直等一直等，都沒有等到丈夫的消息，這一等，就是三年。第四年，總算有個人送來她丈夫的消息，結果卻是那男人被一個大官招了上門女婿，那女人傷心極了……」

九月啞口無言。

——未完，待續，請看文創風420《福氣臨門》3

2016年6月出版

莫負蓁心

文創風 415～417

謝蓁怎麼也料想不到，分別多年，
竟是在京城見到這個當初不告而別的兒時玩伴，
而他，已是不同身分的人——

纏纏繞繞　密密織就情網／糖雪球

國公府的五姑娘謝蓁，隨著知府爹爹到青州赴任，
跟隔壁李家公子第一次見面，著實不是什麼愉快的記憶。
初見面她喊了他姊姊，又「不小心」摸了他一把，
嚇得他此後看到她就跟見鬼一樣，對她也總是愛理不理，
謝蓁可不氣餒，一口一聲小玉哥哥，
總是不依不饒的跟著他屁股後頭跑，笑嘻嘻的說喜歡他。
他們一起走失，一起被綁架，一起平安回家，也算是患難與共了，
從此兩人常隔著牆頭鬥嘴聊天，關係比起從前好上不少。
他約她放風箏那日，她以為他們是好朋友了，
沒想到他卻爽約了，讓她空等一整天。
連舉家搬遷這等大事都未曾提及，從此沒了音信，
難道，他就真的那麼討厭她嗎……

2016年5月出版

小醫女的逆襲

文創風 410～414

上有無良爹娘要伺候，下有雙胞妹妹需照看；
置身在這一貧如洗的農村，
憑藉她一手好醫術還有神奇的藥田空間伴身，
還怕闖不出一片天嗎？

妙手織錦文，巧心煉真情／墨櫻

想她陳悠乃一介精研中醫藥學的知識分子，
如今卻莫名穿越成貧困鄉下的農村娃，
這家徒四壁也就罷了，還爹不疼、娘不愛，日夜受到苦待，
連老天爺都看不下去，讓這對無良父母換了芯兒、轉了性。
也好，家人們「改湯換藥」正合她意，
她得以醫藥學識來顯身手、闢財路，
藉著藥膳吸金帶領全家奔小康！
雖說自農村貧娃發跡成商賈之女，日子是過得風生水起，
她卻始終有個隱憂：藥田空間以升級任務來主導她的人生，
不僅要求她「認識一秦姓男子」，還得為他「排憂解難」，
最後是「幹掉女配，配對男主」……
咦，等等，這任務分明要她將自己也搭進去啊！

福氣臨門 2

國家圖書館出版品預行編目資料

福氣臨門 / 翦曉著. --
初版. -- 臺北市 : 狗屋, 2016.06
冊 ; 公分. --（文創風）
ISBN 978-986-328-600-4（第2冊 : 平裝）. --

857.7　　105006111

著作者　翦曉
編輯　余一霞
校對　黃薇霓　許雯婷
發行所　狗屋出版社有限公司
地址　台北市104中山區龍江路71巷15號1樓
電話　02-2776-5889～0
發行字號　局版台業字845號
法律顧問　蕭雄淋律師
總經銷　知遠文化事業有限公司
電話　02-2664-8800
初版　2016年6月
國際書碼　ISBN-13　978-986-328-600-4
原著書名　《祈家福女》

定價250元
狗屋劃撥帳號：19001626
網址：love.doghouse.com.tw　E-mail：love@doghouse.com.tw